余秋雨定稿合集

门 孔

Through the Peephole

北京联合出版公司
Beijing United Publishing Co.,Ltd.

余秋雨简介

中国当代文学家、美学家、史学家、探险家。

一九四六年八月生，浙江人。早在三十岁之前那个极不正常的年代，针对以“样板戏”为旗号的文化极端主义，勇敢地潜入外文书库建立了《世界戏剧学》的宏大构架。至今三十余年，此书仍是这一领域的权威教材。

二十世纪八十年代中期，因三度全院民意测验皆位列第一，被推举为上海戏剧学院院长，并出任上海市中文专业教授评审组组长，兼艺术专业教授评审组组长。曾任复旦大学美学博士答辩委员会主席、南京大学戏剧博士答辩委员会主席。获“国家级突出贡献专家”、“上海十大高教精英”、“中国最值得尊敬的文化人物”等荣誉称号。

在担任高校领导职务六年之后，连续二十三次的辞职终于成功，开始孤身一人寻访中华文明被埋没的重要遗址。所写作品，往往一发表就哄传社会各界，既激发了对“集体文化身份”的确认，又开创了“文化大散文”的一代文体。

二十世纪末，冒着生命危险贴地穿越数万公里考察了巴比伦文明、克里特文明、希伯来文明、阿拉伯文明、印度文明、波斯文明等一系列重要的文化遗址。他是迄今全球唯一完成此举的人文学者，一路上对当代世界文明做出了全新思考和紧迫提醒，在海内外引起广泛关注。

他所写的大量书籍，长期位居全球华文书排行榜前列。在台湾，他囊括了白金作家奖、桂冠文学家奖、读书人最佳书奖等多个文学大奖。在大陆，多年来有不少报刊频频向全国不同年龄的读者调查“谁是你最喜爱的当代写作人”，他每一次都名列前茅。二〇一八年他在网上开播中国文化史博士课程，尽管内容浩大深厚，收听人次却超过了六千万。

几十年来，他自外于一切社会团体和各种会议，不理会传媒间的种种谣言讹诈，集中全部精力，以独立知识分子的身份完成了“空间意义上的中国”、“时间意义上的中国”、“人格意义上的中国”、“哲思意义上的中国”、“审美意义上的中国”等重大专题的研究，相关著作多达五十余部。联合国教科文组织、北京大学等机构一再为他颁奖，表彰他“把深入研究、亲临考察、有效传播三方面合于一体”，是“文采、学问、哲思、演讲皆臻高位的当代巨匠”。

自二十一世纪初开始，赴美国国会图书馆、联合国总部、哈佛大学、耶鲁大学、哥伦比亚大学等处演讲中国文化，反响巨大。二〇〇八年，上海市教育委员会颁授成立“余秋雨大师工作室”；二〇一二年，中国艺术研究院设立“秋雨书院”。

二〇一八年五月，白先勇和“远见·天下文化事业群”创办人高希均、王力行赴上海颁授奖匾，铭文为“余秋雨——华文世界最具影响力的一支笔”。

近年来，历任澳门科技大学人文艺术学院院长、香港凤凰卫视首席文化顾问、上海图书馆理事长。（陈羽）

作者近影。二〇一九年十一月二十一日，马兰摄。

目　录

自　序

一

在中国美术馆举办的“余秋雨翰墨展”中，有一副我的自叙对联引起了不少观众的注意。联语为：“辞官独步九千日，挽得文词八百万。”

我这一生写的书确实不少。记得那个翰墨展除了展示书法外，还辟出一个几十米长的大厅陈列我著作的各种版本，架势之大，确实有点惊人。

很多观众不相信这么多书居然出自一个人的手笔，总是在长长的壁柜前反复查验、核对，最后找到我，说：“看来您日日夜夜都在与时间赛跑！”

我笑了，说：“我从来没有与时间赛跑，只是一直把时间拥抱。”

“把时间拥抱？”他们不解。

我说：“时间确实很容易溜走，但我不参加任何社团、会议、应酬、研讨、闲聊，时间全在自己身上，那就用不着与它赛跑了。”

确实，我平生没有一本书、一篇文章，是受外力催逼而赶着时间写出来的。写作对我来说，就像呼吸一样，是十分自在、从容的事。

当然，呼吸有时也会变得急促、沉重起来。例如在那么多书中，有两本就写得特别挂心，写着写着就会停下笔来，长叹一声，那就是《借我一生》和《门孔》。写《门孔》时，更会在长叹之后产生哽咽。

二

哽咽的声音很轻，但在写作中却是一件大事。

我这辈子承受的苦难太多，早已把人生看穿，绝不会轻易动情。但是，也会在一些安静的角落，蓦然发现大善大美，禁不住心头一颤。

心头一颤，能不能变成笔头一颤？文学艺术相信，心头的颤动有可能互相传递，轻声的哽咽有可能互相传递。即便是最隐秘、最难懂，也有可能互相传递。

眼下的例子就是本书第一篇，写谢晋导演的。我写这篇文章时的心情不必细说，但是一发表就有很多年迈的大艺术家带信给我，说他们经历了平生流泪最多的一次阅读。

而且，网上年轻人对这篇文章的点击率之高，也大大出乎意料。

由此可见，文学艺术深处的人性通道，直到今天还没有完全被堵塞。

这让我产生了某种乐观，于是把这篇文章的题目当作了全书的书名。不错，那只是一个小小的“门孔”，却是光亮所在，企盼所在，日月所在，永恒所在。

三

我用《门孔》写谢晋，其实并不仅仅写他个人，而且还写了一个事业、一段历史。

同样，当我写巴金、黄佐临、金庸、饶宗颐、白先勇、林怀民、余光中、章培恒、陆谷孙的时候，也不仅仅写他们个人，而是写了一个个事业、一段段历史。

这实在是一种难得的机缘，我平日几乎不与外界应酬，却与那么多第一流的当代中华文化创建者有如此贴心的交情。那也就是把自己的生命与这些创建者一起，熔炼成了一部最有温度的文化史。

对我而言，这个事实既让我感到光荣，又让我感到悲凉。光荣就不必说了，却又为什么悲凉呢？因为这些顶级创建者大多承受着无以言表的身心磨难。他们急切的呼喊，他们踉跄的脚步，他们孤独的心境，他们忧郁的目光，我都听到、看到、感受到了，因此我也就触摸到了当代中华文化的怆楚隐脉。唯有这种隐脉，才可能是主脉、基脉、大脉，而那些浮在上面的，只不过是浮脉、散脉、碎脉，甚至根本挨不到脉。

我在论述中国文脉时，对曾经被大肆夸张的近代和现代文学做出了冷峻的宣判，认为它们不仅无法与古代文脉相提并论，而且也远远赶不上已经处于下行时期的明、清两代文学。相比之下，当代反而好得多，因为出现了这部书所写到的这些创建者，而且还有一个更庞大的创建群体，其中包括我的朋友莫言、贾平凹、余华、高行健、张贤亮、张炜、冯骥才、舒婷、杨炼、张欣、陈逸飞、韩美林、吴为山、赵季平、谭盾、刘诗昆、余隆，等等，更不必说本来就属于我专业范围的影、视、剧系统了。有趣的是，很多年了，他们中的绝大多数，基本上处于隐潜状态。即使在哪个社团挂了个名，也绝不在媒体上折腾。这正契合了我的文化哲学：真正的文脉，总在热闹的背面。阵势豪华的媒体，大多在做相反的文章。

四

这部书，出版后曾被海内外读者誉为“《中国文脉》的当代续篇”。与《中国文脉》不同的是，这里的每一篇都出自我的记忆。

文学意义上的记忆，是一种生命互馈的深切体验。我在书中，不仅仅是一个视角，还包含着自我坦示。这样，对于我写到的朋友们，也有了一种“彼此交底”的诚恳。

因此，本书的后半部分，是我的娓娓自叙。其中谈到自己与笔墨的关系，与诽谤的关系，特别是与亲爱母亲的关系，篇幅都不短。全书最后，又回忆了我与妻子马兰的情感历程，成为隆重的压卷。这些内容，都是我来不及向书中的老友们细说的，相信他们即便已经在九天之上，也会侧耳细听。

写这些自叙的时候，我停笔的概率就更高了，很多段落几乎写不下去。直到隔了很长时间，心情稍有平复，又陆续写了《大隐》、《安静之美》、《寻找》、《我也不知道》、《刀笔的黄昏》等短文，作为补充，收录在《雨夜短文》一书中。

我深研佛教，当然明白“自己”不值一提。因此，所有这些自叙，都是借“自己”之名，描述了中国文化的万般艰难。算起来，我为中国文化已经历险了数万公里，已经写作了数百万字，已经讲演了半个地球，但它的前途将会如何？我以这些自叙表明：确实不知道。

我相信，我在书中写到的这些朋友，在他们生命的最后时刻，心态也是同样的迷蒙苍茫。

二〇一九年八月

门　孔

一

直到今天，谢晋的小儿子阿四，还不知道“死亡”是什么。

大家觉得，这次该让他知道了。但是，不管怎么解释，他诚实的眼神告诉你，他还是不知道。

十几年前，同样弱智的阿三走了，阿四不知道这位小哥到哪里去了，爸爸对人家说，别给阿四解释死亡。

两个月前，阿四的大哥谢衍走了，阿四不知道他到哪里去了，爸爸对大家说，别给阿四解释死亡。

现在，爸爸自己走了，阿四不知道他到哪里去了，家里只剩下了他和八十三岁的妈妈，阿四已经不想听解释。谁解释，就是谁把小哥、大哥、爸爸弄走了。他就一定跟着走，去找。

二

阿三还在的时候，谢晋对我说：“你看他的眉毛，稀稀落落，是整天扒在门孔上磨的。只要我出门，他就离不开门了，分分秒秒等我回来。”

谢晋说的门孔，俗称“猫眼”，谁都知道是大门中央张望外面的世界的一个小装置。平日听到敲门或电铃，先在这里看一眼，认出是谁，再决定开门还是不开门。但对阿三来说，这个闪着亮光的玻璃小孔，是一种永远的等待。

他不允许自己有一丝一毫的松懈，因为爸爸每时每刻都可能会在那里出现，他不能漏掉第一时间。除了睡觉、吃饭，他都在那里看。双脚麻木了，脖子酸痛了，眼睛迷糊了，眉毛脱落了，他都没有撤退。

爸爸在外面做什么？他不知道，也不想知道。

有一次，谢晋与我长谈，说起在封闭的时代要在电影中加入一点儿人性的光亮是多么不容易。我突然产生联想，说：“谢导，你就是阿三！”

“什么？”他奇怪地看着我。

我说：“你就像你家阿三，在关闭着的大门上找到一个孔，便目不转睛地盯着，看亮光，等亲情，除了睡觉、吃饭，你都没有放过。”

他听了一震，目光炯炯地看着我，不说话。

我又说：“你的门孔，也成了全国观众的门孔。不管什么时节，一个玻璃亮眼，大家从那里看到了很多风景、很多人性。你的优点也与阿三一样，那就是无休无止地坚持。”

三

谢晋在六十岁的时候对我说："现在，我总算和全国人民一起成熟了！"那时，"文革"结束不久。

"成熟"了的他，拍了《牧马人》、《天云山传奇》、《芙蓉镇》、《清凉寺钟声》、《高山下的花环》、《最后的贵族》、《鸦片战争》……那么，他的艺术历程也就大致可以分为两段，前一段为探寻期，后一段为成熟期。探寻期更多地依附于时代，成熟期更多地依附于人性。

一切依附于时代的作品，往往会以普遍流行的时代话语，笼罩艺术家自身的主体话语。谢晋的可贵在于，即使被笼罩，他的主体话语还在顽皮地扑闪腾跃。其中最顽皮之处，就是集中表现女性。不管外在题材是什么，只要抓住了女性命题，艺术也就具有了亦刚亦柔的功能，人性也就具有了悄然渗透的理由。在这方面，《舞台姐妹》就是很好的例证。尽管这部作品里也带有不少时代给予的概念化痕迹，但"文革"中批判它的最大罪名，就是"人性论"。

谢晋说，当时针对这部作品，批判会开了不少，造反派怕文艺界批判"人性论"不力，就拿到"阶级立场最坚定"的工人中去放映，然后批判。没想到，在放映时，纺织厂的女工已经哭成一片，她们被深深感染了。"人性论"和"阶级论"的理论对峙，就在这一片哭声中见出了分晓。

但是，在谢晋看来，这样的作品还不成熟。让纺织女工哭成一片，很多民间戏曲也能做到。他觉得自己应该做更大的事。"文革"的炼狱，使他获得了浴火重生的机会。"文革"以后的他，不再在时代话语的缝隙中捕捉人性，而是反过来，以人性的标准来考问时代了。

对于一个电影艺术家来说，“成熟”在六十岁，确实是晚了一点儿。但是，到了六十岁还有勇气“成熟”，这正是二三十年前中国最优秀知识分子的良知凸现。文化界也有不少人一直表白自己“成熟”得很早，不仅早过谢晋，而且几乎没有不成熟的阶段。这也可能吧，但全国民众都未曾看到。谢晋是永远让大家看到的，因此大家与他相陪相伴，一起不成熟，然后再一起成熟。

这让我想起云南丽江雪山上的一种桃子，由于气温太低，成熟期拖得特别长，因此收获时的果实也特别大。

“成熟”后的谢晋让全国观众眼睛一亮。他成了万人瞩目的思想者，每天在大量的文学作品中寻找着符合自己切身感受的内容，然后思考着如何用镜头震撼全民族的心灵。没有他，那些文学作品只在一角流传；有了他，一座座通向亿万观众的桥梁搭了起来。

于是，由于他，整个民族进入了一个艰难而美丽的苏醒过程，就像罗丹雕塑《青铜时代》传达的那种象征气氛。

那些年的谢晋，大作品一部接着一部，部部深入人心，真可谓手挥五弦，目送归鸿，云蒸霞蔚。

就在这时，他礼贤下士，竟然破例聘请了一个艺术顾问，那就是比他小二十多岁的我。他与我的父亲同龄，我又与他的女儿同龄。这种辈分错乱的礼聘，只能是他，也只能在上海。

那时节，连萧伯纳的嫡传弟子黄佐临先生也在与我们一起玩布莱希特、贫困戏剧、环境戏剧，他应该是我祖父一辈。而我的学生们，也已成果累累。八十年代“四世同堂”的上海文化，实在让人难以忘怀。而在这“四世同堂”

的热闹中，成果最为显赫的，还是谢晋。他让上海，维持了一段为时不短的文化骄傲。

从更广阔的视角来看，谢晋最大的成果在于用自己的生命接通了中国电影在一九四九年之后的曲折逻辑。不管是幼稚、青涩、豪情，还是深思、严峻、浩叹，他全都经历了，摸索了，梳理了。

他不是散落在岸边的一片美景，而是一条完整的大河，使沿途所有的景色都可依着他而定位。

我想，当代中国的电影艺术家即便取得再高的国际成就，也不能忽略谢晋这个名字，因为进入今天这个制高点的那条崎岖山路，是他跌跌绊绊走下来的。在这个意义上，谢晋不朽。

四

谢晋聘请我做艺术顾问，旁人以为他会要我介绍当代世界艺术的新思潮，其实并不。他与我最谈得拢的，是具体的艺术感觉。他是文化创造者，要的是现场设计，而不是云端高论。

我们也曾开过一些研讨会，有的理论家在会上高谈阔论，又明显地缺少艺术感觉。谢晋会偷偷地摘下耳机，出神地看着发言者。发言者还以为他在专心听讲，其实他很可能只是在观察发言者脸部的肌肉运动状态和可以划分的角色类型。这好像不太礼貌，但高龄的他有资格这样做。

谢晋特别想说又不愿多说的，是作为文化创造者的苦恼。

我问他："你在创作过程中遇到的最大苦恼是什么？是剧作的等级、

演员的悟性，还是摄影师的能力？”

他说：“不，不，这些都有办法解决。我最大的苦恼，是遇到了不懂艺术的审查者和评论者。”

他所说的“不懂艺术”，我想很多官员是不太明白其中含义的。他们总觉得自己既有名校学历又看过很多中外电影，还啃过几本艺术理论著作，怎么能说“不懂艺术”呢？

其实，真正的艺术家都知道，这种“懂”，只出现在创造的最前沿。

那是对每一个感性细节的小心捧持，是对作品有机生命的万千敏感，是对转瞬即逝的一个眼神、一道光束的震颤性品咂，是对全部镜头语汇的感同身受。

用中国传统美学概念来说，这种“懂”，不“隔”。相反，一切审查性、评论性的目光，不管包含着多少学问，都恰恰是从“隔”开始的。

平心而论，在这一点上，谢晋的观点比我宽容得多。他不喜欢被审查却也不反对，一直希望有夏衍、田汉这样真正懂艺术的人来审查。而我则认为，即使夏衍、田汉再世，也没有权力要谢晋这样的艺术家在艺术上服从自己。

谢晋那些最重要的作品，上映前都麻烦重重。如果说，“文革”前的审查总是指责他“爱情太多，女性话题太多，宣扬资产阶级人性论太多”，那么，“文革”后的审查者已经宽容爱情和女性了，主要是指责他“揭露革命事业中的黑暗太多”。

有趣的是，有的审查者一旦投身创作，立场就会发生天翻地覆的变化。我认识两位职业审查者，年老退休后常常被一些电视剧剧组聘为顾问，参与构思。作品拍出来后，交给他们当年退休时物色的徒弟们审查，他们才发现，这些徒弟太不像话了。他们愤怒地说："文化领域那么多低劣的垃圾都不审查，却总是盯着一些好作品不依不饶！"后来他们扪心自问，才明白自己大半辈子也在这么做。

对于评论，谢晋与他的同代人一样，过于在乎，比较敏感，容易生气。

他平生最生气的评论，是一个叫朱大可的上海文人所揭露的"谢晋模式"。忘了是说"革命加女人"，还是"革命加爱情"。谢晋认为，以前的审查者不管多么胡言乱语，也没有公开发表，而这个可笑的"谢晋模式"，却被很多报纸刊登了。

他几乎在办公室里大声咆哮："女人怎么啦？没有女人，哪来男人？爱情，我在《红色娘子军》里想加一点儿，不让；《舞台姐妹》里也没有正面爱情。只有造反派才批判我借着革命贩卖爱情，这个朱大可是什么人？"

我劝他："这个人没有什么恶意，只是理论上幼稚，把现象拼凑当作了学问。你不要生气，如果有人把眼睛、鼻子、嘴巴的组合说成是脸部模式，你会发火吗？"

他看着我，不再说话。但后来，每次研讨会我都提议让朱大可来参加，他都不让。而且，还会狠狠地瞪我一眼。

直到有一天，朱大可发表文章说，一个妓女的手提包里有我写的《文化苦旅》，引起全国对我的讪笑。谢晋也幸灾乐祸地笑了，说："看你再为他辩护！"

但他很快又大声地为我讲话了："妓女？中外艺术中，很多妓女的品德，都比文人高！我还要重拍《桃花扇》，用李香君回击他！”

我连忙说：“不，不。中国现在的文艺评论，都是随风一吐的口水，哪里犯得着你大艺术家来回击？”

“你不恨？”他盯着我的眼睛，加了一句，“那么多报纸。”

“当然不恨。”我说。

他把手拍在我肩上。

五

在友情上，谢晋算得上是一个汉子。

他总是充满古意地反复怀念一个个久不见面的老友，怀念得一点儿也不像一个名人；同时，他又无限兴奋地结识一个个刚刚发现的新知，兴奋得一点儿也不像一个老者。他的工作性质、活动方式和从业时间，使他的“老友”和“新知”的范围非常之大，但他一个也不会忘记，一个也不会怠慢。

因此，只要他有召唤，或者，只是以他的名义召唤，再有名的艺术家也没有不来的。

有时，他别出心裁，要让这些艺术家都到他出生的老家去聚合，大家也都乖乖地全数抵达。就在他去世前几天，上海电视台准备拍摄一个纪念他八十五岁生日的节目，开出了一大串响亮的名单，逐一邀请。这些人中的任何一个，在一般情况下是“八抬大轿也抬不动”的，因为有的也已年老，有的非常繁忙，有的片约在身，有的身患重病。但是，一听是谢晋的事，没有一个拒绝。当然，他们没有料到，生日之前，会有一个追悼会……

我从旁观察，发觉谢晋交友，有两个原则。一是拒绝小人，二是不求实用。这就使他身边的热闹中有一种干净。相比之下，有些同样著名的老艺术家永远也摆不出谢导这样的友情阵仗，不是他们缺少魅力，而是本来要来参加的人想到同时还有几双忽闪的眼睛也会到场，借故推托了。有时，好人也会利用小人，但谢晋不利用。

他对小人的办法，不是争吵，不是驱逐，而是在最早的时间冷落。他的冷落，是炬灭烟消，完全不予互动。听对方说了几句话，他就明白是什么人了，便突然变成了一座石山，邪不可侵。转身，眼角扫到一个朋友，石山又变成了一尊活佛。

一些早已不会被他选为演员和编剧的老朋友，永远是他的座上宾。他们谁也不会因为自己已经帮不上他的忙，感到不安。西哲有言："友情的败坏，是从利用开始的。"谢晋的友情，从不败坏。

他一点儿也不势利。再高的官，在他眼中只是他的观众，与天下千万观众没有区别。但因为他们是官，他会特别严厉一点儿。我多次看到，他与官员讲话的声调，远远高于他平日讲话，主要是在批评。他还会把自己对于某个文化高官的批评到处讲，反复讲，希望能传到那个高官的耳朵里，一点儿不担心自己会遇到麻烦。

有时，他也会发现，对那个高官的批评搞错了，于是又到处大声讲："那其实是个好人，我过去搞错了！"

对于受到挫折的人，他特别关心，包括官员。

有一年，我认识的一位官员因事入狱。我以前与这位官员倒也没有什么交往，这时却想安慰他几句。正好上海市监狱邀请我去给几千个犯人讲课，我就向监狱长提出要与那个人谈一次话。监狱长说，与那个人谈话是不被允许的。我就问能不能写个条子，监狱长说可以。

我就在一张纸上写道："平日大家都忙，没有时间把外语再推进一步，祝贺你有了这个机会。"写完，托监狱长交给那个人。

谢晋听我说了这个过程，笑眯眯地动了一会儿脑筋，然后兴奋地拍了一下桌子说："有了！你能送条子，那么，我可以进一步，送月饼！过几天就是中秋节，你告诉监狱长，我谢晋要为犯人讲一次课！"

就这样，他为了让那个官员在监狱里过一个像样的中秋节，居然主动去向犯人讲了一次课。提篮桥监狱的犯人，有幸一睹他们心中的艺术偶像。那个入狱的官员，其实与他也没有什么关系。

四年以后，那个人刑满释放，第一个电话打给我，说他听了我的话，在里边学外语，现在带出来一部五十万字的翻译稿。然后，他说，急于要请谢晋导演吃饭。谢导那次的中秋节行动，实在把他感动了。

六

我一直有一个错误的想法，觉得拍电影是一个力气活儿，谢晋已经年迈，不必站在第一线上了。我提议他在拍完《芙蓉镇》后就可以收山，然后以自己的信誉、影响和经验，办一个电影公司，再建一个影视学院。简单说来，让他从一个电影导演变成一个"电影导师"。

有这个想法的，可能不止我一个人。

我过了很久才知道，他对我们的这种想法，深感痛苦。

他想拍电影，他想自己天天拿着话筒指挥现场，然后猫着腰在摄影机后面调度一切。他早已不在乎名利，也不想证明自己依然保持着艺术创造能力。他只是饥渴，没完没了地饥渴。在这一点上他像一个最单纯、最执着的孩子，一定要做一件事，骂他、损他、毁他，都可以，只要让他做这件事，他立即可以破涕为笑。

他当然知道我们的劝说有点儿道理，因此，也是认认真真地办电影公司，建影视学院，还叫我做“校董”。但是，这一切都不能消解他内心的强烈饥渴。

他越来越要在我们面前表现出他的精力充沛、步履轻健。他由于耳朵不好，本来说话就很大声，现在更大声了。他原来就喜欢喝酒，现在更要与别人频频比赛酒量了。

有一次，他跨着大步走在火车站的月台上，不知怎么突然踉跄了。他想摆脱踉跄，挣扎了一下，谁知更是朝前一冲，被人扶住，脸色发青。这让人们突然想起他的皮夹克、红围巾所包裹着的年龄。

不久后一次吃饭，我又委婉地说起了老话题。

他知道月台上的踉跄被我们看到了，因此也知道我说这些话的原因。

他朝我举起酒杯，我以为他要用干杯的方式来接受我的建议，没想到他对我说：“秋雨，你知道什么样的人是真正善饮的吗？我告诉你，第一，端杯稳；第二，双眉平；第三，下口深。”

说着，他又稳又平又深地一连喝了好几杯。

是在证明自己的酒量吗？不，我觉得其中似乎又包含着某种宣示。

即使毫无宣示的意思，那么，只要他拿起酒杯，便立即显得大气磅礴，说什么都难以反驳。

后来，有一位热心的农民企业家想给他资助，开了一个会。这位企业家站起来讲话，意思是大家要把谢晋看作一个珍贵的品牌，进行文化产业的运作。但他不太会讲话，说成了这样一句："'谢晋'这两个字，不仅仅是一个人名，而且还是一种有待开发的东西。"

"东西？"在场的文化人听了都觉得不是味道。

一位喜剧演员突然有了念头，便大声地在座位上说："你说错了，谢晋不是东西！"他又重复了一句，"谢晋不是东西！"

这是一个毫无恶意的喜剧花招，全场都笑了。

我连忙扭头看谢晋导演，不知他是生气而走，还是蔼然而笑。没想到，我看到的他似乎完全没有听到这句话，只是像木头一样呆坐着，毫无表情。我立即明白了，他从这位企业家的讲话中才知道，连他们也想把自己当作品牌来运作。

"我，难道只能这样了吗？"他想。

他毫无表情的表情，把我震了一下。他心中在想，如果自己真的完全变成了一个品牌，丢失了亲自创造的权利，那谢晋真的"不是东西"了。

从那次之后，我改变了态度，总是悉心倾听他一个又一个的创作计划。

这是一种滔滔不绝的激情，变成了延绵不绝的憧憬。他要重拍《桃花扇》，他要筹拍美国华工修建西部铁路的血泪史，他要拍《拉贝日记》，他要拍《大人家》，他更想拍前辈领袖的女儿们的生死恩仇、悲欢离合……

看到我愿意倾听，他就针对我们以前的想法一吐委屈："你们都说我年事已高，应该退居二线，但是我早就给你说过，我是六十岁才成熟的，那你算算……"

一位杰出艺术家的生命之门既然已经第二度打开，翻卷的洪水再也无可抵挡。

这是创造主体的本能呼喊，也是一个强大的生命要求自我完成的一种尊严。

七

他在中国创建了一个独立而庞大的艺术世界，但回到家，却是一个常人无法想象的天地。

他与夫人徐大雯女士生了四个小孩，脑子正常的只有一个，那就是谢衍。谢衍的两个弟弟就是前面所说的老三和老四，都严重弱智，而姐姐的情况也不好。

这四个孩子，出生在一九四六年至一九五六年这十年间。当时的社会，还很难找到辅导弱智儿童的专业学校，一切麻烦都堆在一门之内。家境极不宽裕，工作极其繁忙，这个门内天天在发生什么？只有天知道。

我们如果把这样一个家庭背景与谢晋的那么多电影联系在一起，真会产生一种匪夷所思的感觉。每天傍晚，他那高大而疲惫的身影一步步走回家门的图像，不能不让人一次次落泪。不是出于一种同情，而是为了一种伟大。

一个错乱的精神旋涡，能够生发出伟大的精神力量吗？谢晋做出了回答。

我觉得，这种情景，在整个人类艺术史上都难以重见。

谢晋亲手把错乱的精神旋涡，筑成了人道主义的圣殿。我曾多次在他家里吃饭，他做得一手好菜，常常围着白围单，手握着锅铲招呼客人。客人可能是好来坞明星、法国大导演、日本制作人，最后谢晋总会搓搓手，通过翻译介绍自己两个儿子的特殊情况，然后隆重请出。

这种毫不掩饰的坦荡，曾让我百脉俱开。在客人面前，弱智儿子的每一个笑容和动作，在谢晋看来就是人类最本原的可爱造型，因此满眼是欣赏的光彩。他把这种光彩，带给了整个门庭，也带给了所有的客人。

他自己成天到处走，有时也会带着儿子出行。我听谢晋电影公司总经理张惠芳女士说，那次去浙江衢州，坐了一辆面包车，路上要好几个小时，阿四同行。坐在前排的谢晋过一会儿就要回过头来问："阿四累不累？"、"阿四好吗？"、"阿四要不要睡一会儿？"……过几分钟就回一次头，没完没了。

每次回头，那神情，能把雪山消融。

八

他万万没有想到，他家后代唯一的正常人，那个从国外留学回来的典雅君子，他的大儿子谢衍，竟先他而去。

谢衍太知道父母亲的生活重压，一直瞒着自己的病情，不让老人家知道。他把一切事情都料理得一清二楚，然后穿上一套干净的衣服，去了医院，再也没有出来。

他恳求周围的人，千万不要让爸爸、妈妈到医院来。他说，爸爸太出名，一来就会引动媒体，而自己现在的形象又会使爸爸、妈妈吃惊。他一直念叨着："不要来，千万不要来，不要让他们来……"

直到他去世前一星期，周围的人说，现在一定要让你爸爸、妈妈来了。这次，他没有说话。

谢晋一直以为儿子是一般的病住院，完全不知道事情已经那么严重。眼前病床上，他唯一可以对话的儿子，已经不成样子。

他像一尊突然被风干了的雕像，站在病床前，很久，很久。

他身边，传来工作人员低低的抽泣。

谢衍吃力地对他说："爸爸，我给您添麻烦了！"

他颤声地说："我们治疗，孩子，不要紧，我们治疗……"

从这天起，他天天都陪着夫人去医院。

独身的谢衍已经五十九岁，现在却每天在老人赶到前不断问："爸爸怎么还不来？妈妈怎么还不来？爸爸怎么还不来？"

那天，他实在太痛了，要求打吗啡，但医生有犹豫。幸好有慈济功德会的志工来唱佛曲，他平静了。

谢晋和夫人陪在儿子身边，那夜几乎陪了通宵。工作人员怕这两位八十多岁的老人撑不住，力劝他们暂时回家休息。但是，两位老人的车还没有到家，谢衍就去世了。

谢衍是二〇〇八年九月二十三日下葬的。第二天，九月二十四日，杭州的朋友就邀请谢晋去散散心，住多久都可以。接待他的，是一位也刚刚丧子的杰出男子，叫叶明。

两人一见面就抱住了，号啕大哭。他们两人，前些天都哭过无数次，但还要找一个机会，不刺激妻子，不为难下属，抱住一个人，一个经得起用力抱的人，痛快淋漓、回肠荡气地哭一哭。

那天谢晋导演的哭声，像虎啸，像狼嚎，像龙吟，像狮吼，把他以前拍过的那么多电影里的哭，全都收纳了，又全都释放了。

那天，秋风起于杭州，连西湖都在呜咽。

他并没有在杭州长住，很快又回到了上海。这几天他很少说话，眼睛直直地看着前方。有时也翻书报，却是乱翻，没有一个字入眼。

突然电话铃响了，是家乡上虞的母校春晖中学打来的，说有一个纪念活动要让他出席，有车来接。他一生，每遇危难总会想念家乡。今天，故乡故宅又有召唤，他毫不犹豫地答应了。他给驾驶员小蒋说：“你别管我了，另外有车来接！”

小蒋告诉张惠芳，张惠芳急急赶来询问，门房说，接谢导的车，两分钟前开走了。

春晖中学的纪念活动第二天才开始，这天晚上他在旅馆吃了点儿冷餐，没有喝酒，倒头便睡。这是真正的老家，他出走已久，今天只剩下他一个人回来。他是朝左侧睡的，再也没有醒来。

这天是二〇〇八年十月十八日，离他八十五岁生日，还有一个月零三天。

九

他老家的屋里，有我题写的四个字："东山谢氏"。

那是几年前的一天，他突然来到我家，要我写这几个字。他说，已经请几位老一代书法大家写过，希望能增加我写的一份。东山谢氏？好生了得！我看着他，抱歉地想，认识了他那么多年，也知道他是绍兴上虞人，却没有把他的姓氏与那个遥远而辉煌的门庭联系起来。

他的远祖，是公元四世纪那位打了"淝水之战"的东晋宰相谢安。这仗，是和侄子谢玄一起打的。而谢玄的孙子，便是中国山水诗的鼻祖谢灵运。谢安本来是隐居会稽东山的，经常与大书法家王羲之一起喝酒吟诗，他的侄女谢道韫也嫁给了王羲之的儿子王凝之，而才学又远超丈夫。谢安后来因形势所迫再度做官，这使中国有了一个"东山再起"的成语。

正因为这一切，我写"东山谢氏"这四个字时非常恭敬，一连写了好多幅，最后挑出一张，送去。

谢家，竟然自东晋、南朝至今，就一直住在东山脚下？别的不说，光那股积累了一千六百年的气，已经非比寻常。

谢晋导演对此极为在意，却又不对外说，可见完全不想借远祖之名炫耀。他在意的，是这山、这村、这屋、这姓、这气。但这一切都是秘密的，只是为了要我写字才说，说过一次再也不说。

我想，就凭着这种无以言表的深层皈依，他会一个人回去，在一大批远祖面前画上人生的句号。

十

此刻，他上海的家，只剩下了阿四。他的夫人因心脏问题，住进了医院。

阿四不像阿三那样成天在门孔里观看。他几十年如一日的任务是为爸爸拿包、拿鞋。每天早晨爸爸出门了，他把包递给爸爸，并把爸爸换下的拖鞋放好。晚上爸爸回来，他接过包，再递上拖鞋。

好几天，爸爸的包和鞋都在，人到哪里去了？他有点儿奇怪，却在耐心等待。突然来了很多人，在家里摆了一排排白色的花。

白色的花越来越多，家里放满了。他从门孔里往外一看，还有人送来。阿四穿行在白花间，突然发现，白花把爸爸的拖鞋遮住了。他弯下腰去，拿出爸爸的拖鞋，小心放在门边。

这个白花的世界，今天就是他一个人，还有一双鞋。

佐临遗言

一

一九三七年七月十日，萧伯纳的寓所。

再过两个多星期，就是萧伯纳八十一岁的生日。这些天，预先来祝贺的人很多，他有点儿烦。

早在十二年前获诺贝尔奖的时候，他已经在抱怨，奖来晚了。他觉得自己奋斗最艰难的时候常常找不到帮助，等到自己不想再奋斗，奖却来了。

“我已经挣扎到了对岸，你们才抛过来救生圈。”他说。

可见，那时的他，已觉得“对岸”已到，人生的终点已近。

但是谁想得到呢，从那时开始，又过了十二年，他还在庆祝生日，没有一点儿要离开世界的样子。他喜欢嘲笑自己，觉得自己偷占生命余额的时间太长，长得连自己都不好意思了。

更可嘲笑的是，恰恰是他“偷占生命余额”的漫长阶段，最受人尊重。

今天的他，似乎德高望重，社会的每个角落都以打扰他为荣。他尽量推托，但有一些请求却难以拒绝，例如捐款。

他并不吝啬，早已把当时诺贝尔文学奖的奖金八万英镑，全数捐给了瑞典的贫困作家。但他太不喜欢有人在捐款的事情上夹带一点儿道德要挟。对此，他想有所表态。

正好有一个妇女协会来信，要他为一项活动捐款，数字很具体。萧伯纳立即回信，说自己对这项活动一无所知，也不感兴趣，因此不捐。

他回信后暗想，随便她们怎么骂吧。没想到过几天收到了她们的感谢信，说她们把他的回信拍卖了，所得款项大大超过了她们当初提出的要求。

“还是被她们卷进去了。”他耸了耸肩。

对于直接找上门来的各种人员，仆人都理所当然地阻拦了。因此，住宅里才有一份安静。

但是，刚才他却听到，电铃响过，有人进门。很快仆人来报：“那个您同意接见的中国人黄先生，来了。”

黄先生就是黄佐临，一九二五年到英国留学，先读商科，很快就师从萧伯纳学戏剧，创作了《东西》和《中国茶》，深受萧伯纳赞赏。黄佐临曾经返回中国，两年前又与夫人一起赴英，在剑桥大学皇家学院研究莎士比亚，并在伦敦戏剧学馆学导演，今年应该三十出头了吧？这次他急着要见面，对萧伯纳来说有点儿突然，但他很快猜出了原因。

据他的经验，这位学生不会特地赶那么多路来预祝生日。原因应该与大事有关：《泰晤士报》已有报道，三天前，七月七日，日本正式引发了全面侵华战争。

萧伯纳想，中国、日本打起来了，祖国成了战场，回不去了，黄先生可能会向自己提出要求，介绍一个能在英国长期居留的工作。当然，是戏剧工作。

萧伯纳边想边走进客厅。他看到，这位年轻的中国人，正在细看客厅壁炉上镌刻着的一段话，他自己的语录。

黄佐临听到脚步声后立即回过头来，向老师萧伯纳问好。

落座后，萧伯纳立即打开话匣子："七月七日发生的事，我知道了。"

"所以，我来与您告别。"黄佐临说。

"告别？去哪儿？"萧伯纳很吃惊。

"回国。"黄佐临说。

"回国？"萧伯纳更吃惊了。顿了顿，他说："那儿已经是战场，仗会越打越大。你不是将军，也不是士兵，回去干什么？"

黄佐临一时无法用英语解释清楚中国文化里的一个沉重概念："赴国难"。他只是说："我们中国人遇到这样的事情，多数会回去。我不是将军，但也算是士兵。"

萧伯纳看着黄佐临，好一会儿没说话。

"那我能帮助你什么？"萧伯纳问，"昨天我已对中国发生的事发表过谈话。四年前我去过那里，认识宋庆龄、林语堂，他们的英语都不错。"

黄佐临点了点头，说："我这次回去，可能回不来了。您能不能像上次那样，再给我题写几句话？"

“上次？”萧伯纳显然忘记了。

“上次您写的是：易卜生不是易卜生派，他是易卜生；我不是萧伯纳派，我是萧伯纳；如果黄先生想有所成就，千万不要做谁的门徒，必须独创一格。”黄佐临背诵了几句。

“想起来了！”萧伯纳呵呵大笑，“这是我的话。”

说话间，黄佐临已经打开一本新买的签名册，放到了萧伯纳前面，说：“再给我留一个终身纪念吧。”

萧伯纳拿起笔，抬头想了想，便低头写了起来。黄佐临走到了他的后面。

萧伯纳写出的第一句话是——

起来，中国！东方世界的未来是你们的。

写罢，他侧过头去看了看黄佐临。黄佐临感动地深深点头。在“七七事变”后的第三天，这句话，能让一切中国人感动。

萧伯纳又写了下去——

如果你有毅力和勇气，那么，使未来的盛典更壮观的，将是中国戏剧。

黄佐临向萧伯纳鞠了一躬，把签名册收起，然后就离开了。

二

上面这个场景，是八十岁的黄佐临先生在新加坡告诉我的。

那时我正在新加坡讲学，恰逢一个国际戏剧研讨会要在那里举行。参加筹备的各国代表听说萧伯纳的嫡传弟子、亚洲最权威的戏剧大师黄佐临还健在，就大胆地试图把他邀请与会。这是一种幻想，但如果变成现实，那次研讨会就有了惊人的重量。

新加坡的著名戏剧家郭宝昆先生为此专程前往上海，亲自邀请和安排。几个国家的戏剧家还一再来敲我寓所的门，希望我也能出点儿力。

他们找我是对的，因为我是黄佐临先生的“铁杆忘年交”。我为这件事与黄佐临先生通了一次长途电话，他说，他稍感犹豫的不是身体，而是不知道这个会议的“内在等级”。

我说：“已经试探过了，来吧。”他就由女儿黄蜀芹陪着，来了。

这一下轰动了那个国际会议，也轰动了新加坡。

新加坡外交部部长恭敬拜见他，第一句就问：“您什么时候来过新加坡？”

黄佐临先生回答：“六十年前。”

外交部部长很年轻，他把“六十年前”听成了“六十年代”。这已使他觉得非常遥远了，说：“六十年代？这离现在已经二十多年，真是太久太久了！”

黄佐临先生一笑，说：“请您把时间再往前推四十年。”

部长迷糊了，却以为是眼前的老人迷糊。我随即解释道：“黄先生于公元一九二五年到英国留学，路过新加坡。”

“六十年前？”部长终于搞清楚了，却受了惊吓。

我接着说：“他到英国师从萧伯纳，那时，这位文豪刚刚获得诺贝尔文学奖。等到告别的时候，萧伯纳已经是他今天的年龄了，八十岁。”

部长一听又有点儿迷糊。这是我的故意，新加坡的官场话语总是太刻板，我想用长长的时间魔棍把谈话气氛搅得活跃一些。尽管我随口说出的内容，都没有错。

黄佐临先生在那个国际会议上做了演讲。主持人一报他的名字，全场起立鼓掌。他站起来走向演讲台，颀长的身材，银白的头发，稳健的步履，一种世界级的优雅。

他开口了，标准的伦敦英语，语速不快，用词讲究，略带幽默，音色圆润，婉转堂皇。全场肃静，就像在聆听来自天国的指令。

在高层学术文化界，人们看重的是这位演讲者本人，并不在乎他的国籍归属。西方那些著名的文化巨匠，大家都知道他们的作品、学派、观点，却常常说不准他是哪国人。就说黄佐临先生的老师萧伯纳吧，究竟该算是爱尔兰人，还是英国人？毕加索，是西班牙人，还是法国人？爱因斯坦呢？……在文化上，伟大，总是表现为跨疆越界。这么一想，我再回头细细审视会场里的听众，果然发现，大家都不分国籍地成了台上这位优雅长者的虔诚学生。谁能相信，这位长者刚从中国的“文革”灾难中走出？

那就请随意听几句吧——

在布莱希特之后，荒诞派把他宏大的哲理推向了一条条小巷子，好像走不通，却走通了……

他平静地说，台下的都在埋头唰唰地记。

在演出方式上，请注意在戈登·克雷他们的“整体戏剧”之后的“贫困戏剧”，我特别看重格洛托夫斯基。最近这几年，最有学术含量的是戏剧人类学。中心，已从英国、波兰移到了美国，纽约大学的理查·谢克纳论述得不错，但实验不及欧洲……

大家记录得有点儿跟不上，他发现了，笑了笑，说：

有些术语和人名的拼写，我会委托大会秘书处发给诸位。

请注意，“二战”结束以来的西方戏剧学，看似费解而又杂乱，却更能与东方古典戏剧接轨，因此这里有巨大的交融空间和创造空间。日本对传统戏剧保护得好，但把传统僵化了。中国也想把传统和创新结合，但是大多是行政意愿和理论意愿，缺少真正的大艺术家参与其间。印度，对此还未曾自觉……

大家还是在努力记录。

总之，在这位优雅长者口中，几乎没有时间障碍，也没有空间障碍。他讲得那么现代，其中提到的很多专业资讯，连二十几岁的新一代同行学人也跟不上。

三

当年黄佐临先生告别萧伯纳回国，踏上了炮火连天的土地。几经辗转，最后落脚上海。他想来想去，自己能为“国难”所做的事，还是戏剧。

那时的上海，地位非常特殊。周围已经被日本侵略军占领了，但上海开埠以来逐一形成了英国、法国、美国的势力范围“租界”，日本与这些国家暂时还没有完全翻脸，因此那些地方也就一度成了“孤岛”。在“孤岛”中，各地从炮火血泊中逃出来的艺术家们集合在一起，迸发出了前所未有的社会责任和创作激情。直到太平洋战争爆发后“孤岛”沦陷，不少作品被禁，作者被捕，大家仍在坚持。这中间，黄佐临，就是戏剧界的主要代表。

谁能想得到呢？就在国破家亡的巨大灾难中，中国迎来了戏剧的黄金时代。这些戏，有的配合抗日，有的揭露暴虐，有的批判黑暗，有的则着眼于社会改造和精神重建。其中有很大一部分，则在艺术形式的国际化、民族化上做了探索。由于黄佐临在英国接受过精湛的训练，每次演出都具有生动的情节和鲜明的形象，大受观众欢迎。从我偶尔接触到的零碎资料看，仅仅其中一个不算太重要的戏《视察专员》，四十天里就演了七十七场。其他剧目演出时的拥挤，也十分惊人。

这么多挤到剧场里来的观众，当时正在承受着多么危难的逃奔之苦。艺术的重大使命，就是在寒冷的乱世中温暖人心。

艺术要温暖人心，必须聚集真正的热能。当时这些演出的艺术水准，从老艺术家们的记述来看，达到了后人难以企及的地步。别的不说，仅从表演一项，黄佐临先生最常用的演员石挥，在当时就被誉为“话剧皇帝”。我们从一些影像资料中可以看出，直到今天，确实还没有人能够超越他。除石挥外，黄佐临先生手下的艺术队伍堪称庞大，开出名单来可以说是浩浩荡荡。

几位很有见识的老艺术家在回忆当时看戏的感觉时写道：“那些演出，好得不能再好”；“平生剧场所见，其时已叹为观止”……

这又一次证明我的一个观点：最高贵的艺术，未必出自巨额投入、官方重视、媒体操作，相反，往往是对恶劣环境的直接回答。艺术的最佳背景，不是金色，而是黑色。

那就让我们通过剧名，扫描一下黄佐临先生在那个时期创下的艺术伟绩吧：《边城故事》、《小城故事》、《妙峰山》、《蜕变》、《圆谎记》、《阿Q正传》、《荒岛英雄》、《大马戏团》、《梁上君子》、《乱世英雄》、《秋》、《金小玉》、《天罗地网》、《称心如意》、《视察专员》……可能还很不全。

如果国际间有谁在撰写艺术史的时候要寻找一个例证，说明人类也可能在烽烟滚滚的乱世中营造出最精彩的艺术殿堂，那么，我必须向他建议，请留意那个时候的上海，请留意黄佐临。

四

黄佐临先生终于迎来了一九四九年。对于革命，对于新政权，作为一个早就积压了社会改革诉求，又充满着浪漫主义幻想的艺术家，几乎没有任何抵拒就接受了。他表现积极，心态乐观，很想多排演一些新政权所需要的剧目，哪怕带有一些“宣传”气息也不在乎。

但是，有一些事情让他伤心了。他晚年，与我谈得最多的就是那些事情。谈的时候，总是撇开众人，把我招呼在一个角落，好一会儿不说话。我知道，又是这个话题了。

原来，他从英国回来后引领的戏剧活动，没有完全接受共产党地下组织的收编。他当然知道，共产党地下组织也在张罗类似的文化活动，其中也有一些不错的文化人。但他把他们看作文化上的同道，自己却不愿意参与政治派别。不仅是共产党，也包括国民党。

我不知道共产党的地下组织为了争取他做过多少工作，看来都没有怎么奏效，因此最后派了一个地下党员李德伦“潜伏”到了他的剧团里。在很多年后，这位已经成了著名音乐指挥家的李德伦先生坦陈：“我没有争取到他，他反而以人格魅力和艺术魅力，把我争取了。”

一九四九年之后，当年共产党地下组织的文化人理所当然地成了上海乃至全国文化界的领导，他们对黄佐临长期以来“只问抗战，不问政党；只做艺术，不做工具”的“顽固性”，印象深刻。因此，不管他怎么积极，也只把他当作“同路人”，而不是“自己人”。

这种思维，甚至一直延续到“文革”之后的新时期。很多现代戏剧史、抗战文化史、上海史方面的著作，以及文史资料汇集，对黄佐临先生的重大贡献，涉及不多，甚至还会转弯抹角地予以贬低。这中间，牵涉到一些著名的革命文化人。

黄佐临先生曾小声地对我说：“夏衍气量大一点儿，对我还可以。于伶先生和他的战友，包括后来出任宣传部部长的王元化先生等，就比较坚持他们地下斗争时的原则，对我比较冷漠。”

除了这笔历史旧账之外，他还遇到了一个更糟糕的环境。一九四九年之后的中国戏剧界，论导演，一般称之为“北焦南黄”。“北焦”，是指北京艺术剧院的焦菊隐先生。由于当时北京集中了不少文化高端人士，文化气氛比较正常，焦菊隐先生与老舍、曹禺、郭沫若等戏剧家合作，成果连连。而“南黄”，也就是上海的黄佐临先生，却遇到了由上海最高领导柯庆施和他在宣传、文化领域的干将张春桥、姚文元等人组成的“极左思潮症候群”。

我听谢晋导演说，有一次柯庆施破例来看黄佐临新排的一台戏，没等看完，就铁青着脸站起身来走了，黄佐临不知所措。

还有一次，黄佐临导演了一台由工人作者写的戏，戏很一般，但导演手法十分精彩，没想到立即传来张春桥、姚文元对报纸的指示：只宣传作者，不宣传导演。

于是，当“北焦”红得发“焦”的时候，“南黄”真的“黄”了。

黄佐临在承受了一次次委屈之后，自问：“我的委屈来自何方？”答案是：“我本不该在乎官场。”

于是，他找回了从英国回来后的那份尊严：“不管他们怎么说，我还是回到艺术。”

黄佐临退出了人们的视野。上海的报纸，更愿意报道北京的焦菊隐，更愿意报道越剧、沪剧、淮剧，这些实在有待于黄佐临先生指点后才有可能脱胎换骨的地方戏曲。

真正国际等级的艺术巨匠在做什么？想什么？匆匆的街市茫然不知，也不想知道。

正在这时，由政治狂热和自然灾害共同造成的大饥荒开始了。上海，一座饥饿中的城市，面黄肌瘦。

在饥荒中，还会有像样的艺术行为吗？谁也不敢奢想。

完全出乎人们的意料，一九六二年四月二十五日，北京的一家报纸发表了黄佐临先生的《漫谈“戏剧观”》一文。虽然题目很低调，却是一篇重要学术论文，甚至可以看作是一座现代世界戏剧学上的里程碑。突然屹立在人们眼前，大家都缺少思想准备。

这篇文章所建立的思维大构架，与当时当地的文化现实完全格格不入，却立即进入了国际学术视野。

这正像，狮王起身，远山震慑，而它身边的燕雀鱼蛙却完全无感。

那么，我就不能不以国际学术标准，来审视他当时在寂寞中完成的理论成果了。

一、以“造成幻觉”和“打破幻觉”来概括人类戏剧史，是一种化繁为简的高度提炼，属一流理论成果。

二、借用法国柔琏“第四堵墙”的概念来划分“幻觉”内外，使上述提炼获得了一个形象化的概念依托，精确而又有力度。

三、以打破“幻觉”和“第四堵墙”来引出布莱希特，使这位德国戏剧家的“创新功能”上升为“历史断代功能”。

四、以斯坦尼斯拉夫斯基、布莱希特、梅兰芳来标志二十世纪人类的三个戏剧观，理论气度广远，道前人所未道，却又切合戏剧实际。提出至今，国际上未见重大异议。

五、以三大戏剧观过渡到“写意戏剧观”，是一个重大的美学创造。现在，这一命题已经成为戏剧界一种通用的工作用语。这在现代文艺的理论建设上，是一个奇迹。

鸟瞰世界，概括世界，又被世界接受，这样的理论成果，历来罕见。

记住了，一九六二年四月二十五日，这个日子，天上的哲学之神、艺术之神都在低头注视中国，注视上海。

我实在想不起，几十年来，全中国的艺术理论，不，全中国的所有文化理论，有哪一项成果，能超过它。

我问过很多文化人、理论家。他们想了好久，找了好久，排了好久，最后都摇头，说：“确实找不到一项。”

那么，我又要提醒大家，就在这个日子的两个星期之后，一九六二年五月九日，上海的另一位文化巨匠巴金，将有一个发言，题为《作家的勇气和责任心》，一针见血地指出了阻碍中国文学发展的主要障碍是“棍子”。实践证明，那是对“文革”灾难的预言。

一九六二年的晚春季节，上海显得那么光辉。大创建、大发现、大判断、大预言，居然一起出现。

光辉之强，在整整半个世纪之后的今天还觉得有点儿刺眼，因此大家故意视而不见，就像从来没有发生过这样的事一样。

若问今日媒体：五十年前，这个城市出现过什么值得记忆的文化人物和文化事件？答案可能是两首广泛宣传的歌曲，三段市井听熟的唱词，一堆人人皆知的明星。不管怎么排，也挨不到黄佐临的文章、巴金的发言，这实在是上海的悲哀。

五

黄佐临先生在“文革”中的遭遇，我不想多说。理由是，他自己也不想多说。

对这类事情我早有经验：受苦最深的人最不想说，说得最多的人一定受苦不多，说得高调的人一定是让别人受了苦。

在不想说的人中，也有区别。在我看来，同样是悲剧，巴金把悲剧化作了崇高，而黄佐临则把悲剧化作了喜剧。或者说，巴金提炼了悲剧，黄佐临看穿了悲剧。看穿的结果，是发笑。

他的几个女儿都给我讲过他在“文革”中嘲弄造反派歹徒，而对方却不知道被嘲弄的很多趣事。有几次讲的时候他在场，但他不仅没有掺和，反而轻轻摇头阻止。

不管怎么说，他对那场灾难的最终思维成果，却非常严肃，那就是对知识分子心灵的考问。“文革”结束后不久，他到北京，导演了布莱希特名作《伽利略传》（与陈颙合作）。

当时，为了拨乱反正，全国科学大会刚刚召开，知识分子在业务上应该有驰骋的空间了，但他们在精神上能不能建立尊严？《伽利略传》及时地提出了这个问题，一时震动了整个京城。

人们说，从来没见过一部戏能够在关键时刻如此摇撼人们的灵魂深处。又说，这是“科学大会”的续篇，只不过这个“大会”在全国知识分子的心底召开。

“北焦”已逝，“南黄”北上，京城一惊，名不虚传！

从北京回上海之后，黄佐临先生决心加紧努力，在“写意戏剧观”的基础上推进“民族演剧体系”的建设。他如饥似渴地学习和探索，从事一个个最前卫的艺术实验，几乎让人忘了，他已经快要八十岁。

那年月，我见过很多“劫后余生”的前辈学者，温厚老成，令人尊敬，但思维都已严重滞后。没有一个能像黄佐临先生那样，依然站在国际艺术的第一线，钻研各种新兴流派，生命勃发，甚至青春烂漫。

那时候的他，变得比过去任何时候都“帅”，浑身散发着一种无与伦比的光辉。

他的女儿黄蜀芹导演说，一位中年的苏联女学者尼娜告诉她：“哎呀，我简直是爱上你爸爸了，很少见到像他这样高贵、有气质的！”尼娜看来是真的爱上了，因此到处对别人这样宣称，终于传到了黄佐临先生耳朵里。他回应道：“那好啊，中苏友好有指望了！”

老年男子变“帅”，一定是进入了一个足以归结一生的美好创造过程。

我在长文《岁月之味》中对“老年是诗的年岁”的判断，主要来自对他的长期观察。

当时，我的每一部学术著作出版，他都会在很短时间内读完。我曾经估计，他可能更能接受我的《世界戏剧学》、《中国戏剧史》这样的书，却未必能首肯《观众心理学》(初版名《戏剧审美心理学》)。因为《观众心理学》几乎否认了自古以来一系列最权威的艺术教条，只从观众接受心理上寻找创作规则。这对前辈艺术家来说，有一种颠覆性的破坏力。没想到，这部书出版才一个月，他的女儿交给我一封他写的长信。

他在信里快乐地说："读完那本书才知道，自己一辈子都在摸索着观众心理学。这情景，莫里哀在《贵人迷》里已经写到，那个一心想做贵族的土人花钱请老师来教文学，知道不押韵的文章叫散文，终于惊叹道："原来我从小天天都在讲散文！"

他说："我就是那个土人，不小心符合了观众心理学。"然后，他又在几个艺术关节上与我做了详尽探讨。

这样的老者太有魅力了，我怎么能不尽量与他多交往呢？

他也愿意与我在一起。就连家里来了外国艺术家，或别人送来了螃蟹什么的，他都会邀我去吃饭。他终于在餐桌上知道我能做菜，而且做得不错，就一再鼓动我开一个"余教授餐厅"，专供上海文化界。他替我"坐堂"一星期，看生意好不好，如果不太好，他再坐下去。

后来，他又兴致勃勃地给我讲过一个新构思的"戏剧巡游计划"。选二十台最好的戏，安排在二十辆大货车上做片段演出，一个城市、一个城市轮着走。他每次讲这个计划的时候，都会激动得满脸通红。

他说，剧场是死的，车是活的，古希腊没有机动车，我们现在有了，以前欧洲不少城市也这么做过。但是，当我一泼冷水，说根本选不出“二十台最好的戏”，他想一想，点了点头，也就苦恼了。这个过程多次重复，使我相信，大艺术家就是孩子。

交往再多，真正的“紧密合作”却只有一次，时间倒是不短。

那是二十世纪八十年代中期的事吧，上海文化界也开始要评“职称”了。这是一件要打破头的麻烦事，官员们都不敢涉足。其实他们自己也想参评，于是要找两个能够“摆得平”的人来主事。这两个人，就是黄佐临先生和我。

经过多方协调，他和我一起被任命为“上海文化界高级职称评审委员会”的“双主任”。我说，不能“双主任”，只能由黄佐临先生挂帅，我做副主任。但黄佐临先生解释说，他也是文化界中人，而我则可以算是教育界的，又在负责评审各大学的文科教授，说起来比较客观。因此，“双主任”是他的提议。

在评审过程中，黄佐临先生的品格充分展现。他表面上讲话很少，心里却什么都明白。

例如，对于在历次政治运动中的“整人干将”，不管官职多高、名声多大，他都不赞成给予高级职称。有一个从延安时代过来的“院长”，很老的资格，不小的官职，也来申报。按惯例，必然通过，但评审委员会的诸多委员沉默了。黄佐临先生在讨论时只用《哈姆雷特》式的台词轻轻说了一句：“搞作品，还是搞人？这是个问题。”过后投票，没有通过。

上海文化界不大，有资格申报高级职称的人，大家都认识。对于“文革”中的造反派首领和积极分子，怎么办？黄佐临先生说：“我们不是政治审查者，只评业务。但是，艺术怎么离得开人格？”

我跟着说：“如果痛改前非，业务上又很强，今后也可以考虑。但现在，观察的时间还不够。”因此，这样的人在我们评的第一届，都没有上去。

对于“革命样板戏”剧团的演员，黄佐临先生觉得也不必急着评，以后再说。

“那十年的极度风光，责任不在他们。但他们应该知道，当时他们的同行在受着什么样的煎熬，不能装作没看见。”他说。

对于地方戏曲的从业人员，黄佐临先生和我都主张不能在职称评定上给予特殊照顾。他认为，这些名演员已经拥有不少荣誉，不能什么都要。这是评定职称，必须衡量文化水准和创新等级。

我则认为，上海的地方戏曲在整体上水准不高，在风格上缺少力度。那些所谓“流派”，只是当年一些年轻艺人的个人演唱特点，其中有不少是缺点。如果我们的认识乱了，今后就会越来越乱。

那年月，文化理智明晰，艺术高低清楚，实在让人怀念。出乎意料的是，当时被我们搁置的那些人，现在有不少已经上升为“艺术泰斗”、“城市脊梁”。我估计，黄佐临先生的在天之灵又在朗诵《哈姆雷特》了：

泰斗，还是太逗？这是个问题。

脊梁，还是伎俩？这又是个问题。

就在那次职称评定后不久，国家文化部在我所在的上海戏剧学院有过三次“民意测验”，我均排名第一，便顺势任命我出任院长。

黄佐临先生听说后，立即向媒体发表了那著名的四字感叹：可喜，可惜！

上海电视台的记者祁鸣问他：“何谓可喜？”

他说：“‘文革’十年，把人与人的关系都撕烂了。这位老兄能在十年后获得本单位三次民意测验第一，绝无仅有，实在可喜。文化部总算尊重民意了，也算可喜。”

记者又问：“何谓可惜？”

他说：“这是一个不小的行政职务，正厅级，但只适合那些懂一点儿艺术又不是太懂、懂一点儿理论又不是太懂的人来做。这位老兄在艺术和学术上的双重天分，耗在行政上，还不可惜？”

他的这些谈话，当时通过报纸广为流传。他称我“老兄”，其实我比他小了整整四十岁。但我已经没有时间与他开玩笑了，连犹豫的空间也不存在，必须走马上任，一耗六年。

这六年，我不断地重温着“可喜，可惜”这四个字。时间一久，后面这两个字的分量渐渐加重，成了引导我必然辞职的咒语。

六年过去，终于辞职成功。那一年，他已经八十五岁了；而我，也已经四十五岁。

六

原以为辞职会带来轻松，我可以在长烟大漠间远行千里了。但实际情况并非如此。上海，从一些奇怪的角落伸出了一双双手，把我拽住了。

这是怎么回事？

原来上海一些文人聪明，想在社会大转型中通过颠覆名人来让自己成名。但他们又胆小，不敢触碰有权的名人。于是，等我一辞职，"有名无权"了，就成了他们的目标。正好，在职称评定中被我签字"否决"的申报者，也找到了吐一口气的机会。于是，我被大规模"围啄"。

我这个人什么也不怕，却为中国文化担忧起来。我们以前多少年的黑夜寻火、鞭下搏斗，不就是为了争取一种健康的"无伤害文化"吗，怎么结果是这样？

那天，我走进宿舍，在门房取出一些信件。其中有一封特别厚，我就拿起来看是谁寄来的。

一看就紧张了。寄自华东医院东楼的一个病床，而那字迹，我是那么熟悉！

这才想到，黄佐临先生住在医院里。我去探望过，却又有很长时间没去了。

我赶快回家，关门，坐下，打开那封厚厚的信。

于是，我读到了——

秋雨：

去年有一天，作曲家沈立群教授兴致勃勃地跑到我家，上气不接下气地告诉我，有精品出现了！她刚从合肥回来，放下行李便跑来通报这个喜讯。她说最后一场戏，马兰哭得唱不下去了，在观众席看彩排的省委领导人哭得也看不下去了，而这场戏则是你老兄开了个通宵赶写出来的。

我听了高兴得不得了。兴奋之余，我与沈立群教授的话题便转到了我国今后歌剧的发展上来。沈说，京、昆音乐结构太严谨，给作曲家许多束缚，而黄梅戏的音乐本身就很优美而且又给予作曲家许多发挥余地。今后我国新歌剧，应从这个剧种攻克。

对种种“风波”，时有所闻，也十分注意。倒不是担心你老兄——树大必招风，风过树还在；我发愁的乃是当前中国文化界的风气。好不容易出现一二部绝顶好作品，为什么总是跟着“风波”？真是令人痛心不已。

对于你老兄，我只有三句话相赠。这三句话，来自我的老师萧伯纳。一九三七年“七七事变”后三天我去他公寓辞别，亲眼看到他在壁炉上镌刻着的三句话：

他们骂啦。

骂些什么？

让他们骂去！

你能说他真的不在乎骂吗？不见得，否则为什么还要镌刻在壁炉上头呢？我认为，这只说明这个怪老头子有足够的自信力罢了。

所以我希望你老兄不要（当然也不至于）受种种“风波”的干扰。集中精力从事文化考察和写作，那才是真正的文化。

我这次住院，已经三个月了。原来CT后发现脑血管有黑点，经过三个疗程吊液后，已觉得好些。但目前主要毛病是心脏（早搏、房颤），仍在治疗中。今年已经八十七岁，然而还不知老之将至，还幻想着要写一部书——《世界最好的戏剧从来就是写意的》。你说，太“自不量力”不？

祝你考察和写作顺利。

佐临

华东医院东楼十五楼十六床

一九九三年五月二十一日

需要说明的是，他引用萧伯纳壁炉上的三句话，在信上是先写英文，再译成中文的。三句英文为：

They have said.

What said they？

Let them say!

这立即让我想到五十六年前他离开萧伯纳寓所时的情景，他在新加坡给我描述过。

几句话，漂洋过海，历尽沧桑，居然又被一个病榻上的老者捡起，颤颤巍巍地写给了我。我，承接得那么沉重，又突然感到喜悦。

Let them say!

这句简短的英文，成了我后来渡过重重黑水的木筏。从此，一路上变得高兴起来，因为这个木筏的打造者和赠送者，是萧伯纳和黄佐临。他们都是喜剧中人，笑得那么灿烂。

黄佐临先生在写完这封信的第二年，就去世了。

站在他的人生句号上一点点回想，谁都会发现，他这一生，实在精彩。

我们不妨再归纳几句：

“七七事变”后第三天告别萧伯纳“赴国难”。

在国难中开创上海戏剧和中国戏剧的黄金时代。

二十年后，在另一番艰难岁月中发表了世界三大戏剧观的宏伟高论，震动国际。

等灾难过去，北上京城，在剧场里考问知识分子的心灵。

最后，展开一个童心未泯又万人钦慕的高贵晚年……

我想不出，在他之前或之后，还有哪一位中国艺术巨匠，拥有这么完满而美好的人生。

对他，我知道不能仅仅表达个人化的感谢。他让中国戏剧、中国艺术、中国文化、中国人，多了一份骄傲的理由。他是一座孤岸的高峰，却让磕磕绊绊的中国现代文化大船，多了一支桅杆。这支桅杆，栉风沐雨，直指云天，远近都能看见。

现在，很多人已经不知道他的名字了，这不是他的遗憾。

我听从他的遗言，从来不对别人的说三道四进行辩驳。但是，前两年，纪念中国话剧一百周年，几乎所有的文章都没有提黄佐临的名字，大家只把纪念集中在北京人艺和《茶馆》上，我就忍不住了。

我终于写了文章，说："看到一部丢失了黄佐临的中国话剧史，连焦菊隐、曹禺、田汉、老舍的在天之灵都会惊慌失措。历史就像一件旧家具，抽掉了一个重要环扣，就会全盘散架。"

二〇一二年四月十四日

巴金百年

一

在当代华人学者中，我也算是应邀到世界各地演讲最多的人之一吧？但我每次都要求邀请者，不向国内报道。原因，就不说了。

在邀请我的城市中，有一座我很少答应，那就是我生活的上海。原因，也不说了。

但是，二〇〇四年十一月十七日，我破例接受邀请，在外滩的上海档案馆演讲。原因是，八天后，正是巴金百岁寿辰。

庆祝百年大寿，本该有一个隆重的仪式，亲友如云，读者如潮，高官纷至，礼敬有加。这样做，虽也完全应该，却总免不了骚扰住在医院里那位特别朴素又特别喜欢安静的老人。不知是谁出的主意，只让几个文人在黄浦江边花几天时间细细地谈老人。而且，是在档案馆。这似乎在提醒这座已经不太明白文化是什么的城市，至少有一种文化，与江边这些不受海风侵蚀的花岗岩有关，与百年沉淀有关。

由我开场。在我之后，作家冰心的女儿吴青、巴金的侄子李致、巴金的研究者陈思和，都是很好的学者，会连着一天天讲下去。讲完，就是寿辰了。

没想到来的听众那么多，而且来了都那么安静，连走路、落座都轻手轻脚。我在台上向下一看，巴金的家里人，下一辈，再下一辈，包括他经常写到的端端，都坐在第一排。我与他们都熟，投去一个微笑，他们也都朝我轻轻点了点头。有他们在，我就知道该用什么语调开口了。

二

家人对老人，容易“熟视无睹”。彼此太熟悉了，忘了他给世界带来的陌生和特殊。

因此，我一开口就说，请大家凝视屏息，对巴金的百岁高龄再添一份神圣的心情。理由，不是一般的尊老，而是出于下面这些年龄排列——

> 中国古代第一流文学家的年龄：
>
> 活到四十多岁的，有曹雪芹、柳宗元。
>
> 活到五十多岁的，有司马迁、韩愈。
>
> 活到六十多岁的多了，有屈原、陶渊明、李白、苏轼、辛弃疾。
>
> 活到七十多岁的不多，有蒲松龄、李清照。
>
> 活到八十多岁，现在想起来的，只有陆游。

扩大视野，世界上，活到五十多岁的第一流文学家，有但丁、巴尔扎克、莎士比亚、狄更斯。

活到六十多岁的，有薄伽丘、塞万提斯、左拉、海明威。

活到七十多岁的，有小仲马、马克·吐温、萨特、川端康成、罗曼·罗兰。

活到八十多岁的，有歌德、雨果、托尔斯泰、泰戈尔。

活到九十多岁的，有萧伯纳。

在中外第一流的文学家之后，我又缩小范围，拉近时间，对于中国现代作家的年龄也做了一个统计。

活到七十多岁的，有张爱玲。

活到八十多岁的，有郭沫若、茅盾、丁玲、沈从文、林语堂。

活到九十多岁的，有叶圣陶、夏衍、冰心。

我的记忆可能有误，没时间一一核对了。但在演讲现场，我把这么多名字挨个儿一说，大家的表情果然更加庄严起来。

这个名单里没有巴金，但巴金却是终点。因此，所有的古今中外作家都转过身来，一起都注视着这个中国老人。至少到我演讲的这一刻，他是第一名。

杰出作家的长寿，与别人的长寿不一样。他们让逝去的时间留驻，让枯萎的历史返绿，让冷却的岁月转暖。一个重要作家的离去，是一种已经泛化了的社会目光的关闭，也是一种已经被习惯了的情感方式的中断，这种失落不可挽回。我们不妨大胆设想一下：如果能让司马迁看到汉朝的崩溃，曹雪芹看到辛亥革命，鲁迅看到“文革”，将会产生多么大的思维碰撞！他们的反应，大家无法揣测，但他们的目光，大家都已熟悉。

巴金的重要，首先是他敏感地看了一个世纪。这一个世纪的中国，发生多少让人不敢看又不能不看的事情啊。但人们在深陷困惑的时候，突然会想起还有一些目光和头脑与自己同时存在。存在最久的，就是他，巴金。

三

巴金的目光省察着百年。

百年的目光也省察着巴金。

巴金的目光，是五四新文化运动所留下的最温和的目光。在最不需要温和的中国现代，这里所说的“最温和”，长期被看成是一种落后存在。

巴金在本质上不是革命者，尽管他年轻时曾着迷过无政府主义的社会改革。从长远看，他不可能像李大钊、陈独秀、郭沫若、茅盾、丁玲他们那样以文化人的身份在革命队列中冲锋陷阵。他也会充满热情地关注他们，并在一定程度上追随他们，但他的思想本质，却是人道主义。

巴金也不是鲁迅。他不会对历史和时代做出高屋建瓴的概括和批判，也不会用“匕首和投枪”进攻自己认为的敌人。他不做惊世之断，不吐警策之语，也不发荒原呐喊，永远只会用不高的音调倾诉诚恳的内心。

巴金又不是胡适、林语堂、徐志摩、钱锺书这样的“西派作家”。他对世界文化潮流并不陌生，但从未领受过中国现代崇洋心理的仰望，从未沾染过丝毫哪怕是变了样的“文化贵族”色彩，基本上只一种朴实的本土存在。

上述这几方面与巴金不同的文化人，都很优秀，可惜他们的作品都不容易在当时的中国社会有效普及。当时真正流行的，是“鸳鸯蝴蝶派”、“礼拜六派”、武侠小说、黑幕小说。现在很多年轻人都以为，当时鲁迅的作品应该已经很流行。其实不是，只要查一查发行量就知道了。在文盲率极高的时代，比例很小的“能阅读群体”中的多数，也只是“粗通文墨”而已，能从什么地方捡到几本言情小说、武侠小说读读，已经非常“文化”。今天的研究者们的种种判断，与那个时候的实际接受状态关系不大。在这种情况下，巴金就显得很重要。

巴金成功地在“深刻”和“普及”之间搭建了一座桥梁，让五四新文化运动中反封建、求新生、倡自由、争人道的思想启蒙，通过家庭纠纷和命运挣扎，变成了流行。流行了，又不媚俗，不降低，在精神上变成了一种能让当时很多年轻人“够得着”的正义，这就不容易了。

中国现代文学史有一个共同的遗憾，那就是，很多长寿的作家并没有把自己的重量延续到中年之后，他们的光亮仅仅集中在青年时代。尤其在二十世纪中期的一场社会大变革之后，他们之中，有的人卷入到地位很高却又徒有虚名的行政事务之中，有的人则因为找不到自己与时代的对话方式而选择了沉默。巴金在文学界的很多朋友，都是这样。

完全出人意料，巴金，也仅仅是巴金，在他人生的中点上，又创造了与以前完全不同的新光亮。他，拥有了一九六二年五月九日。一个看似普通的发言，改变了他整个后半生，直到今天。

就在这个重大转折的一年之后，我见到了他。

因此，我的这篇文章，接下来就要换一种写法了。

四

我是十七岁那年见到巴金的。他的女儿李小林与我是同班同学，我们的老师盛钟健先生带着我和别的人，到他们家里去。

那天巴金显得高兴而轻松，当时他已经五十九岁，第一次亲自在家里接待女儿进大学后的老师和同学。以前当然也会有小学、中学的老师和同学来访，大概都是他的妻子萧珊招呼了。

武康路一一三号，一个舒适的庭院，被深秋的草树掩荫着，很安静。大门朝西，门里挂着一个不小的信箱，门上开了一条窄窄的信箱口。二十几年之后，我的《文化苦旅》、《山居笔记》、《霜冷长河》等书籍的每一篇稿子，都将通过这个信箱出现在海内外读者面前。那天下午当然毫无这种预感，我只在离开时用手指弹了一下信箱，看是铁皮的，还是木头的。

巴金、萧珊夫妇客气地送我们到大门口。他们的笑容，在夕阳的映照下让人难忘。

我们走出一程，那门才悄悄关上。盛钟健老师随即对我说："这么和蔼可亲的人，该说话的时候还很勇敢。他去年在上海文代会上的一个发言，直到今天还受到非难。"

"什么发言？"我问。

"你可以到图书馆找来读一读。"盛老师说。

当天晚上我就在图书馆阅览室里找到了这个发言。

发言中有这样一段话——

> 我有点儿害怕那些一手拿框框、一手捏棍子到处找毛病的人，固然我不会看见棍子就缩回头，但是棍子挨多了，脑筋会给震坏的。碰上了他们，麻烦就多了。我不是在开玩笑。在我们新社会里有这样的一种人，人数很少，你平日看不见他们，也不知道他们在什么地方，但是你一开口，一拿笔，他们就出现了。他们喜欢制造简单的框框，也满足于自己制造出来的这些框框，更愿意把人们都套在他们的框框里头。倘使有人不肯钻进他们的框框里去，倘使别人的花园里多开了几种花，窗前树上多有几声不同的鸟叫，倘使他们听见新鲜的歌声，看到没有见惯的文章，他们会怒火上升，高举棍棒，来一个迎头痛击。……他们人数虽少，可是他们声势很大，寄稿制造舆论。他们会到处发表意见，到处寄信，到处抓到别人的辫子，给别人戴帽子，然后乱打棍子，把有些作者整得提心吊胆，失掉了雄心壮志。

据老人们回忆，当时上海文化界的与会者，听巴金讲这段话的时候都立即肃静，想举手鼓掌，却又把手掌抬起来，捂住了嘴。只有少数几个大胆而贴心的朋友，在休息时暗暗给巴金竖大拇指，但动作很快，就把大拇指放下了。

为什么会这样？从具体原因看，当时上海文化界的人都从巴金的发言中立即想到了“大批判棍子”姚文元，又知道他的后面是张春桥，张的后面是上海的市委书记柯庆施。这条线，巴金当然很清楚，所以他很勇敢。

但是，我后来在长期的实际遭遇中一次次回忆巴金的发言，才渐渐明白他的话具有更普遍的意义。一个城市在某个时间出现姚文元、张春桥这样的人毕竟有点儿偶然，但巴金的话却不偶然，即使到中国别的城市，即使到今天，也仍然适用。

让我们在五十年后再把巴金的论述分解成一些基本要点来看一看——

第一，使中国作家提心吊胆、失掉雄心壮志的，是一股非常特殊的力量，可以简称为“棍子”，也就是“那些一手拿框框、一手捏棍子到处找毛病的人”。

第二，这些人的行为方式分为五步：自己制造框框；把别人套在里边；根据框框抓辫子；根据辫子戴帽子；然后，乱打棍子。

第三，这些人具有蛰伏性、隐潜性、模糊性，即“平时看不见他们，也不知道他们在干什么”。他们的专业定位，更不可寻访。

第四，这些人嗅觉灵敏，出手迅捷。只要看到哪个作家一开口，一拿笔，他们便立即举起棍子，绝不拖延。

第五，这些人数量很少，却声势浩大，也就是有能力用棍子占据全部传播管道。在制造舆论上，他们是什么都做得出来的一群。

第六，这些人口头上说得很堂皇，但实际的原始动力，只是出于嫉妒的破坏欲望。“倘使别人的花园里多开了几种花，窗前树上多有几声鸟叫，倘使他们听见新鲜的歌声，看到没有见惯的文章，他们会怒火上升，高举棍棒，来一个迎头痛击。”

第七，这些人在破坏时表现出“怒火”，表现出“高举”，表现出“痛击”，很像代表正义。因此只要碰上，就会造成很多政治麻烦，使人脑筋震坏。让中国作家害怕的，就是这种势力。

以上七点，巴金在一九六二年五月九日已经用平顺而幽默的语气全都表述了，今天重温，仍然深深佩服。因为隔了那么久，似乎一切已变，姚文元、张春桥也早已不在人世，但这些“棍子”依然活着，而且还有大幅度膨胀之势。

巴金的发言还隐藏着一个悖论，必须引起当代智者的严肃关注——

他是代表着受害者讲话的，但乍一看，他的名声远比“棍子”们大，他担任着上海作家协会主席，当然稿酬也比“棍子”们多，处处似乎属于“强者”，而“棍子”们则是“弱者”。但奇怪的现象发生了：为什么“弱者”高举棍棒，总是显得那么强蛮凶狠？为什么战栗于棍棒之下的“强者”，总是那么羸弱无助？

这个深刻的悖论，直指后来的“文革”本质，也直指今天的文坛生态。

其实，中国现代很多灾难都起始于这种“强弱涡旋”。正是这种“似强实弱”、“似弱实强”的倒置式涡旋，为剥夺、抢劫、嫉恨，留出了舆论空间和行动空间。这就在社会上，形成了以民粹主义为基础的“精英淘汰制”；在文化上，形成了以文痞主义为基础的“传媒暴力帮”。

巴金凭着切身感受，先人一步地指出了这一点，而且说得一针见血。

就在巴金发言的两个星期之后，一九六二年五月二十五日，美联社从香港发出了一个电讯。于是，大麻烦就来了。

美联社的电讯稿说：

> 巴金五月九日在上海市文学艺术家第二次代表大会上说：缺乏言论自由正在扼杀中国文学的发展。
>
> 他说：“害怕批评和自责”使得许多中国作家，包括他本人在内，成为闲人，他们主要关心的就是“避免犯错误”。
>
> 巴金一向是多产作家，他在共产党征服中国以前写的小说在今天中国以及在东南亚华侨当中仍然极受欢迎。但是在过去十三年中，他没有写出什么值得注意的东西……
>
> 这位作家说，看来没有人知道“手拿框框和棍子的人们”来自何方，“但是，只要你一开口，一拿笔，他们就出现了”。
>
> 他说：“这些人在作家当中产生了恐惧。”
>
> 这位作家要求他自己和其他作家鼓起充分的勇气，来摆脱这样的恐惧，写出一些具有创造性的东西。

美联社的电讯稿中还说，当时北京的领导显然不赞成巴金的发言，证据是所有全国性的文艺刊物都没有刊登或报道这个发言。原来，美联社的电讯晚发了两个星期，是在等这个。

美联社这个电讯，姚文元、张春桥等人都看到了。于是，巴金成了“为帝国主义攻击中国提供炮弹的人”。

五

姚文元、张春桥他们显然对巴金的发言耿耿于怀，如芒在背。几年后他们被提升为恶名昭著的“中央文革小组”要员，权势熏天，却一再自称为“无产阶级的金棍子”。“棍子”，是巴金在发言中对他们的称呼，他们接过去了，镀了一层金。

我一直认为，“文革”运动，也就是“棍子运动”。

巴金几年前的论述，被千万倍地实现了。当时的中国大地，除了棍子，还是棍子。揭发的棍子、诽谤的棍子、诬陷的棍子、批斗的棍子、声讨的棍子、围殴的棍子……整个儿是一个棍子世界。

几年前唯一对棍子提出预警的巴金，一刹那显得非常伟大。但他自己，却理所当然地被棍了包围。那扇我记忆中的深秋夕阳下的大门，一次次被歹徒撞开。萧珊到附近的派出所报警，警方不管。

巴金任主席的上海作家协会，坐落在巨鹿路的一个豪华宅院里。这个宅院原先是一位富商按照欧洲风格建造的，不仅房屋典雅精致，而且还有草坪雕塑。但此刻，却成了一个批斗巴金的狞厉场所。檀木和大理石的墙壁上贴满了墨迹森森的大字报，紫铜的壁灯上扯上几条麻绳，拉到对墙的壁灯上，上面也飘荡着一排排大字报。所有的大字报，都出自作家协会里的作家之手。不少作家已经很多年没有发表过作品了，但一写大字报却文笔滔滔、激情如火。他们都在用最刺目的语句辱骂巴金，把他说成是“反共老手”、“黑老K”、“反动作家”、“寄生虫”……

平日看起来好好的文人们，一夜之间全都“纤维化”、“木质化”了，变成了无血无肉的棍子，这是法国荒诞派作家尤奈斯库笔下的题材。但是，中国作家变化的速度和幅度，超过荒诞派的想象。

在上海作家协会里，长期以来最有权势的，是来自军队的“革命作家”。“文革”爆发后，以胡万春为代表的“工人造反派作家”正式掌权。“革命作家”里边矛盾很大，争斗激烈，争斗的共同前提，一是争着讨好“工人造反派作家”，二是争着对“死老虎”巴金落井下石。

巴金并不害怕孤独的“寒夜”。每天，他从巨鹿路的作家协会宅院步行回到武康路的家，万分疲惫。他一路走来，没想到这个城市会变成这样。终于到家了，进门，先看那个信箱，这是多年习惯。但信箱是空的，萧珊已经取走了。

后来知道，萧珊抢先拿走报纸，是为了不让丈夫看到报纸上批判他的一篇篇文章。她把那些报纸在家里藏来藏去，当然很快就被丈夫发现了。后来，那个门上的信箱，就成了夫妻两人密切关注的焦点，谁都想抢先一步，天天都担惊受怕。

大字报风潮是一种“阵发性癫痫”，发过几阵之后，作家协会的豪华宅院稍稍安静，成了“工人造反派作家”的家。这些原先贫穷的工人为什么要造反？就是为了夺取这样的“贵族城堡”。他们写过几篇粗陋的小说，是所谓“业余作家”，但对于沉溺奢侈，却一点儿也不业余。历来上海滩的暴发户，都是这样。

一开始，这些暴发户还会在“贵族城堡”中辟出一角批斗巴金和其他专业作家，后来发觉这会影响他们的奢侈生活，就把批斗场所外移了。巴金被关押在哪里？家人也不知道。

巴金的女儿李小林，早已与我们这些同学一起，被发配到外地农场劳动。她在苦役的间隙中看到上海的报纸，上面有文章说，巴金也被发配到上海郊区的农场劳动去了。但是，报纸上的文章还在批判他：“肩挑两百斤，思想反革命。”两百斤？李小林流泪了。

一九七一年九月发生的一个事件之后，“文革”已经失败，却仍在苟延残喘，而且还喘得慷慨激昂。周恩来主政后开始文化重建，我们从农场回到了上海。很多文化人回到了原来的工作岗位，参加复课、编教材、办学报的工作，这在当时叫作“落实政策”，有“宽大处理”的意思。

但是，那条最大的棍子张春桥还记恨着巴金的发言，他说：“对巴金，不枪毙就是落实政策。”当时张春桥位居中央高位，巴金的处境，可想而知。

但是，国际文学界在惦念着巴金。法国的几位作家不知他是否还在人世，准备把他提名为诺贝尔文学奖候选人，来做试探。日本作家井上靖和日中文化交流协会更是想方设法寻找他的踪迹。在这种外部压力下，张春桥等人又说：“巴金可以不戴反革命分子帽子，算作人民内部矛盾，养起来，做一些翻译工作。”

于是，他被归入当时上海“写作组系统”的一个翻译组里，自己决定翻译俄罗斯作家赫尔岑的《往事与随想》。

一具受尽折磨的生命，只是在“不枪毙”的缝隙中勉强残留，却立即接通了世界上第一流的感情和思维。我想，这就是生命中最难被剥夺的文化尊严。活着，哪怕只有一丝余绪，也要快速返回这个等级。

然而，要真正返回这个等级，难度很大。他家里的书房早被造反派“查封”了，还不能开启，那怎么翻译？而且，妻子萧珊在重重忧虑中终于生了大病，需要不断到医院求诊。当时上海为了备战，硬性规定每家每户都要烧制大量“防空洞砖”，他家也不能幸免。而且，他还必须不断地到农场下田劳动……

与这种紧迫而惶恐的日子形成对比，巨鹿路作家协会的“贵族城堡”里却越来越热闹。由于上海“工人造反派”的司令被提拔为中国政界的第三号人物，接班的态势似乎已定，因此上海这些“工人造反派作家”也越来越浩气冲天。市民中大量并非工人出身的“业余作家”，也纷纷投靠，那个“贵族城堡”里几乎天天在过狂欢节。

必然发生的事终于发生了，“贵族城堡”的领主胡万春因一宗所谓“男女问题”，无法掩饰了，只能在一片民愤中押送回厂。我认识的一位高先生听说此事后，认为工人作者本来就不应该住进这样的“贵族城堡”，便借列宁曾叫工人作家高尔基走出圣彼得堡的往事写了篇文章，却又怕“工人造反派”的通天权势不敢道明。我则不同意把胡万春与高尔基相提并论，建议他改一改。但是，文章发表后不起作用，大量“业余作者”还是挤在“贵族城堡”里欢天喜地。

我心中，一直惦记着巴金那个被封了书房的家。

那天下午，我推开了那个木门。巴金的爱妻萧珊已经因病去世，老人抱着骨灰盒号啕大哭，然后陷于更深的寂寞。一走进去就可以感受到，这个我们熟悉的庭院，气氛已经越来越阴沉，越来越萧条了。

李小林和她的丈夫祝鸿生轻声告诉我，他在隔壁。我在犹豫要不要打扰他，突然传来了他的声音。听起来，是在背诵一些文句。

李小林听了几句，平静地告诉我："爸爸在背诵但丁的《神曲》。他在农村劳役中，也背诵。"

"是意大利文？"我问。

"对。"李小林说，"好几种外语他都懂一些，但不精通。"

但丁，《神曲》，一个中国作家苍凉而又坚韧的背诵，意大利文，带着浓重的四川口音。

我听不懂，但我知道内容。

> 啊，温厚仁慈的活人哪，
>
> 你前来访问我们这些用血染红大地的阴魂，
>
> 假如宇宙之王是我们的朋友的话，
>
> 我们会为你的平安向他祈祷，
>
> 因为你可怜我们受这残酷的惩罚。
>
> ……

这便是但丁的声音。

这便是巴金的声音。

相隔整整六百六十年，却交融于顷刻之间。那天下午，我似乎对《神曲》的内涵有了顿悟，就像古代禅师顿悟于不懂的梵文经诵。

过了一段时间，形势越来越恶劣了。周恩来总理布置的复课、编教材等文化恢复工作，被批判为“右倾翻案风”，开始被大规模“反击”。我因主持了上海唯一的周总理追悼会，被造反派侦缉，因此只能逃奔。我告诉李小林：“正在托盛钟健老师找地方，想到乡下山间去住一阵。”

盛钟健老师，也就是最早把我带进巴金家的人。李小林一听他的名字就点头，不问别的什么了。

那个倾听巴金诵读《神曲》的记忆，长久地贮存在我心底。我独自隐居乡下山间，决定开始研究中华文化和世界文化的关系，也与那个记忆有关。上海武康路的庭院，意大利佛罗伦萨的小街，全都集合到了山间荒路上，我如梦似幻地跨越时空，飞腾悠游。

直到很多年后，我还一次次到佛罗伦萨去寻访但丁故居，白天去，夜间去，一个人去，与妻子一起去，心中总是回荡着四川口音的《神曲》。

六

终于，中国迎来了一个历史性的大转折。那时巴金早已过了古稀之年，却出乎意料地迎来了毕生最繁忙的日子。

整整一个时代对文化的亏欠，突然遇到了政治性的急转弯。人们立即

“转变立场”，亢奋地拥抱住了文化界的几乎一切老人。尽管前几天，他们还对这些老人嗤之以鼻。

多数老人早已身心疲惫、无力思考。巴金虽也疲惫，却没有停止思考，因此，他成了一种稀有的文化代表。一时间，从者蜂拥，美言滔滔。

巴金对于新时代的到来是高兴的，觉得祖国有了希望。但对于眼前的热闹，却并不适应。

这事说来话长。在还没有互联网的时代，一个人如果遭遇围殴，出拳者主要集中在自己单位之内。正如我前面写到过的，巴金在前些年遭遇的各种具体灾难，多数也来自他熟悉的作家。现在，作家们突然转过身来一起宣称，他们一直是与巴金在并肩受难，共同战斗。

对此，至少我是不太服气的。例如，我前面说过，有一段时间，上海每家必须烧制大量“防空洞砖”，巴金家虽然一病一老，却也不能例外，那么请问，单位里有谁来帮助过？萧珊病重很长时间，谁协助巴金处理过医疗问题？萧珊去世后的种种后事，又是谁在张罗？我只知道，是我们班的同学们在出力，并没有看到几个作家露脸。

巴金善良，不忍道破那些虚假，反觉得那些人在当时的大环境下也过得不容易。但晚上常做噩梦，一次次重新见到那些大字报，那些大批判，那些大喇叭。

能不能学会反省？这成了全体中国人经历灾难之后遇到的共同课题。

为此，巴金及时地发出三项呼吁——

第一，呼吁建立“文革博物馆”。

第二，呼吁反省，并由他自己做起，开始写作《随想录》。

第三，呼吁“讲真话”。

“文革博物馆”至今没有建立，原因很复杂。试想，“文革博物馆”如果建立，那总少不了上海作家协会一次次批斗巴金的图片和资料吧？那么，照片上那群挥拳高喊的“斗士”中，会出现多少大家并不陌生的脸？一堆堆的揭发材料上，又会出现多少大家并不陌生的签名？

巴金不想引起新的互相揭发，知道一旦引起，一定又是“善败恶胜”。因此，他只提倡自我反省。

他的《随想录》不久问世，一个在灾难中家破人亡的文化老人，真诚地检讨自己的心灵污渍，实在是把整个中国感动了。最不具备反省能力的中国文化界，也因这本书的出版，安静了三四年。

巴金认为，即使没有灾难，我们也需要反省，也需要建立一些基本品德，例如，“讲真话”。他认为，这是中国人的软项，也是中国文化的软项。如果不讲真话，新的灾难还会层出不穷。因此，他把这一点当作反省的关键。

当时就有权威人士对此表示强烈反对，发表文章说：“真话不等于真理。”

我立即撰文反驳，说：“我们一生，听过多少‘真理’，又听到过几句真话？”

仅仅提出“讲真话”，就立即引来狙击，可见这三个字是如何准确地触动了一个庞大的神经系统。这与他在一九六二年责斥“棍子”时的情景，十分相似。

因此，巴金在晚年反复申述的“讲真话”，具有强大的文化挑战性，可视为二十世纪晚期最重要的“中华文化三字箴言”。

至此，似乎可以用最简单的语言对巴金的贡献做一个总结了。

我认为，巴金前半生，以小说的方式参与了两件事，不妨用六个字来概括，那就是：“**反封建**”、“**争人道**”；巴金后半生，以非小说的方式呼喊了两件事，也可以用六个字来概括，那就是：“**斥棍子**”、“**讲真话**”。

前两件事，参与者众多，一时蔚成风气；后两件事，他一个人领头，震动山河大地。

七

巴金晚年，被赋予很高的社会地位，先是全国人大常委，后来是全国政协副主席。同时，又一直是中国作家协会主席。但他已经不能参与会议了，多数时间在病房里度过。

有一次我到华东医院看他，正好是他吃中饭的时间。护士端上饭菜，李小林把他的轮椅摇到小桌子前。他年纪大了，动作不便，吃饭时还要在胸前挂一个围兜。当着客人的面挂一个围兜独自用餐，他有点儿腼腆，尽管客人只是晚辈。

我注意了一下他的饭菜，以及他当天的胃口。医院的饭菜实在太简单，他很快吃完了。李小林去推轮椅，他轻轻说了一句四川话，我没听清，李小林却笑了。临走，李小林送我到门外，我问：“刚才你爸爸说了一句什么话？”

“爸爸说，这个样子吃饭，在余秋雨面前丢脸了！”

我一听也笑了。

“这里的饭菜不行，你爸爸最想吃什么？”我问。

出乎意料，李小林的回答是：“汉堡包，他特别喜欢。”

“这还不容易？”我有点儿奇怪。

“医院里不供应，而我们也没有时间去买。”李小林说。

“这事我来办。”我说。

当时我正在担任上海戏剧学院院长，学院就在医院附近。我回去后立即留下一些钱给办公室的工作人员，请他们每天帮我到静安寺买一个汉堡包送到医院。

但是，我当时实在太忙了，交代过后没有多问。直到后来我才知道，只送成两次。不久，巴金离开医院到杭州去养病了。

不久之后，我辞职远行，开始在废墟和荒原间进行文化考察。

考察半途中，在小旅店写下一些文稿。本打算一路带着走，却怕丢失，就想起了一扇大门。

夕阳下的武康路，一个不知是铁皮的还是木头的信箱。巴金和萧珊一次次抢着伸手进去摸过，总是摸出一卷卷不忍卒读的报纸。女主人的背影消失在这个门口，我悄悄推门进去，却听到了苍凉的《神曲》……

我决定把稿子寄给这扇大门，寄给这个信箱。巴金依然主编着《收获》杂志，他病后，由李小林在负责。李小林对文学的判断力，我很清楚。想当年，在张春桥刚刚讲了枪毙不枪毙巴金的凶恶言语之后，我去看她和她的丈夫，只能小声说话。她居然不屑一顾地避开了张春桥的话题，郑重地向我推荐了苏联新生代作家艾特玛托夫的新作，而且从头到尾只说艺术，说得那么投入。

我有信心，她能理解我这些写于废墟的文字，尽管在当时处处不合时宜。

有时回到上海，我直接把稿子塞到那个信箱里。通常在夜间，不敲门，也不按电铃。这是一项有关文化的投寄，具体中又带点儿抽象。不要说话，只让月亮看到就可以了。那时武康路还非常安静，安静得也有点儿抽象。

这项投寄，终于成了一堆大家都知道的书籍。

然而，这时候的巴金，已经真正老迈，而且重病在身。

他甚至说，自己不应该活得那么久。

他甚至说，用现代医学来勉强延长过于衰弱的身体，并非必要。

他甚至说，长寿，是对他的惩罚。

八

在衰弱之中，他保持着倾听，保持着询问，保持着思考，因此，也保持着一种特殊的东西，那就是忧郁。

忧郁？

是的，忧郁。说他保持别的什么不好吗？为什么强调忧郁？

但这是事实。

他从青年时代写《家》开始就忧郁了，到民族危难中的颠沛流离，到中年之后发现棍子，经历灾难，提倡真话，每一步，都忧郁着。

冰心曾劝他："巴金老弟，你为何这么忧郁？"直到很晚，冰心才明白忧郁是他的生命主调。

在生命行将终结的时候，他还在忧郁。

他让人明白，以一种色调贯穿始终，比色彩斑斓的人生高尚得多。

我曾多次在电话里和李小林讨论过巴金的忧郁。

我说，巴金的忧郁，当然可以找到出身原因、时代原因、气质原因，但更重要的不是这一些。忧郁，透露着他对社会的审视，他对人群的疏离，他对理想和现实之间距离的伤感，他对未来的疑虑，他对人性的质问。忧郁，也透露着他对文学艺术的坚守，他对审美境界的渴求，他对精神巨匠的苦等和不得。总之，他的要求既不单一，也不具体，因此什么也满足不了，既不会欢欣鼓舞、兴高采烈，也不会甜言蜜语、歌功颂德。他的心，永远是火热的；但他的眼神，永远是冷静的、失望的。他永远没有胜利，也没有失败，剩下的，只有忧郁。

他经常让我想起孟子的那句话："君子有终身之忧，无一朝之患。"（《孟子·离娄下》）

忧郁中的衰弱老人，实在让人担心，却又不便打扰。

我常常问李小林："你爸爸好吗？最近除了治病，还想些什么？你有没有可能记录一点儿什么？"

李小林说："他在读你的书。"

"什么？"我大为惊奇，以为老同学与我开玩笑。

"是让陪护人员在一旁朗读，不是自己阅读。"李小林说。

我仍然怀疑。这位看透一切的老人，怎么可能在生命的最后阶段读我的书？而我的书，又总是那样不能让人放松，非常不适合病人。

终于，我收到了文汇出版社的《晚年巴金》一书，作者陆正伟先生，正是作家协会派出的陪护人员。他在书中写道，进入二十世纪九十年代后，巴老被疾病困扰，身休日趋衰弱，却喜欢请身边工作人员读书给他听，尤其是听发表在《收获》上的文章。其中，"文化大散文"深深吸引住了巴老，"他仔细地听完一篇又一篇，光我本人，就为巴老念完了《文化苦旅》专栏中的所有文章"。

陆正伟又写到他为巴金朗读我的《山居笔记》时的情景——

巴老因胸椎压缩性骨折躺在病床上，我在病室的灯下给巴老读着余秋雨发表在《收获》第一百期上的《流放者的土地》，当我读到康熙年间诗人顾贞观因思念被清政府流放边疆的老友吴兆骞而写下的《金缕曲》时，病床上的巴老也跟着背诵了起来。我不由放下书惊叹地问巴老："您的记忆力怎么会那样好？"巴老说："我十七八岁在成都念书时就熟读了。"他接着又说了一句："清政府的'文字狱'太残酷了！"我坐在边上，望着沉思不语的巴老，心想，巴老早在七十多年前读过的诗词至今还能一字不差地把它背诵下来，那么，发生在二十多年前的那场浩劫又怎能轻易地从他心中抹去呢？

——陆正伟《晚年巴金》第 65 页

到底是巴金，他立即就听出来了，我写那段历史，是为了揭露古代和现代的“文字狱”。因此他听了之后，便“沉思不语”。他在“沉思”什么，我大体知道。

但是，让我最感动的是，他在听到我引述的《金缕曲》时，居然“一字不差”地背了下来，使朗读的人“不由放下书惊叹”。

因此，我忍不住要把巴金记了一辈子的《金缕曲》再默写一遍在下面，请读者诸君想象一位已经难于下床的病衰老人，用四川口音背诵这些句子的情景吧——

季子平安否？便归来，平生万事，那堪回首！行路悠悠谁慰藉？母老家贫子幼。记不起，从前杯酒。魑魅搏人应见惯，总输他，覆雨翻云手。冰与雪，周旋久。泪痕莫滴牛衣透。数天涯，依然骨肉，几家能够？比似红颜多命薄，更不如今还有。只绝塞，苦寒难受。廿载包胥承一诺，盼乌头马角终相救。置此札，君怀袖。

我亦飘零久。十年来，深恩负尽，死生师友。宿昔齐名非忝窃，试看杜陵消瘦。曾不减，夜郎僝僽。薄命长辞知己别，问人生到此凄凉否？千万恨，为君剖。兄生辛未我丁丑，共些时，冰霜摧折，早衰蒲柳。诗赋从今须少作，留取心魂相守。

但愿得，河清人寿。归日急翻行戍稿，把空名料理传身后。言不尽，观顿首。

终于，巴金越来越衰弱，不能背诵但丁，不能背诵顾贞观了。当然，也不能再听我的书了。

谁都知道，一个超越了整整一个世纪的生命即将画上句号。但是，这个生命太坚韧了，他似乎还要忧郁地再看一眼他看了百年的世界。

就在这时，我们突然有点儿惊慌。不是怕他离去，而是怕他在离去之前又听到一点儿不应该听到的什么。

九

在巴金离世之前，在他不能动、不能听、不能说的时刻，一些奇怪的声音出现了。

我为一个病卧在床的百岁老人竟然遭受攻击，深感羞愧。是的，不是愤怒，而是羞愧。为大地，为民族，为良心。

我为百岁老人遭遇攻击时，文化舆论界居然毫无表情，深感羞愧。为历史，为文化，为伦常。

仍然是李小林转给我的一些报刊复印件，都是刚刚发表的。

那些文章正在批判巴金"是一身奉两朝的贰臣"，指他在一九四九年前后都活着。

那些文章又批判巴金"一天又一天地收获版税银子"，其实谁都知道，巴金把全部稿酬积蓄都捐献了。

对于当年张春桥扬言对巴金“不枪毙就是落实政策”，今天的批判者说，是因为巴金与张春桥有“私人纠葛”。这就一下子暴露了批判者的政治身份，他们其实是张春桥、姚文元这些老式“棍子”的直接后裔。

对巴金在《随想录》里的自我反省，他们说，这是“坦白坯子”、“欺世盗名”、“欲盖弥彰”、“虚伪毕现”、“伪君子”，甚至用通栏标题印出这样的句子：“巴金不得好死。”

总之，这些人集中了他们想得到的一切负面成语，当作石块，密集地扔向一个奄奄一息的老人。

我觉得现在这些“传媒达人”比当年的造反派暴徒还恶劣万倍，因为当年的暴徒向巴金进攻时，他才六十岁，而今天向他进攻时，他已一百岁。

世界上任何黑帮土匪，也不可能向一个百岁老人动手。今天的中国文化传媒，怎么反倒这样？

文化传媒界的黑恶势力，虽然顶着“文化评论”、“言论自由”的名号，而其恶劣影响，则远超那些江湖黑帮。对此我自己深有所感，现在看到他们对百岁老人的凶残，更是坚信了自己的判断。我祈望，哪一天，这些文化传媒界的黑恶势力能够受到刑事审判。只有让他们戴上镣铐，中华文化才能卸除镣铐。

对于这种黑恶势力，最早反击的倒是身在海外的刘再复先生，他在美国科罗拉多写道：

现在香港和海外有些人化名攻击巴金为“贰臣”，这些不敢拿出自己名字的黑暗生物是没有人格的。歌德说过，不懂得尊重卓越人物，乃是人格的渺小。以攻击名家为生存策略的卑鄙小人，到处都有。

刘再复先生不知道的是，他发表这篇文章之后没多久，那些人物已经不用化名了，而是在中国的文化传媒界大显身手，由“黑暗生物”变成了“光明大神”。

你说，巴金能不忧郁吗?

忧郁的不仅是他。当百岁老人终于闭上眼睛的时候，这批人已经比以前更威风，更嚣张，而且，社会对他们完全无力阻止，反而全力纵容。你说，历史能不忧郁吗?

十

失去了巴金的上海，好像没缺少什么，其实不是这样。他身上所带的东西，看不见，摸不着，但一旦抽离，城市却失重了。何况，跟着先后走了的，还有黄佐临，还有谢晋，还有陈逸飞……

上海永远不会缺少文化人，也不缺少话题，也不缺少名号。缺少的，往往是让海内外眼睛一亮的文化尊严。

就像鲁迅不是“海派”，章太炎不是“海派”，巴金也不是“海派”。但正是这种看起来“不落地”的存在，使这座城市获得过很高的文化地位。

一座普通城市的文化，主要是看地上有多少热闹的镜头；一座高贵城市的文化，主要是看天上有几抹孤独的云霞。

在热闹的镜头中，你只需要平视和俯视；而对于孤独的云霞，你必须抬头仰望。

李小林来电，说她要搬家。家里的那个老庭院，将成为一个纪念馆，让人瞻仰。

这是好事，但我一时不会进去参观。太多的回忆，全都被那扇带着信箱的朝西大门，集中在一起了，我怕看到很多好奇的目光把它们读得过于通俗。

武康路仍然比较安静，因此在夜间，这个庭院还是会显得抽象。没有了老人也没有了家人的庭院，应该还有昔日的风声和虫鸣吧？

饶宗颐的香港

一

饶宗颐先生百岁高龄去世，香港和内地文化界都在纪念。各地媒体都引用一句话来概括他的学术地位："即使只有一个饶宗颐，香港就不是文化沙漠。"

有的媒体还标明了时间，说"早在二十五年前，就有人这样判断"。

但是，做出这个判断的是何人，却没有标明。忽然有一家内地电视台透露，这话是金庸先生说的，于是其他媒体也纷纷说是金庸。然而金庸不大可能说这句话，而且这话只有香港之外的人说，才有分量。

终于，香港大学前任副校长李绰芬教授在媒体上公布："最先得出这个结论的，是余秋雨先生。"

这下我松了一口气，因为这个结论牵涉到一座大城市和一位大学者，已被大家广泛接受，如果由我自己来申领"发明权"，有点儿不好意思。

事情发生在一九九二年秋天吧，当时我在香港中文大学英文系做访问学者，实际上是在写《山居笔记》。当时我的《文化苦旅》已经出版，在华文世界颇为轰动，因此经常有香港记者来采访我。记者总是要我从宏观视野上来判断香港的文化地位，这是对香港政治地位谈判后的自然延伸。多数记者在提问中最在乎的，是一直有很多人断言香港是一个文化沙漠。

断言香港是一个文化沙漠，主要出自三个理由——

一、文化历史太短；

二、文化身份飘移（是皈依英伦文化，还是中华文化）；

三、社会话语缺少文化。

这三个理由，几乎成了铁板钉钉的事实，连香港文化界也不否认。在对政治前途依然信心不足的情况下，他们对香港的文化前途颇为沮丧。本来他们是不在乎内地方面对香港文化的看法的，现在倒是渐渐敏感起来。内地高层答应，香港那些殖民地色彩的路名，基本可以不改，维持报刊言论自由，而且“马照跑，舞照跳”。这些都属于“生态文化”的范围，也反映了内地对香港文化的基本看法。香港领受了这种看法，却又心有不甘。“香港文化难道就剩下这些了？”内心都在嘀咕，却又做不出响亮反驳。

当地媒体对我的预期，更是不太乐观。一批批记者几乎表达了差不多的意思：“从你的书里看，你只在乎敦煌、阳关、苏东坡，即使对西方，你也只在乎古希腊、贝多芬、黑格尔，估计不会对香港文化有太高的评价吧？”

有一家报纸在寄给我的书面采访题目中，干脆有这么一道：“香港，估计要花多少年才能从文化沙漠里跋涉出来？”

我的回答，让他们大吃一惊，以为我是客气。那我就只能以比较完整的方式，来表述一下了。

我在香港中文大学的演讲中，说了这样一段话——

> 香港是当今世界一个重要的文化枢纽。
>
> 我做出这个判断，是因为香港承载着一系列宏大的文化融汇。第一，是西方文化与东方文化的融会；第二，是中国主体文化与海外华语世界的融汇；第三，是现代商业文化与古典文化的融会；第四，是都市娱乐文化和精英文化的融会。
>
> 照理，大融汇也是一种大冲撞、大消耗，在涛声喧哗中很难留下什么。但是，香港还是留下了。留下了领先全球华语世界的电影奇迹、歌唱艺术和高等教育，更留下了两座文化高峰，一座叫金庸，一座叫饶宗颐。
>
> 金庸以现代情怀重塑了中国传统的侠义精神并使之流行，功劳巨大；饶宗颐则把二十世纪中国古代文化研究的宏大构架集于一身，体现了一个城市的最高学术品质。

我的这个演讲，一度在香港学术文化界引起轰动，《信报》立即派出一名记者来采访我。记者说，我的论述，与目前流行的“文化沙漠”思维完全相反。于是我就说了那句话：“即使只有一个饶宗颐，香港就不是文化沙漠。”

这话，立即被广为刊登。有的报纸，还把它作为通栏标题。

饶宗颐先生当然很快就看到了。他指派他的一位上海籍的学生，通过报社记者问到了我在香港住所的电话号码，告诉我一个信息：饶先生邀请我到家里做客，长谈，并请我吃饭。

到了约定的那天，饶先生又派那位学生来接我。那位学生的父亲，是上海的一位古文物专家，我知道。

二

在去他家的路上，我想，一见面他一定会提到这几天哄传香港的我对他的评价，他会说什么呢？我又该怎么接口？估计，他会自谦，那我就可以讲一讲做出这个评价的理由了。

高层文化界都忌讳在交谈中动用太重的美言，我应该说得放松、自然。但是，就怕在提到他的成就时出现记忆误差。他对甲骨文、敦煌学、楚辞地理和潮州文化的研究我都曾拜读，却记不准具体篇名了，旅居在外又不便查核。这是最脆弱的学术敏感线，讲错了，表面上对方并不在乎，但内心会有一点儿隐隐的不舒服。何况，他已是七十五岁高龄……

正担忧着，已经到了。是他自己开的门，握手之后就没放开，把我拉到座位上，看了我几秒钟，就开始谈话。出乎意料的是，他完全没有提起我对他的评价，只是表扬我的《文化苦旅》。

他说："为了呼应你，我也要写一本，叫《文化之旅》，一字之差，表示同中之异。因为是呼应你，我这本书要在内地出版，而且要在上海出，请你帮我联系一下出版社。"

我立即说："能得到您的书，是上海出版界的荣幸。"

"明年就能交稿。"他说。

这真是为一天的长谈开了个好头。他先让开自己，把话题拉到客人身上，然后再轻松介入，不露痕迹地成了"文友"，一下子就没有障碍了。

他的那本《文化之旅》果然第二年就在上海出版了，却并不是我联系的。

与饶宗颐先生谈话是一大享受，因为他对中外文史涉猎广泛，不管话题跳到哪儿都谈得下去，而且谈得不同凡响。正巧我也是个天马行空的人，故意把话题拉开幅度，又快速转移，而且在高频率的切换中显得来者不拒，从容不迫。

这种谈话，就像是没有逻辑的"意识流"，滑到哪儿是哪儿，断到哪儿是哪儿，一路腾跃，快乐极了。过后，就很难记得起来。好像是讨论到了孔子和老子的实际年龄差距，屈原沉江的原因，王国维在甲骨文研究上的贡献，以及日本敦煌学的特点。我突然想把谈话从这种宏观腾跃转移到个人趣味上来，就追问他在四十六岁时向一位印度学者学梵文的过程。

听他说完这个过程，我又问起他如此孜孜不倦却又如此健康的原因。

这一下，他来劲了，居然起身为我表演起一套套功夫。站姿、坐姿、静姿、动姿，都做得矫健沉稳。我站在边上一声声叫好，却又怕他累着，没想到他越来越虎虎生风，还告诉我各个姿势的名称：这叫"白鹤亮翅"，这叫“黑猴捞月”，这叫“懒虎打盹”……

突然他停了下来，拉我到另外一个房间。那是一个画室，画架上挂了一幅花卉，画桌上铺着一幅已经画好却还没有题署的山水。他的画我以前在书籍上见过，一看就知不是“文人余兴”，而是达到了很高的专业水平，已经在好几个国家开过画展。现在直面真迹，更是产生了感官冲击。他说：“现在索画的人太多，我没有时间，就不多画了。只为慈善捐助，或哪个学术机构经费困难，才动笔。”

看着他，我微笑着轻轻摇头，感到实在不可思议。那一排排学术著作，加上刚才看到的一套套功夫，再加上画室里的一幅幅画，居然都出自同一个生命，实在叹为观止。

“下一次再让你看看我的古琴！”他兴致越来越高，顺势拉住我的手说，“走，吃饭去！”

三

他请我吃饭，不是在家里，而是去附近一家他最喜欢的小饭店。怪不得，刚才在长谈和表演功夫的时候，并没有听到厨房里有什么响动，也没有见到佣工。

从饶先生的家到那家小饭店，要走一段路。于是，他领着我，穿行在中午热闹的街市间。他个子不高，身材瘦削，一陷入摩肩接踵的人流，完全成了一个最不起眼的“市井小老头”。在最挤的地方，他还会搀住我的手腕，就像怕我丢失似的。其实，他天天就是这样行走的，谁也不认识他，永远的“市井小老头”。

我忽发奇想，如果有人告诉周围的人，正是这个在人群里踉踉跄跄的瘦小身躯，给这座城市带来了文化等级，给每个人带来了文化尊严，大家会是什么表情？也许，将信将疑；也许，没有表情。

这个街口不挤了，似乎稍稍显得有点儿安静。我听到他在耳边说：“余先生，有了我，沙漠还是沙漠。”

我立即回答：“不，有了一棵参天大树，沙漠就不再是沙漠。”

没想到，今天见面的主题，这时才出现。

他与我都知道碰到了主题，神情严肃起来，好一会儿不再讲话。

我在想，当一位大学者从书房来到街市，从那些他已经非常熟悉的古人中间抽身而出，来到眼下他感到非常陌生的今人之间，确实会产生一种沙漠感。那杂乱的身影，那冷漠的目光，会让他陡然反思，自己写作和研究的读者群究竟有多大。为此他会产生一种无力感、无助感，就像行走在沙漠里。

但是，我从外来人的眼光看去，寂寞的饶宗颐先生在这座城市并不真正寂寞，容我后文再讲。

终于走到了小饭店，这是一个摆放着很多桌子的门面。一位年长的堂倌见到饶先生，轻轻一笑，伸手把我们引到一张小方桌边上。饶先生说“这是我的座位”，拉椅背请我坐下，然后对堂倌说了声“老样”，自己也坐下了。

他对我说：“老样，就是我的老食谱。我就不征求你的意见了，让你看看我平日吃些什么。而且，这是潮州菜馆，估计你这个浙江人也不会太懂潮州菜。”

这一下，就打开了地方文化的话题，两人越谈越兴奋。屋子里有点儿嘈杂，我们为了讲话，头越靠越近。上菜了，但我们的心思全在话题，虽然举起了筷子却不怎么在意盘碟里的风光。

饶宗颐先生是潮州人，年轻时就曾投入父亲未曾完成的《潮州艺文志》的编写，三十岁时又担任《潮州志》的总编纂，已经成为高层学者阐释地方文化的典范。我对潮州文化缺少发言权，只敢称赞潮汕商帮在全世界的惊人业绩。他笑了，说：“我们潮州人确实善于经商，但是不会从政。既能经商又能从政的，还是你们浙江人。”

他把声音放低，略带神秘地说：“香港回归后，将要遴选政府首长，市民口头的候选名单里有两个有名的潮汕企业家，都是我的朋友。大家觉得，他们那么大的企业、那么多的资金都管得了，应该也能管得住这座商业城市。但是，政治和商业确实是两回事。我敢预计，真正能胜任香港政府首长的，应该是浙江人。”

对这个问题我很好奇，便问：“这中间的差别在哪里？”

他说：“潮州人敢于问津四面八方，但一旦出发，就只集中关注一个方向、一件事情了。政治不能这样，要随时随地关注着四面八方，有一种下意识的全局目光。这一点，浙江人好得多。”

说了几句，他立即声明，这事太复杂，有很多例外，他的预计不作数。

但是确实预计得不错。他对我说这话的五年之后选出的首任特首董建华先生，是浙江人；二十六年后他去世，主持悼念仪式的香港特首林郑月娥女士，也是浙江人。

那顿中饭，我们吃了近两个小时。饭后，我们又相扶相持回家。到家后泡了一壶茶，坐下又畅谈起来。不知怎么，下午的话题居然大多集中在成吉思汗身上。好像还是从我的《文化苦旅》和他的《文化之旅》起头，说到中国古代在没有先进交通工具时的艰辛旅行家，其中最年迈而又走得特别远的，要数全真教道长丘处机。七十高龄，走了几年，去见成吉思汗。说到这里，我们就撞上了一个世界性的大题目，不舍得离开了。

我说，我非常重视丘处机的这次西行，当年玄奘、法显是远行取经，而丘处机则是远行传经。他把中国的道家哲学传给了成吉思汗，劝他敬天爱民、少杀掠、清心寡欲。随之我也更尊重成吉思汗了，他不仅不生气，而且听进去了。这种发生在战争第一线的文化谈话，体现了中国道家文化的大善、大智、大勇。

饶宗颐先生很同意我的看法，认为我们确实应该对道家文化高看一眼。但是，他又希望我注意另一个方位。他说，和平主义很好，丘处机很好，然而如果隔了几百年来看，历史还会做出更宏观的判断。那就是，成吉思汗的战争，改变了世界文明的人格局。如果没有成吉思汗，现在的世界会是另一种庞大的力量在主宰。

对于这个问题，饶先生说了很多不便公开发表的话，而他的声音也越来越轻，好像是怕“另一种庞大的力量”听到。其实，自始至终，屋子里只有我们两个人。

四

在与饶宗颐先生长谈后，我写了一篇短文发表在上海的报纸上，其中特别提到他领着我步行到小饭店去用餐的情景。那篇短文中没有写到我们在熙熙攘攘人群中的轻声对话——

饶先生说："有了我，沙漠还是沙漠。"

我回答："有了一棵参天大树，沙漠就不再是沙漠。"

后来，我经常回想起这段对话。我觉得，那天我们所说的"沙漠"，含义有点儿不同。他说沙漠，是指他的研究成果在香港很少有人理解；我说有了他这棵大树就不再是沙漠，并不仅仅是赞扬他，更是赞扬了供奉大树的环境。这棵大树为什么能长得这么高大？除了本身的生命基因外，还因为周围环境的护佑和滋润。不错，香港市民的绝大多数不可能理解饶宗颐先生的高深学问，但漫漫几十年，他获得了足够的支持和尊重。这样的环境，怎么还能说是"文化沙漠"呢？

饶宗颐先生从一九五二年至一九六八年在香港大学任教期间，开始还只是一名讲师，却拥有了最优裕的国际学术资源。他一次次到日本研究甲骨文和战国楚简，到法国国家图书馆阅读了原版敦煌经卷，遍访印度南北，学习了《梨俱吠陀》。他几乎能抵达一切他想抵达的文化库存地，结识一切他想结识的国际汉学家。结果，当他一九六八年离开香港大学时已经名震学界，应邀出任了新加坡大学的中文系主任、美国耶鲁大学的客座教授、法国远东学院的院士。

他从未遭受过什么政治运动的冲击，也没有在冗长的会议和行政程序中耗费时间，又没有一个半懂不懂的上司颐指气使，更没有被限制国际行程，当然，也未曾受到同行和媒体的诽谤、诬陷、攻击。这对一个处于成长期的人文学者来说，实在是得天独厚的福分。而这福分，恰恰是香港给予的。

说到这里，如果重新读一下我的判断，就会有另一番理解了："即使只有一个饶宗颐，香港就不是文化沙漠。"我肯定的是两端，一是饶宗颐，二是香港。

由此出发，我对香港文化进行了比较系统的论述。自己也切身投入了，不仅长期轮流在香港大学、中文大学、城市大学、浸会大学系统授课，而且还直接参与香港文学界、戏剧界的活动。结果，有一年香港举办国际城市论坛，有伦敦、纽约、巴黎、东京等城市的代表参加，我则由香港特区政府与上海方面商量，代表两个城市做一个主旨演讲，题目就是《双城记》。我给外国朋友讲了两座东方城市在鸦片战争之后互相呼应、互相觊觎、互相转移、互相弥补的故事，大家听得兴致勃勃。我直到今天仍然认为，香港，在文化冲撞和融汇的广度、深度、锐度上，还是超过上海和内地的其他城市。

别的不说，还是回到饶宗颐，一个百岁老人的文化奇迹，就使我一直对香港文化保持深深的敬意，并由此思考一座国际大都市的文化奥秘。

请不要小看我所说的"一个"。每一座溢光流彩的大城市，可以罗列千般美景、万项成就，却能否拿出文化上的“一个”来看一看，比一比？

文化，需要名字。而且，是里里外外公认的名字。

五

二十世纪最后一年，我应凤凰卫视之邀担任嘉宾主持，从香港出发冒险考察全人类重大古文明遗址，于新世纪的第一天返回香港。我的考察日记《千年一叹》一出版就创造了畅销纪录。香港特首董建华先生读了，在礼宾府设宴招待我和妻子，表扬我为香港做了一件文化大事。顺便，请我以走遍世界的目光，看看香港文化该如何着力。

一进礼宾府大堂，我就发现，正墙上展现的是饶宗颐先生书写的庄子《逍遥游》。整整一壁都是，气魄雄浑，令人一振。我站在那里，心想，这是香港向外呈示精神形象的第一面墙，现在让给了饶宗颐先生和庄子，实在非常合适。香港不老也不大，却可以通过“逍遥游”而接通古今，接通世界。我刚刚“逍遥游”回来，就皈附到了饶宗颐先生的笔墨底下。

对于香港文化，我向董建华先生陈述了自己的一系列正面评价，并由此设想今后。我说，对于一座现代大都市来说，免不了会经常举行一些载歌载舞的欢庆仪式和文艺晚会，很多人认为这就是城市文化的集中展现，其实只是浮浅的表面凑合，很不重要。

我说，城市文化分三层。底层是满足普通民众的文化消费；中层是打造接通世界的文化制作；高层是安顿跨越时空的文化灵魂。这三层，香港以前都做得很好，今后要顺势前行，更有创新。

我在说到“安顿跨越时空的文化灵魂”时，又看了一眼墙上饶宗颐先生的书法。

二〇一八年十一月

巍巍金庸

一

那天中午，在香港，企业家余志明先生请我和妻子在一家饭店吃饭。

慢慢地吃完了，余志明先生向服务生举手，示意结账。一个胖胖的服务生满面笑容地过来说：“你们这一桌的账，已经有人结过了。”

“谁结的？”余志明先生十分意外。

服务生指向大厅西角落的一个桌子，余志明先生就朝那个桌子走过去，想看看是哪位朋友要代他请客。但走了一半就慌张地回来了，对我说：“不好，给我们付账的，是金庸先生！”

余志明先生当然认得出金庸先生，但未曾交往，于是立即肯定金庸先生付账是冲我来的。那么要感谢，也只有我去。

到了金庸先生桌边，原来他是与台湾的出版人在用餐。这桌子离我们的桌子不近，他不知怎么远远地发现了我。看到我们过去，他站起身来，说：“我认识秋雨那么多年一直没机会请吃饭，今天是顺便，小意思。”

二

确实认识很多年了。

最早知道金庸先生关注我，是在二十六年前。有一位朋友告诉我，金庸先生在一次演讲时说："余秋雨先生的家与我的家，只隔了一条江，面对面。"

这件事他好像搞错了。他的家在海宁，我的家在余姚，并不近，隔的不是一条江，而是一个杭州湾。他可能是把余姚误听成了余杭。

初次见面时，我告诉他一件有趣的事。当时我的书被严重盗版，据有关部门统计，盗版本是正版本的十八倍。我随即发表了一个措辞温和的"反盗版声明"。没想到北京有一份大报登出文章讽刺我，说："金庸先生的书也被大量盗版，但那么多年他却一声不响、一言不发，这才是大家风范、大将风度。余秋雨先生应该向这位文学前辈好好学习。"

金庸先生听我一说，立即板起了脸，气得结结巴巴地说："强盗逻辑！这实在是强盗……逻辑！"

他如此愤怒，让我有点儿后悔不该这么告诉他。但在愤怒中他立即把我当作了"患难兄弟"，坐下来与我历数他遭受盗版的种种事端。他说，除了盗版还有伪版，一个字也不是他写的，却署着"金庸新著"而大卖。找人前去查问，那人却说，他最近起了一个笔名，叫"金庸新"。

我遭遇的盗版怪事更多，给他讲了十几起。他开始听的时候还面有怒色，频频摇头，但听到后来却忍不住笑了起来。他说："这些盗贼实在是狡黠极了，也灵巧极了，为什么不用这个脑子做点儿好事？"

我说，每次碰到这样的事我都不生气，相信他笔下的武侠英豪迟早会到出版界来除暴安良。

他说：“最荒唐的不是盗版，而是你刚才说的报刊。我办《民报》多年，对这事有敏感。世界上没有一个国家的传媒敢于公开支持盗版，因为这就像公开支持贩毒、印伪钞，怎么了得！”

在这之后，我与他见面的机会越来越多。北京举办一些跨地域的重大文化仪式，总会邀请他与我同台。甚至，全国首届网络文学评奖，聘请他和我担任评委会正副主任。颁奖仪式他不能赶到北京参加，就托我在致辞的时候代表他说几句。平日，我又与他一起听李祥霆先生弹奏的古琴，喝何作如先生冲泡的普洱茶。彼此静静地对坐着，像是坐在宋代苏东坡西湖边的邸宅。

有一天，在一个人头济济的庞大聚会中，他一见到我就挤过来说，北京有一个青年作家公开调侃他不会写文章，而且说浙江人都不会写，一个记者问起这件事，他就回答，浙江人里还有鲁迅和余秋雨。

我立即说：“已经看到了报道，您太抬举我了。其实那个青年作家是说着玩，您不要在意。”

接下来，发生了两件不太愉快的事。

一件好像是，某次重编中学语文教材，减少了原先过于密集的“五四”老作家的作品，增加了一个金庸作品中的片段。没想到立即在文学评论界掀起轩然大波，说怎么能引导年青一代卷入武侠。

另一件是，金庸先生接受浙江大学邀请，出任文学院院长。不少学生断言他只是一位通俗武侠小说家，没有资格，一时非议滔滔，一些教师和评论者也出言不逊，把事情闹得非常尴尬。

这两件事，反映了当时内地文化教学领域的浅陋和保守。大家居然面对一位年迈的文学大师而顽冥不知，还振振有词，劈头盖脸，实在是巨大的悲哀。

我立即发表文章，认为“金庸的小说，以现代叙事方式大规模地解构并复活了中国传统文化，成就不低于‘五四’老作家群体”。

我还到浙江大学发表演讲，说：“东方世界的任何一所大学，都会梦想让金庸先生担任文学院院长，但没有一所大学能够相信梦想成真。不知浙江大学如何获得天匙，他来了。你们本来有幸成为本世纪一位文化巨人的学生，但是你们因无知而失礼，终于失去了自己毕生最重要的师承身份。”

显然这是重话，我对着几千学生大声讲出，全场一片寂静。

但是，我觉得还是应该进行更系统的阐述。因为，“金庸是谁”，已成了中国当代文化的一个重大课题。现在文化界的多数评论家还只把他说成是“著名武侠小说家”，虽然不算说错，但不到位。

三

事情还要从远处说起。

中国自鸦片战争开始爆发的军事、政治、经济危机，最后都指向了文化的重新选择。文化的重新选择应该首先在文艺上有强烈表现，例如欧洲自文艺复兴之后的每次重新选择都是这样，但中国在这方面却表现得颇为混乱和黯淡。

有人主张对传统文化摧枯拉朽，提出“礼教吃人”、“打倒孔家店”。这既不公平，也做不到，因为作为人类历史上唯一留存至今的悠久文明，绝不可能如此粗暴地被彻底否定。而且，彻底否定之后改用什么样的文化来填补，这些人完全没有方案。他们自己写的作品，虽然在话语形式上做了改变，却没有提供任何足以代表新世纪的重大文学成果。

有人相反，主张复古倒退，因循守旧。这在整个国家濒临危亡的形势下完全失去了说服力。这种主张的代表者之一林琴南还在别人帮助下翻译了大量西方作品，因此便成了一种言行不一的论调。

更多的人是躲避了文化本体的建设重任，只把文学贬低为摹写身边现实、发泄内心情绪的工具。所谓现代文学史，大多由这样的作品组成，因此显得简陋和浅薄。

对于中国传统文化，这三拨人无论骂着、供着或躲着，谁也没有直接去碰触，去改造，去更新。

正是在这种情况下，出现了金庸。他不做中国文化的背叛者、守陵者和逃遁者，而是温和而又大胆地调整了它的结构，成为一个把中国传统文化激活于现代都市的文学创新者。

两年前，我曾应潘耀明先生之邀，在香港作家联谊会的一次聚会中，做了以下三方面的演讲——

第一，金庸在守护中华文化魂魄的前提下，挪移了这种文化的重心。

重心不在儒家了，也不在彻底反叛的一方，而是挪移到了最有人格特征和行为张力的墨家、侠家、道家和隐士身上。这是以现代美学和世界美学的标准，在中国传统文化的人格长廊内所做的一次重新发现。重新发现的结果，仍然属于这种文化、这部历史、这片山水。只是由于割弃了僵滞，唤醒了生机，全盘皆活。因此，如果原先不熟悉中国传统文化的下一代和外国人从中感受到了一种神奇的活力，也并非误读。

第二，他在完成这一任务过程中，动用的是纯粹的小说手法，那就是讲故事，或者说“精妙叙事”。中国现代作家可能是心理压力太重，虽然文笔不错，却严重缺少讲故事的能力，几乎没留下什么真正精彩的故事。本来，以万般虚拟故事来补充人生，乃是天下小说家的天职。金庸在小说中所讲的故事，有别于《三国演义》的类型化，《水浒传》的典型化，《西游记》的寓言化，《聊斋志异》的妖魅化和《红楼梦》的整体幻灭化，而是溶化这一切，归之于恩怨情仇的生命行动。这种生命行动就是故事的本体，不再负载其他包袱，因此显得快捷、爽利、生气勃勃。正是在这一点上，他尽到了一个小说家最质朴的职业本分。

第三，这些为了逐日连载而写成的小说，几乎天然地具有强烈的情节性、行动性和悬念的黏着性。而且，它们又必须快速流传，流传在信息密集、反馈迅捷的街市间，人人抢读，处处谈论，随之也就成了现代都市生态的组成部分。这就是说，金庸不但让现代都市接受了他的江湖，而且让现代都市也演变成了他的江湖。江湖的本来含义，应该是“一个隐潜型、散落型的道义行动系统”；自从有了金庸，江湖搬到了城里，搬到了熙熙攘攘的人群心间，它的含义也变了，变成了“一个幻想型的恩怨补偿系统”。对于这样的一个江湖，香港不仅欣赏了，而且加入了。结果，金庸小说里的那些人物，似乎也都取得了“香港户口”。一座城市因金庸而产生了文化素质上的改变，这可是一件不小的事情。世界上很少有作家做到过。

以上这三个方面，金庸显得既勇敢又沉着。他说北京有青年作家调侃他不会写文章，我大概猜出这位青年作家是谁了。这位青年作家很有才华，善于在反讽中解构，在解构中幽默，创造了新一代的文学风范。但他在反讽金庸时可能没有想到，正是这位前辈，完成了更艰难的解构。把庞大的古典文化解构成一个充满想象力的现代江湖，居然还让当代青年着迷，这还不幽默吗？

海明威坚信，最高的象征不像象征。那么我们也可以顺着推衍下去：最高的解构不像解构，最高的突破不像突破，最高的创新不像创新。金庸的小说，从总体上也可以看成是绣满了古典纹样的“后现代文学”。

听了我上面这个演讲，香港作联会的好几位年长作家问我，这种观点会不会引起内地那些现代文学研究者的不悦？我说，让他们不悦去，我其实是在帮助他们。背靠着神奇的大湖视而不见，却总是在挖掘那些小沟小井，挖掘得一片狼藉。我劝他们转个身，看一眼水光天色，波涌浪叠。然后，到水边洗净自己身上的污泥和汗渍。

四

出乎所有人的意料，年过八旬的金庸先生做出了一个惊人的决定，他要到英国去攻读博士学位。

很多媒体用嘲讽的语言进行了简略报道，说他是“为了一圆早年失学的梦”。我知道，这又是那些拿到过某些学位的评论者在借着金庸而自我得意了，就像当年放言金庸不能进课本、不能做院长那样。

金庸早已获得诸多国际名校的荣誉学位，还会在乎那种虚名吗？他是要在垂暮之年体验一种学生生态，就像有的健康老人要以跳伞来庆祝自己的九十寿辰、百岁寿辰一样。这种岁月倒置，包含着穿越世俗伦常的无羁人性。

我只担心，他如此高龄再到那么远的地方去过那样的学生生活，身体是否能够适应？

他妻子对我说：“已经劝不住了。如果你能劝住，我会摆宴请你吃饭。”

当然劝不住。

我只得问金庸先生：“你攻读学位的研究方向是什么？”

金庸说：“研究匈奴被汉朝击溃后西逃欧洲的路线。”

我一惊，这实在是一个最高等级的历史难题。匈奴没有能够灭得了大汉王朝，却在几代之后与欧洲的蛮族一起灭掉了西罗马帝国。但由于他们没用文字，不喜表达，未曾留下多少资料。我在世界性的文化考察中，也常常对这个难题深深着迷，却难以下手。

我问："你的导师有多大年龄了？"

金庸笑了一下，说："四十多岁。"

我知道他并不企图把这个难题研究清楚，而只想在那条千年荒路上寻找一些依稀脚印。即使找不到，他也会很愉快，返回时一定满脸泛动着长途夜行者的神秘笑容。而且，最让他得意的，是暮年夜行。

后来，我终于看到了他穿着红色学袍接受学位的镜头，身边是一大群同时获得学位的西方学子。

这些西方学子也许不知道，这位与他们一起排队的东方人是谁，有多大年纪。他们一定不知道，今天，自己与星座并肩同行。

面对这个镜头我笑了。眼前是一个最完整的大侠，侠到不能再侠；也是一种顶级的美学，美到不能再美。这比东西方所有伟大作家的暮年，都更接近天道。在这种天道中，辽阔的时空全都翻卷成了孩童般的游戏任性，然后告知世间，何为真正的生命。

二〇一八年十一月

幽幽长者

一

早在一九九七年，我写过一篇题为《长者》的长篇散文，记述当时还在世的上海戏剧学院导演系研究员张可女士。这篇文章曾收入《霜冷长河》一书，但在后来编印的选集、合集中都没有收入。理由是，重读时觉得文笔过于散漫拖沓了，不符合我的严选标准。

于是，那篇文章，就像搁置在墙角多年的老家具，一直盖着灰布，也忘了是什么东西了，偶尔掀开灰布，居然眼睛一亮。那天，我不小心掀开了那篇旧文。

张可老师早已不在人世，学院里几乎没有人记得这个名字，各种纪录资料中也没有留下任何痕迹。然而，她实在是中国现代女性的一个特殊典型，比现在被传媒反复讲述的那些"才智丽人"、"民国女性"，更有深度。因此，我决定重写一篇，不仅仅是为了她个人。

二

张可老师并不担任课程，属于导演系“教育辅助人员”编制。她是研究莎士比亚的，如果导演系要排演某部莎士比亚戏剧，她可以提供一些咨询。然而好些年下来，这样的机会一直没有出现。因此，张可老师安静而空闲。她来上班时，也独进独出。

只有在一种情况下，张可老师会顷刻成为全院焦点，那就是外宾来访。

上海戏剧学院的外宾一直比较多，包括在尚未开放的二十世纪五六十年代。来的外宾多是表演团体，一行艳丽妖娆、激动夸张，多数翻译人员都有点儿应付不了。即使应付过来了，后面还有几个绅士模样的高傲理论家，满口故弄玄虚的语言更让翻译人员头痛。在这种情况下，学院领导总会低声吩咐：“叫张可来！”

张可老师一到场，外宾全都安静了，为她的美貌。她肯定比林徽因滋润，比王映霞清秀，比陆小曼典雅。面对外宾，她并不是热烈地一一握手打招呼，而是迎着他们的目光，在他们五六步前站定，介绍自己是莎士比亚学者，很高兴与他们在学院相遇，然后再充满好奇地询问他们来自什么机构和单位。浅浅问答几句，几乎和所有的外宾都粘连上了。而对那几个高傲的理论家，她会故意多谈一些，不露声色地吐露出让对方很难再高傲的专业素养。

她的英语，是标准的伦敦口音，却又增添了美国的开朗和热度。一开口，就让外宾们非常吃惊，却又障碍全消。于是，她立即成了人群的核心。

只要听说张可老师出来接待外宾，学院里的教师、学生、职工都会远远近近地围观，看她的优雅风范。上海戏剧学院美女如云，因此经常会有“民间口碑”式的“选美”。在叽叽喳喳间，入选名单不断更换，但列为第一名的总是她，张可。

三

美貌是第一惊讶，英语是第二惊讶，第三惊讶更重大：这么一个大美人，居然是老革命！

她在一九三八年未到十八岁就加入了中国共产党的地下组织，长期潜伏在美国新闻处和上海戏剧界的一些单位工作。后来据几位认识她的老人告诉我，正是她的美貌，给地下工作带来很多方便，即使身上藏有情报也容易混过去。但是，这一定是没有藏过情报的人的“外行臆想”。在真正的血火战斗中，外貌的作用并不太大，危险始终近在咫尺。年轻的张可就在危险中奋斗了十多年，直到一九四九年新中国成立，真不容易。

共产党掌握政权了，她还不到三十岁，本应风风光光地担任某个部门的领导，却又出现了第四个惊讶：她功成身退，决然退党。

这第四个惊讶，让人觉得不可思议。

为什么？因为在中国共产党的历史上，退党的人很多。有的是叛变，有的是观念产生了严重分歧，有的是流亡海外失去了联系，更多的是在白色恐怖最严重的时刻考虑到了家人的安危……张可是举世罕例：在自己的党隆重执政的时刻决定退党。

仅仅是几天之隔。几天前，共产党员只要被抓住就会被立即处决，她虽然没被抓住，却在心里坚定自认；几天后，共产党员已经可以在大街上昂首阔步，她反而已经不是。在历史转折关头的这种“反转折”，足以震动十方。

关于她的退党，有好几个传闻。

第一个传闻，在地下党员由暗转明的“报到处”，负责接待的领导人是一位级别不低的军事干部。突然见到张可这么一位美貌的“同志”和“战友”，他眼睛特别亮，话语特别多，似乎就像前些天快速攻入一座城池一样，便用很不恰当的语言表述自己的美好意图。张可早就听惯上海街市间对一个漂亮女性更“不恰当”的语言，但今天眼前这个人代表的，却是自己以命相托的组织。能在这样的话语中向组织“报到”吗？凭着在地下工作时养成的那股硬气，她扭头就走。

她不是原来就有组织吗？这就牵涉到第二个传闻了。地下工作时的领导，也是一位不错的文化人，看到战争结束，雨过天晴，准备重新安排生活，包括重建家庭。他一直有意于张可，但张可已经结婚。他希望两头都改变婚姻，这在当时的革命队伍中比例极高，但张可不想进入这个比例。

据我的判断，这两个传闻都未必虚妄。

她的退党，其实也出于对共产党的信任。终于掌权了，一切都会好起来，天下既然已经转危为安，我也就可以投入心中最喜爱的文学艺术了。过去出生入死，不也就是为了建设更文明的社会吗?

这也是她公开表述的退党理由。

于是，上海戏剧学院出现了一个安静的莎士比亚研究者。

在刚刚结束动荡的年代，在上海这样的城市里，一个安静的人，极有可能封存着一部极为精彩的传奇。

这让我想起了上海戏剧学院的另一位奇特女性，党委副书记费瑛。一九四九年之前，费瑛在复旦大学读书，系里的激进学生为了打击“立场模糊的保守势力”，把她当作了重点批判对象。他们不知道，恰恰是这位打扮时髦的女同学，是中国共产党在上海很大一个片区的地下负责人，当时那些大家佩服的学生领袖，都是由她在幕后指挥。这种说法大概是不错的，因为直到她退休之后，好几位国家级高官每逢过年过节还会来问候这位当年的“神秘领导”。

但是，张可老师的资历，还比费瑛女士高得多。当然，更不必说学识了。她们这两位传奇女性每次在学院草地间的小路上相遇，总会快步上前，长时间亲热地握手，然后看看周边有没有人注意，再退到树荫下讲话。当时的费瑛女士是学院的实际掌权者，经常要做报告、发指示，气势很大，但一见张可老师，立即变成了温顺的小妹妹。其实在外貌上，张可老师要年轻得多。

四

好，现在可以说说我与张可老师的交往了。

我是一九六四年在江苏浏河的一个贫困农村首次见到张可老师的，那时我十七岁，算起来，张可老师应该是四十三岁了。

那个年代，凡是大学师生都要不断地到农村去，名为“社会主义教育”，其实就是从事艰苦的农业劳动。每次下去的时间很长，半年到八个月。刚回来不久又下去了，一轮一轮接得很紧。我到今天还没有想明白，当时上面的领导究竟出于什么动机，让学生不学习，教师不上课，校舍全空着，硬挤到破陋的农舍里长时间煎熬。农民显然不欢迎那么些外来人挤到他们屋子里住，却还是去挤；农民更不乐意那么些完全不会干农活的城里人拥到他们的田里胡乱折腾，却赶不走。

上级有规定，到农村后必须住在全村最贫困的家庭。几个农村干部皱着眉头在选最贫困的几家中最窝囊、最不会讲话的那一家，免得今后不顺心了与入住的人吵架。

我就被分配去了这样一家，一起去这家的还有一位外地干部和一位教师。外地干部叫李惠民，他本是农村的，却为什么要换一个农村来劳动，一直没搞清楚；而教师，就是张可老师。

这家农民有三间破烂的小泥屋。东边一间挤着房东夫妻和子女，西边一间住着房东年老的母亲，还养了两只羊；中间一间放置农具和吃饭，又养着四只羊。我和李惠民住在中间那间，与四只羊相伴。张可老师住在西边一间，与房东母亲和两只羊相伴。这六只羊都是集体所有的，在这家“借住”，和我们一样。

我所说的这一间、那一间，中间隔着墙。但那墙是芦苇秆加泥巴糊成的，六只羊的叫声全都听得见。比羊叫更刺耳的是老太太连续不断的咳嗽声，这实在是让张可老师受罪了。她住的那间泥屋，特别小，老太太的床又窄又脏，紧贴着张可老师的床。张可老师挂了一顶从上海带去的白帐子，但两只已经脏成灰黑色的羊就蹲在帐子边，臭气和霉味扑鼻而来。

这就是我和张可老师初次见面的地方。

我看到这间泥屋的景象就立即大声说：“不行，老师，你绝不能住在这样的地方！”

我当时只知道她是我们学院导演系的教师，还不知道她的名字，但看到这么一个恐怖的住所，一下子就产生了一个男学生要保护女老师的责任感。

她竖起食指“嘘”了一下，让我小声一点儿。随即问了我的名字，便轻声说：“规定要住最贫困的人家，只能这样了。要换，也没有理由。”

我说：“我小的时候在家乡农村长大，也从来没有见过这么腌臜的房子。”

“腌臜，这个词用得好。”她说，“你家乡在哪里？”

“余姚。”我回答。

“余姚？好地方。”她说，“考考你，你知道同乡王守仁吗？”

“考考你”，这是一个老师最能向学生表明身份的说法，在这烂泥屋里听到，我特别高兴。

“王守仁就是王阳明。心外无理，知行合一，致良知。”我说，稍稍有一点儿学生式的小卖弄。

她这下认真看我了，满脸微笑地说：“我只是随口一问，你就端上了王阳明三个最重要的学说，真要刮目相看了。”

五

刚下乡时，正逢雨季。村里有规矩，天一下雨就要开会，开会的地方离我们的烂泥屋不近。这就太难为张可老师了，因为门外一片泥泞，她走一步摔一跤，浑身是泥。其实，她到河边洗漱，也寸步难行。雨停了，就要下田劳动，但田埂还是泥泞，她仍然无法行走。

这就需要我来搀扶了。我小时候在农村时成天赤脚玩泥，不把泥泞当回事。因此，几个月中，我成了张可老师最称手的拐杖。

对于吃饭，当时还有一个奇怪的规定，尽管交了饭费，但绝不能吃饭桌上的任何荤菜，连农民在河沟边自捞的小鱼小虾也不能动。幸好这家人家没有这种麻烦，下饭的菜永远是一碟盐豆。为了怕费油，青菜都不炒一个。几个月下来，我们的脸色已惨不忍睹。

张可老师看着我说：“你正在长身体，不能一直这样。”但是，又能怎样呢？她叹了一口气，说：“现在上上下下都喜欢摆弄苦，炫耀苦，却忘了当初革命是为了什么。”

我当时一点儿也不知道，说这句话的人，最有资格说“当初”。

也有下雨不开会的日子，我们就可以在烂泥屋中间那一间的门内，看看书，说说话。

那天，我在一角看书，张可老师从她的泥屋子走了出来。只是远远地瞟了一眼，她就说：“不要只读兰姆，要读原文。”

这下我脸红了。我确实在读兰姆姐弟（Charles and Mary Lamb）合编的《莎士比亚故事集》，从外文书店买来的英文版。原来以为已经很牛了，却被真正的莎士比亚专家一眼看破。她怎么粗粗瞟一眼就能认出哪一本书呢？这就叫专业。

我嗫嚅着：“莎士比亚原文是上了年纪的英语，很难。”

“你真不知道读原文的乐趣有多大！”她说这句话的时候，满脸都是光辉。

“如果由中国的剧团来演出，用谁的译本比较好？”我问。

张可老师说：“一般用朱生豪的，他只活了三十二岁就翻译出了二十七部，令人感动。但也正因为太匆忙，有点儿粗糙，对那个时代的神韵传达不够。这些年北京大学吴兴华等人进行了校译，质量就提高了。梁实秋倒是翻译全了，翻得从容不迫，但少了朱生豪的那种激情，又不太适合演出。”

顿了顿，她说：“记住，现在中国最好的翻译家是傅雷，我们很熟。你听说过他的儿子傅聪吗？大钢琴家……”

我知道，这就是上课，就恭恭敬敬地找了一把小小的竹椅子摆端正，请她坐下，我就坐在对面三块叠着的泥砖上。她一笑，便坐下了，显然，她也愿意在这被大雨封住的小泥屋里讲这样的课。以后每次这样一坐，彼此心头就响起了学院的铃声。

“你能读兰姆，也算不错了，那书是在福州路外文书店买的？”张可老师问。

我说：“兰姆是我的中学英语老师孙珏先生吩咐买的，现在这样的书买不到了，满架都是《毛选》的各种外文版。前两次下乡，我为了学英语，把《毛选》的英文版读了一遍。”

“那是偷懒的办法。”她说，“中国人的思维，中国人的词汇，猜都猜得出来。读英语，先读狄更斯，再读莎士比亚。”

“你们系里平常上一些什么课？”她问。

“太差了。当时是以全国最难考的招牌把我们吸引来的，一听课，多半是政治教条。我们等着顾仲彝先生来讲贝克技巧。”我说。

她笑了一下，说：“贝克不重要。技巧只是技巧。”

“亚却呢？”我追问。贝克和亚却，都是美国的编剧教师，小有名气。

“也不重要。”她说。

“劳逊呢？”我又问。劳逊的书，已在中国翻译出版。

“稍稍好一点儿，讲到了结构，但还是浅，而且啰唆。”她说。

她三下两下，就把我们所企盼的课程全给否定了。其实按照当时已经泛滥起来的以政治压倒一切的极左思潮，这些课程也不可能进课堂了。这就像一群应招女婿还没上门，就被她婉言谢绝了。当时我听了，是心存怀疑的。

她看出了我的怀疑，就讲了一段话："艺术的最高处，不在技巧。一切都靠时代力量和个人天赋。莎士比亚是一位伟大的诗人，向他学什么编剧技巧，实在是委屈了他。而且，学戏剧文学，目光也不能只在编剧。中国话剧的发展，关键在导演。戏曲，关键在演员。"

"那是不是要学习斯坦尼和布莱希特的表演理论体系？"我问。

"也不必。他们两人都是好导演，但是一钻到理论里就夸张了，把架势撑得太大。凡是艺术家自己搞的体系，都不能太相信。"她说。

——后来我每次回想，都感谢张可老师在我刚懂事的年纪示范了如何做减法。这种减法思维，使我毕生受益。

别的老师喜欢把自己知道的一切全都当作宝贝往学生肩上压，张可老师正相反，以自己的阅历衡量轻重，对比高低，去芜存菁，早早地为学生减省负担。并且，把减省负担当作一个重要的学术门径，启发学生。

我想，如果不是那间雨中烂泥屋，而是一直在高楼深院里接受一系列正规教育，那么，我不知道会在大量"看似重要的不重要"中浪费多少年月。

有一天又下雨，她与我谈起了文学。她对中国现代小说，居然全都看不上，包括一系列已经上了现代文学史的"经典作家"在内。

"都不大气，缺少人性和神性。只是社会化、观念化、个人化的东西。既显得神经兮兮，又显得可怜兮兮。"这两个"兮兮"是上海女性的口语，一说出口，她就笑得很开心。

“您会不会也去翻翻当代小说？”我问。

“翻得很少。粗粗的印象，我觉得陕西的作家比较认真，像柳青、王汶石。看起来王汶石更好一点儿，笔下有一种爽朗的劲道，可惜题材太窄。”

我对她读过王汶石，有点儿吃惊。

接下来是她问我了：“外国小说家你喜欢谁？”

“法国的雨果，俄国的契诃夫和美国的海明威。”我说。

“我知道了，你不喜欢精神撕裂型、心灵忏悔型的作品。”她说，“正好，我也不喜欢。”

就这样，过了五个月。一天上午，乡里一个通信员推着一辆很旧的自行车来通知，说上海戏剧学院的领导来慰问下乡劳动的师生，今天就不用下田劳动了，大家到南边一个旧祠堂里去集中，中饭就在那里吃。

这是让人高兴的事，我陪着张可老师走了不少路，找到了那个旧祠堂。来慰问的领导就是费瑛书记，她一见张可老师便着急地迎过来，握住手之后又一遍遍上下打量着，那表情的意思是，真不该让她在这里待那么久。

分散在各村的同学和老师重新见面，都非常开心。这时才发现，旧祠堂的一角正烧着两只大锅，飘出阵阵无法阻挡的香味。原来，费瑛书记听说我们在乡下不仅劳动艰苦，而且吃得很坏，就决定来一次最实际的慰问。那就是请学院食堂的厨师一起下来，办一次聚餐，每人分两块草扎肉、两个馒头，进行“营养速补”。

所谓草扎肉，就是把五花肉切块后用一根根稻草扎了，放到锅里焖煮。煮烂了也不会散块，掂起稻草分给各人。由于已经有五个月没有好好吃饭了，很多男同学打赌，能一口气吃下十块。女同学只闷笑，心想十块怎么够。看到同学们的狼吞虎咽，费瑛书记眼泛泪光，轻轻摇头。张可老师只吃了一块肉，把另一块放到我的盘子里，就起身又到费瑛书记那里去了，我连推让的机会都没有。

这时，在我们邻村劳动的胡导老师挨近我，问："你知道为什么费瑛书记这样尊重张可老师吗？"

我摇头，看着胡导老师。

胡导老师打趣说："看你和她在一起劳动快半年了，她都没有透露。可见我也不能透露，这是地下工作的规则。"

看我发呆，胡导老师又加了一句感叹："传奇啊，了不起！"

六

"文革"开始后，舞台美术系的同学带头"造反"，组织了一个叫作"革命楼"的造反组织，全系大约有三分之二的同学参加。表演系也有同学造反了，大约占全系人数的三分之一。我们戏剧文学系和导演系的同学没有人造反，就由我带领着，对抗造反派同学临时学来的暴行，例如批斗老师、抄家、打砸抢。他们开大会，我们也开大会；他们刷出了打倒谁的标语，我们就紧挨着刷出正面标语；他们准备要抄哪个老师的家，我们先赶到一步，贴出布告"这家已由革命群众查检完毕"；他们要烧图书，我们就围成三圈高喊反对的口号……

我因这些对抗行为，被造反派称为“保皇派代表”、“三座大山之首”。但有一段时间，毕竟是反对暴力的师生要多得多，我一时广受拥护。有一次，在红楼前的热闹通道口，一位年迈的女教师大声表扬我是“正派的好孩子”，边上很多人鼓掌。我正为“孩子”的说法烦恼，肩上被拍了一下，一个熟悉的声音传来：“最近有没有见到李惠民？”

我转身一看，居然是张可老师。李惠民，是我们在农村同住一家的那位地方干部，几乎忘了，她怎么突然提起？原来，她是想用一个陌生的话题把那个女教师的表扬和别人的掌声打断，把我引开。

我跟着她走到一个无人的角落，她轻声而快速地说：“你应该赶快躲起来。在学院里我们是多数，但这是暂时的，从中央的势头看，会有大翻转。你不能站在风口浪尖上。”说完，她拍拍我的手臂，转身就走了。

其实我也在关心形势，已经预判造反派会很快压倒我们。既然这样，张可老师说得对，应该往后退。正好我爸爸被他们单位的造反派打倒了，我要天天代笔为爸爸写交代，就从学院隐退了。

此后，我经常想起突然拍肩又突然转身的张可老师。她在“文革”中，没有引起造反派的注意，因为她不是党员，不是干部，也不是正式教师。她原来所在的导演系没有造反派，而后来她的编制又划到了演出科，那是一个由裁缝、木匠组成的舞台服务机构，没有人对“文革”有兴趣。但是，如此安全的张可老师那天对形势做出的判断，实在是一种充满政治经验的远见。她喊一声陌生人的名字把我引出来的情景，让我联想到了某些间谍片。

当时我的遭遇已经是一片凄风苦雨，爸爸被关押，叔叔被逼死，全家八口人失去经济来源，而我又是大儿子。正在苦得不知道怎么办的时候，上面又下达通知，立即下乡劳动。

下乡不久前的一天，我拿着造反派掌权者为我做的“长期对抗文革”的最低等级思想鉴定，丧魂落魄地在学院里走，又遇到了张可老师。与上次一样，她喊了我名字后先从一个陌生人开头：“我家邻居是你中学时的同学，最近从北京回来了……”边说边往小路引。看到周围没人了，就转入正题。

“听说你们又要下农村？”她急切地问。

“是的，已经动员过了。”我说。其实，动员到出发的时间很短，这两天我正在想办法用卖书所得的三元钱买一套防雨的棉衣，但还没有买到。

“去多久？”她问。

“说是一辈子。”

她突然沉默了，低下头去一会儿，又抬起头来。

“一辈子，让带书吗？”她艰难地问。我猜度刚才她沉默时也许会想起我们在烂泥屋里靠谈论书籍熬过了半年的往事。但这次是一辈子，而不是一年半载。

带书，这事我也在想，前几天卖书时还咬着牙齿留下了几本，因而就对张可老师说：“让不让带书还不知道，总可以带几本吧。”

说是这么说，心里却明白，如果允许带几本，也一定不是张可老师所说的那种书。

"一辈子，与父母商量了？"她又问。

刚问，她又露出一个抱歉的表情。因为在那个年月一切命令都无法与父母商量。而且我想张可老师也听说了，我家已陷于大祸。

她叹口气，轻轻地拍了拍我的手臂，说："好好照顾自己！"

没想到，不是一辈子。

一九七一年，由于"九一三事件"、重返联合国、准备欢迎美国总统，"文革"的逻辑断了。在周恩来等人的努力下，文化建设悄悄地代替了文化破坏。

复课、编教材、编词典、办学报，都火烧眉毛般地着急推进。这是另一种逻辑的启动，我们也就随之从农村回到了上海。

上海戏剧学院遇到的第一件好事，是抽调专家去编《辞海》。抽到的第一个人，恰恰是张可老师。她当然合适，《辞海》里的很多条目都能够参与。

接下来的事情就分好几个等级了。复课招生是第一等，既热闹，又有点儿权；编学院里的专业教材是第二等；与外校一起编通用教材是第三等；到外校去编我们学院用不着的教材是第四等。我分到的是第四等，到复旦大学去编我们学院用不着的教材。第四等倒无所谓，比较麻烦的是复旦大学太远，去一趟要换好几路车，没人想去。我同意去，是另有所图，想利用复旦大学图书馆的外文书库来充益我已经独自悄悄在编的教材《世界戏剧学》。

从我们学院到复旦，我看到教育恢复的势头十分振奋。有趣的是，所有的造反派骨干成员，全都置身在这个势头之外，他们气鼓鼓地等待着一场“反击”运动。

那天我回学院，看到教育楼的红砖外墙上新贴出一条标语：

> 不要资产阶级文痞，
> 宁要无产阶级文盲。

这种标语在“文革”中看得多了，但这次，显然是针对着教育恢复的势头来的。

我历来不怕极左派，现在更不怕了，就立即在标语边贴了一张字条，在当时叫“戳一枪”。我写的是：

> 上海流氓总把别人说成流氓，
> 上海的文痞也是一样。

写完，签上自己的名字。刚贴出，就很多人围着在看，表情兴奋。可见，社会气氛已变。当天下午我还在那里转悠，看到张可老师也来了，她又把我拉到路边，说：“那一枪，很准。”

我说：“看了那么多年，发现破坏文化的，都是文人。他们是真正的文痞。”

张可老师说：“这我早就知道。但文痞很滥，你要小心。”

我说：“不怕他们。”

果然，第二天下午，在我贴字条的下方，一条新标语又出现了：

警惕老保翻案！

我又在这条标语边“戳一枪”：

天地大案尚未审，
何人翻案未可知。

这次我干脆署名为“老保大山”。这是当年造反派封我的，“保皇派代表”、“三座大山之首”，我把它们合在一起了。这条标语贴出后，他们不再来闹，可见形势确实变了。

这事的两年之后，他们发动了全国性的反击，叫作“反击右倾翻案风”。但不到一年，“四人帮”被逮捕了，天佑中华。

其间事情太多，不去写了。我只记得，自从那次在教育楼标语前讨论“文痞”之后，一直没有见到张可老师。偶尔想起，估计她还在编《辞海》，什么时候有空，应该去拜访。但是一直没有找到有空的时间，而且我也始终没问过她住在什么地方。

就这样，又过了三年，我遇到了一件与她有关的事。

这件事，让我一时目瞪口呆。

七

一九七九年春天，我在学院资料室里翻阅北京的一本学术杂志，发现一篇用中西比较方法研究《文心雕龙》的文章，心中一喜，却不知道作者王元化是什么人。当时正好有一家上海报纸向我约稿，就写了篇读后感寄去。没想到，几天后报社的编辑亲自来到我家，满脸抱歉。

“感谢您终于为我们报纸写了专文，而且写得那么好。但是，这篇文章暂时还不能发表。”编辑说。

“为什么？”我笑着问，因为这是第一次遇到退稿。

“原因只有一条，王元化的历史问题还没有结论。学术杂志发表他的论文可以，但我们报纸……”

“王元化究竟是谁？”我问。

“您写了文章还不知道他是谁？”编辑十分惊讶，“我们编辑部还以为，是因为您与他爱人同在一个学院的关系呢。”

“他爱人在我们学院？”我好奇极了。

“张可嘛！您真的不知道？”

“啊！”这下我倒真是发呆了。

我从椅子上站起来，在房间里走了几步，又到窗口站了一会儿，回想着张可老师与我交往的点点滴滴。她怎么一点儿也没有吐露，而我怎么一直也没有追问一句？

这就是中国人的师生伦理。好像学生不应该去揣测老师的家庭生活，更不应该随便打听。结果，代代传承，变成习惯，连想也不会去想了。

我怀着慌乱的心情，去找了那次在乡下向我暗示张可老师有“传奇”的胡导老师。胡导老师听我一问，就把隔壁办公室的薛沐老师也叫来了。他们都是见多识广的长辈，兴致勃勃地轮番叙述着，让我知道了这篇文章前面写到过的张可老师的历历往事。她宁肯退党也不愿意改变婚姻，正因为有这位丈夫王元化。

但是，在退党事件后没几年，王元化被牵涉进了“胡风案件”，因为他是新文艺出版社的总编辑，与诗人胡风有业务交往。由于案件快速膨胀，他被逮捕入狱。那时张可才三十出头，不仅对蒙冤入狱的丈夫不离不弃，而且还处处寻找经常变动的关押地点，又不断地向各个相关部门上访诉冤。王元化出狱后没有单位，没有工资，精神又有点儿失常，全靠张可一人撑持着照顾。一年年下来，直到眼下，形势才有所变化，王元化可以在学术杂志上发表论文了……

我听了两位长辈的叙述，非常激动。张可老师给人的一个个“惊讶”早已叹为观止，没想到还在不断增加。这中间，还夹带着我自己的一个惊讶。就在我们下乡劳动的那些日子，她仍然处于为丈夫上访、为丈夫治病的过程中。我哪能想象，那顶挤在老太太和羊窝之间的白帐里，兜藏着中国女性最贞淑的品质、最坚毅的心灵。

外面，一天一地都是黑夜、暴雨和泥泞，而那顶小小的帐子，却是如此洁白无瑕。

我托请《辞海》编写组的一个年轻工作人员打听，张可老师什么时候会回学院一次。打听到了，那天我就守在我们经常聊天的那个路口。

果然，她来了。

毕竟是“文革”之后的第一次见面，千言万语不知从哪儿开头。我突然觉得不如“中心突破”，一开口就说了对王元化先生文章的评价，并为他终于能发表文章而高兴。

张可老师的表情很吃惊，连问我怎么全都知道了。我正支支吾吾，她又拉着我的衣袖到一边，轻声说：“他到现在还没有平反，但从种种消息看，快了。平反后一定请你到我们家去长谈。”

“为什么要等到平反才去？王元化先生什么时候有空，我随即登门拜访。”我说。

“他呀，什么时候都有空。”她笑得很开心。

我们又聊了很多话，临别时，她又说：“我一定把你对文章的评价立即告诉他。”

过了三天，与张可老师一起在编《辞海》的柏彬老师找到我，交给我一封厚厚的信。拆开一看，署名是王元化。

王元化先生详尽地叙述了以前如何在张可老师那里一次次听说我的过程，然后郑重约请我去他家一聚。在长信的最后他写了一段话：

> 秋雨，尽管身边还有大量让人生气的事，但我可以负责地说，就学术文化研究而言，现在可能正在进入本世纪以来最好的时期。

这段话让我感动，因为写的人还没有获得平反。

收到信的第二天，我就按照地址找到了他们家。是在淮海中路新造的一幢宿舍楼里，按当时上海的居住水准，已经算是不错的了。他们是新搬进去的，我想，既然上面有了给他们分房的举动，平反的事可能真的不远了。这在中国官场，叫作“正在走程序”。

张可老师一见我乐坏了，忙忙颠颠地端茶、送点心。他们家里雇了一个头面干净的老保姆，张可老师说：“她是你的同乡，余姚人。”老保姆用余姚话与我打过招呼，就去忙饭菜了。

王元化先生坐在我边上，说：“开头要说的话都写在那封信里了，今天开门见山吧。你读了这篇文章没有？”他拿起一本杂志放在我眼前，我一看，是李泽厚的《论严复》。

“我觉得这一篇，比他五十年代发表的《谭嗣同研究》写得好，尽管那篇资料收集得更细致。”王元化先生说。

张可老师一听，立即嗔怪起来：“人家秋雨那么远的路赶过来，茶都没有喝一口，一下子就谈得那么严肃！”说着就拐身到厨房里去了。

我就与王元化先生谈李泽厚。我说王元化先生有眼光，这几年李泽厚进步很大，远超自己的五十年代。尤其是他以康德为背景的美学理论，已经把朱光潜、宗白华比下去了。

王元化先生睁大眼睛看着我，估计他会把朱光潜看得更高一点儿。但他还没有开口，张可老师已经在招呼吃饭了。

菜不多，但很精致。张可老师不断地往我的盘里夹菜，自己几乎不怎么吃。他们家的饭碗很小，我几口就吃完了，张可老师忙着一次次添，添完又夹菜。连王元化先生看了也觉得有点儿过分了，不断笑着说："让秋雨自己来，自己人不用太客气。"

我看着张可老师，想起在烂泥小屋我们一起吃盐豆五个月，想起她在老祠堂把草扎肉让给我……她似乎也想起了什么，对王元化先生说："秋雨像骆驼，可以吃很多，也可以饿很久。"

吃完饭，王元化先生一挥手，要我到隔壁房间谈学问。张可老师向我一笑，说："你们谈学问我就不参与了。"

乍听这话像家庭妇女，但我分明记得，在农村，她一直在给我谈学问啊，而且谈得那么好。

与王元化先生谈了一会儿我就发现，他此刻浑身蕴藏着一个被废黜已久的学者对于学术交谈的强烈饥渴。反过来，他的知识结构又让我不无惊喜。他出事，是在五十年代前期，那时，中国在文化领域的极左思潮还没有形成气候。等到他被羁押之后，社会上倒是越来越左了，他已经没有权利投入，因此也就保持了一份特殊的纯净。

为此，我们两人决定多谈几次。

在第一次拜访之后，我又在一个月里三次重访。为了谈得长一点儿，我一般都是下午二时去，不要与晚饭靠得太近。张可老师还是不参与，只是与老保姆一起，在厨房准备点心和晚饭。大概在三点半，点心就端出来了，四个煎馄饨，或一小碗酒酿圆子。

通过几次长谈，我大体领略了王元化先生的知识结构。

由于父亲是教师，他小时候住在清华园，"那里连鞋匠都讲英文"，因此有不错的西学背景。原是基督徒，后来加入共产党，较多的时间着力于对革命思想的传播。虽然没有出国留学经历，也没有安心求学的可能，但对十八、十九世纪欧美的文化思潮都大致了解，又更多地受到俄国别林斯基、丹麦勃兰兑斯和法国罗曼·罗兰的影响。因此，在社会关怀、人文激情上，都超过了很多留学归来的“民国学人”。

“胡风事件”使他改变了文化道路。从监狱释放后，他随妻子张可研究了莎士比亚，自学了黑格尔哲学，又把《文心雕龙》作为理论解析的中国标本。这使他从一个文化评论者转化为专业研究者。

他文化视野的下限，大概止于德国社会学家马克斯·韦伯，这也是“文革”结束后几年他看书自学的。由于年龄的制约，他不可能学得更多。因此，在几次长谈中，他非常仔细地向我询问了弗洛伊德的学说，荣格所代表的文化人类学，接受美学，以及由卡夫卡起头的现代派文学，以萨特为代表的存在主义文学。对于其中一些关键的命题和人名，他还询问了英文字母的拼法。但看得出，这一切，基本上都进入不了他的欣赏范围，他也缺少研究的兴趣。因此，他是一个带有十九世纪的文化印记的学者。他的重返，对上海文化界来说，是一种隔代风格的隐约重现，颇为可喜。

在整个长谈过程中，我一直等待着张可老师的出现。我暗想，即使在学术上，张可老师也会产生一些独特的观点，让王元化先生和我惊喜。但是她一直没有出现，始终在厨房里忙碌。

夏衍曾说：“大家都在称赞钱锺书，我却更欣赏杨绛。妻子比丈夫写得更好。”我对张可老师，也有近似的判断。至少在对文学艺术作品的直觉上，她一定强过王元化先生。而这种直觉，来自天性。不错，张可老师应该比王元化先生更靠近无邪天性。

八

终于，我要写出最沉痛的笔墨了。

就在我与王元化先生多次长谈的三个月后，一九七九年六月，张可老师突然在一次会议上脑溢血中风。

她被送到医院，情势十分危急，昏迷十天不醒，半个多月一直处于病危之中。

王元化先生在医院号啕大哭，一遍遍高声呼喊着：“我对不起她！我对不起她！”

医院的走廊上，回荡着一个苍老学者撕肝裂胆般的声音。

张可老师虽然暂时挣脱了死神，却像彻底换了一个人。这种情景我不忍描述，一切略懂医学的人都知道。其实，原来的张可老师已经不在了。

不到半年，王元化先生彻底平反。不久，依照他的革命履历，升任为上海市委宣传部部长。

这是一个不小的官职，家里人来人往。张可老师已经不能招待了，躺在床上，眼睛直直地看着窗外的云天，又像什么也没有看。那情景，就像一尊卧姿的汉白玉雕塑。

我想，这位传奇女性又出现了一个令人震撼的“惊讶”拐点：在苦苦陪伴了半辈子的丈夫终于要恢复名誉的关键时刻，她走入了另一个空间。

就像在一九四九年，在终于要昂首阔步的关键时刻，她走入了另一个空间。

九

对于王元化先生担任上海市委宣传部部长，我在高兴过后，更多的是担心。因为，他与这个社会已经脱离太久。

那天有通知下达，新任的市委宣传部部长要向全市各单位的宣传干部做一场报告，地点在淮海中路的社会科学院。我因为心中挂念，也赶去了。

我到现场一看，就知道大事不好。坐在会场前十排的，全是农民打扮，是郊区十县赶来的，因为路远，出发早，就先到了。城里的宣传干部坐在后面，主要是工厂、街道来的，那个时期还整体贫困，都极其朴素。所有来听讲的宣传干部，每人都拿着一本土黄纸封面的“工作手册”，准备记录。

王元化先生那天的讲题是“现代市民的理论素养”，讲得很好，具有学术高度，但他没想过这是在给谁讲。出现最多的引文来自恩格斯、黑格尔和罗曼·罗兰，还两次动用了《文心雕龙》里的段落。那么多“工作手册”，几乎一句也没有记下来。

他知道自己讲砸了，越讲越快。在即将结束的时候，他看到了坐在第三排边上的我。一讲完，他为了不想听随从官员尴尬的评语，立即向我走来，并把我拉到了一间小小的休息室。他当着随从官员的面说：“我有一件公事和一件私事，要与秋雨商量。”随从官员听说有私事，也就止步了。王元化先生随手关上了休息室的门。

坐下他就说：“部里的工作人员事先没有提醒我听报告的对象。”

我想，如果张可老师还像以前一样，事先提醒的一定是她，因为这是第一场报告。失去了张可老师的提醒，王元化先生有点儿乱。但是此刻我必须安慰，便说：“这个报告如果在复旦、交大、师大讲，就会很好。”

他笑着摇了摇头，随即回到正题，说：“先商量公事。我上任后连续收到一个匿名者的三次揭发，说巴金参加过上海的‘文革’写作组。这事让我挠头，因为巴金太重要。”

我说：“这里存在着词语误读。”

“词语误读？”他让我讲下去。

我说：“按照正常词语，写作组是几个人聚在一起写文章，但在‘文革’中就不对了。那时流行小词语，连最高权力机构‘中央文革’都叫小组，下面跟着来，结果上海市政府也就变成了工业组、农业组、公交组、财经组等等，其实都是一个个大系统。写作组是指当时全市文化宣传教育系统，与那些组并列。”

“那为什么不叫文化组、宣传组？”他问。

“因为毛泽东断言文化宣传系统是阎王殿，谁也不敢了。”我说。

这下新任宣传部部长笑了：“哦，果然有词语误读。这在中外历史上比比皆是。”

我想，由于张可老师挡除了一切风雨，使得王元化先生长期隔绝世事，心地如此单纯，居然对那样的匿名信也有点儿相信了。我说：“巴金在‘文革’中受尽迫害，最后被收留在写作组系统独自翻译赫尔岑，有什么问题？按照匿名信的逻辑，连张可老师也编过‘文革辞海’呢！我肯定，匿名揭发者是一个迫害狂，当年迫害巴金留下了劣迹，所以要再度迫害，把水搅浑。”

王元化先生说：“你说到迫害狂，那就可以引出我的私人问题了。你们戏剧文学系有一个很坏的教师，在‘文革’中负责张可的专案审查。一次次逼问张可，威胁张可，没完没了，成了我家的恐怖梦魇。现在我看到张可躺在床上这个样子，很想为她出口气，在哪篇文章中提一提这个教师的名字，你看可以吗？”

我连忙问这个教师的名字，一听，就傻了。

这个人一直躲躲闪闪，几乎被所有人厌烦，包括造反派掌权者。从来没有听说过他在负责什么专案审查，而且张可老师也根本不属于戏剧文学系。我立即断定，这是一个单人作案的诈骗事件，单位里没有第二个人知道，却对张可老师造成那么大的伤害。其实，那个不断揭发巴金的匿名者，也是这样的人。

但是王元化先生为了张可老师，要在文章中提到那个教师的名字，我认为万万不可，因为那会产生“佛头着粪”的恶果。高贵永远无法对付卑鄙，圣贤永远无法对付虫豸。一对付，反而抬举了对方。这很无奈，实在是人世间巨大的悲哀，君子们难逃的宿命。

听了我的劝说，王元化先生同意了，不在文章中提那个人的名字。

那天与王元化先生分手后，我一路在想，以前一直认为张可老师总算在“文革”中大致平安，现在才知道并非如此。祸害的来源不去说它了，只觉得张可老师这一生，真是一天也不得消停。人世间的每一个磨难都不放过她，而且一个一个都咬得那么紧。

她来不及诉说，也不想诉说。此刻不能讲话了，只能让所有的凄楚和苍凉，全然消失于天地之间。

但是，未必全然消失。因为她有一个能够用笔来追踪天下善恶的学生。

我一直想找王元化先生好好谈谈张可老师，然后写点儿什么。

在这么大的城市当宣传部部长确实太忙了，找不出成块的时间。好不容易等到他离休，他、黄佐临、谢晋、我，成了上海市四大文化顾问，经常见面讨论。但四个人一聚，我眼花了。黄佐临和谢晋我也想写一写，借以唤醒上海文化的自尊。而且，因为他们两人的作品大家都知道，写起来也会比较顺手。最难写的是张可老师，我把她放到最后，因此没有在那个时候打扰王元化先生。

后来，国际大专辩论赛邀请王元化先生、我与哈佛、耶鲁的两位教授一起，担任“四人总评委”，中间空闲的时间比较多，我开始不放过王元化先生了。

王元化先生说：“由你的文笔来写张可，就会成为一座纪念碑。”

大概在两个月后，我送去了《长者》文稿。

王元化先生看后，立即通知我到衡山饭店找他。

这是衡山饭店朝西的一间不大的客房，王元化先生在这里生活和工作。这是怎么回事？王元化先生说：“发生了一些不愉快的事，是一个企业家为我租这间房的。”

什么“不愉快的事”？他不说，我也不问。这就像当年对张可老师，她不说，我都不问。胡导老师说，这是“地下工作的规则”。

王元化先生从抽屉里拿出我的《长者》文稿，我以为他要提一些修改意见，却不是。他郑重地对我说：“能不能在你的文章中留出一个不大的篇幅，说说我对张可的评价？”

当然可以。而且，这样也增加了这篇文章的分量，我太高兴了。但是我还不太明白，为什么一个很能动笔的丈夫，要把自己对妻子的评价放在别人的文章里？

王元化先生解释道：“如果由我自己写一篇文章，只能是丈夫对妻子的回忆，容易陷入过程性叙述，会显得一般。出现在你的文章中就有了第三者的目光，而且，你的文章拥有最多的读者，我不妨借一把力，把事情做得隆重一点儿。但是你最好标明一下，文章中这一段是以我的名义写的，也算是我自己的一份纪念。”

这就清楚了。我就问：“你的评价，是你亲自写，还是我派人来记录？”

他说：“我亲自写。”

“几天？”我问。

“三天。”他说。

三天后，我又去了衡山饭店。一敲门，门立即就开了，开门的王元化先生，手上拿着几页文稿。

下面，就是王元化先生为张可老师写的几段文字。我数了数，共约一千二百个字——

张可，一九二〇年十二月出生于苏州一个书香世家，受良好早期教育。十六岁时考进上海暨南大学，这是一所拥有郑振铎、孙大雨、李健吾、周予同、陈麟瑞等教授的大学，学风淳厚。一九三八年十八岁时加入中国共产党，从此全力投身革命。大学毕业后主要在上海戏剧界从事抗日活动，自己翻译剧本、组织小剧场演出，还多次亲自参加表演。结识比她早参加共产党的年轻学者王元化。

抗战初年在一次青年友人的聚会中，有人戏问王元化心中的恋人，王元化说："我喜欢张可。"张可闻之不悦，质问王元化什么意思，王元化语塞。八年抗战，无心婚恋，抗战胜利前夕，有些追求她的人问她属意于谁，张可坦然地说："王元化。"

以基督教仪式结婚。其时王元化在北平的一所国立大学任教，婚后携张可到北平居住。但张可住不惯，说北平太荒凉，便又一起返回上海。

一九四九年五月上海解放，这两位年富力强而又颇有资历的共产党人势必都要参加比较重要的工作，但他们心中的文学寄托，在于契诃夫、罗曼·罗兰、狄更斯、莎士比亚，生怕复杂的人事关系、繁重的行政事务和应时的通俗需要消解了心中的文学梦，再加上已有孩子，决定只让王元化一人外出工作，张可脱离组织关系。

因胡风冤案牵涉，一九五五年六月王元化被隔离，还在幼儿园小班的孩子张着惊恐万状的眼睛看着父亲被拉走。关押地不断转换，张可为寻回丈夫，不断上访。王元化被关押到一九五七年二月才释放。释放后的王元化精神受到严重创伤，幻听幻觉，真假难辨，靠张可慢慢调养，求医问药，一年后基本恢复。当时王元化没有薪水，为补贴家用，替书店翻译书稿，后又与张可一起研究莎士比亚，翻译西方莎学评论。张可还用娟秀的毛笔小楷抄写了王元化《论莎士比亚四大悲剧》和其他手稿。

三年自然灾害期间，王元化曾患肝炎，张可尽力张罗，居然没有让王元化感到过家庭生活的艰难。“文革”灾难中，两人都成为打击对象，漫漫苦痛，不言而喻。

“文革”结束之后，王元化冤案平反在即，一九七九年六月，张可突然中风，至今无法全然恢复。

一九七九年十一月，王元化彻底平反，不久，担任上海市委宣传部门主要领导职务。

王元化对妻子的基本评价：“张可心里似乎不懂得恨。我没有一次看见过她以疾言厉色的态度对人，也没有一次看见过她用强烈的字眼说话。总是那样温良、谦和、宽厚。从反胡风到她得病前的二十三年漫长岁月里，我的坎坷命运给她带来了无穷伤害，她都默默地忍受了。人遭到屈辱总是敏感的，对于任何一个不易察觉的埋怨眼神，一种悄悄表示不满的脸色，都会感应到。但她却始终没有这种情绪的流露，这不是任何因丈夫牵连而遭受磨难的妻子都能做到的，因为她无法依靠思想或意志的力量来强制自然迸发的感情，只有听凭仁慈天性的引导，才能臻于这种超凡绝尘之境。

王元化又说："当时四周一片冰冷，唯一可靠的是家庭。如果她想与我划出一点儿界限，我肯定早就完了。"

我把王元化先生亲笔写下的这篇千字文放在《长者》的第六节，说明是他亲笔所写，并用楷体字排出，区别于其他文字。文章收入书中后，王元化先生写来一封信深表感谢。他说，张可老师已经不可能阅读，他分二次把我的长文读给张可老师听，张可老师躺在床上似听非听，但眼角有泪。王元化先生要我再送十本书过去，后来，又要了四本。

我建议朋友们再读一遍王元化先生所写千字文的最后两段，也就是从"张可心里似乎不懂得恨"，读到"如果她想与我划出一点儿界限，我肯定早就完了"。

我在读了好几遍后认定，这是王元化先生毕生最好的文字。一个孤独了的丈夫吐露的生命秘密，正是人类的秘密。

不错，人很脆弱。不管多高的官职，多大的财富，多深的学问，多广的人脉，毁灭都轻而易举。毁灭的前兆，是亲情的断裂，也就是在突然恶化的环境中打量身旁的眼神，却失望了。

王元化先生的切身感受是，在这个过程中，无论是救助者还是被救助者，思想和意志都帮不上忙，唯一的希望，是仁慈的天性。

因此，人生在世，必须寻找这样的人。

同时，寻找自己内心的仁慈天性。

简单说来，寻找“张可”，或成为“张可”。

——幽幽长者，娉娉吾师，已成寓言。

二〇一七年一月

书架上的他

一

一九八六年夏天的一个黄昏，我刚回家，妈妈就急急地告诉，有一个家乡人打来电话，却猜不出那人是谁。妈妈认为，能打电话到家里来的家乡人，她应该都认识，今天怎么会猜不出来？这会不会失礼？因此着急了。

那时候，我在学院里变得很忙，生活无人照顾，妈妈每三天来我家一次，用钥匙开了门，给我做点儿饭菜就锁上门，回去照顾爸爸了，不会等我。今天等着，证明她一直为那个家乡人而不安。

我坐下来，问妈妈，怎么知道对方是家乡人？

“一口老式余姚话，怎么不是家乡人？”妈说。

“老式余姚话？”我问。

“就是你外公说的那一种，连我听起来也像是长辈，因此更怕失礼。”她说。

这下我也纳闷了，抬起头来想了想，又问妈妈："他难道没报个名字？"

"报了，一个奇怪的名字，他说你知道。"妈妈说。

"奇怪的名字，叫什么？"我问。

妈妈笑了，说："听起来就像我们乡下隔壁大婶的绰号。大婶是种落谷的，大家都叫她落谷婶。但打电话来的是男人，怎么也是这个名？"

落谷是家乡对玉米的叫法，在上海叫珍珠米。

"男人自称落谷婶？"我这个反问一出口，立即就笑了，因为我已经知道他是谁。

我说："妈妈，他叫陆谷孙，复旦大学的教授。"

这下妈妈奇怪了："他满口余姚话在上海做教授？"

我说："他不单单会讲余姚话，还会讲上海话、普通话，而且，英语讲得特别好，把外国人都吓了一跳。"

"那他怎么知道要给我讲余姚话？"妈妈问。

我说："我们是老朋友，他也是余姚人，知道你在家乡住过，所以在电话里一听说是你，他就改讲余姚话了。"

"他的余姚话怎么这样老派？"妈妈又问。

我说："他出生在上海，小时候回余姚生活过一段时间，后来又到了上海。余姚话是他的一种记忆，存放在那里，就捂老了。"

妈妈笑了，说："那你赶快给人家回个电话。"

我说："我过一会儿就打。"

——这件电话往事，我很早就写在长文《乡关何处》里边。后来陆谷孙先生在复旦大学主持我的演讲，我一开头又说了这件事，听讲的学生笑得很开心。陆谷孙先生在台上也笑着说："因为你那篇《乡关何处》，问我的人不下于一百个，至少一半是浙江人。"

今天我再写这件往事，心中颇为伤感，因为陆谷孙先生已在二〇一六年七月二十八日去世，离那个电话，恰好整整三十年。

三十年是段不短的历史，而这三十年的变化又是如此之大，真是难于表述。这篇文章的题目，本想用《三十年前的一个电话》，却又觉得太纤巧、太私人化了。

其实由于文化着力点不同，我与陆谷孙先生的私人交往并不频繁。只是互相确认是"老朋友"，复旦大学要我做什么事，总会请他出面，而只要他出面了，我也立即答应，如此而已。比"君子之交淡如水"的说法，要浓一点儿。

但是，在他去世之后我几度回想，觉得我们两人之间的那些交往，也能从一个侧面反映当代中国知识分子在历史转折时期的一些境遇，以前不会出现，以后也不会再有。因此，不妨写一写，也算留下一点儿资料。

二

我初次认识陆谷孙先生，比那个电话还早了十几年，也与家乡余姚有关。

那应该是一九七三年吧，"文革"还在继续，但风向有了改变。中国已经被暴虐的政治运动拖得筋疲力尽，近于崩溃，政治老人死的死，逃的逃，病的病，不得不转向了。于是以最高规格接待美国总统，又热热闹闹地重返联合国。这一下，就必须以最快的速度抢救外语、抢救教育、抢救教材、抢救人才了。

高校教师本来已被发配到农村劳动，也都责令立即返校从事抢救工作。于是，陆谷孙先生被指派参加了一个由各校混合组成的词典编写组，我则被指派参加了一个同样同由各校混合组成的教材编写组。

我所在的教材编写组设在复旦大学学生宿舍十一号楼底楼的几间简陋屋子里，我分到的任务极少，不到三天就做完了。但我还是天天去图书馆，因为当时我已经悄悄在编一部更大的教材《世界戏剧学》，复旦大学图书馆的外文资料比较丰富。

图书馆离外语系不远，我每次离开图书馆后都会顺便到外语系看望翁义钦先生。他的夫人张立里女士也是余姚人，我们早就熟识。

余姚人见面总会大谈余姚，张立里女士也不例外。话题从杨梅、水磨年糕到王阳明、黄宗羲，当然，也少不了上海各校著名教师中的余姚人。在把余姚人胡乱吹捧一番之后，我们又产生了担忧，似乎很多人会来冒充。张立里女士说，早有一个办法可以识别，那就是说一句外地人不可能听懂、余姚人却全都知道的土话，扔给对方。这句土话我只能用拼音来勉强摹声：zao hedi fongfong ge。意思是：灶塘边很脏。

翁义钦、张立里夫妇与我如此谈余姚，是想转移我的心情。他们知道我家遭了大祸，爸爸早被关押，叔叔已被逼死，全家衣食无着，而我是大儿子，要承担。每隔几天，翁义钦先生都会拉我到教师食堂吃饭，让我补充营养。教师食堂比我平日去的学生食堂要好一点儿，但也是一人一菜，很俭朴。翁先生几乎每次都给我买一盆“大葱炒猪肝”，在当时算是最好的了。

有一次，我们两人并排坐着吃饭，翁先生突然站起来给我介绍一位外文系教师，说他也是余姚人，正在编英汉词典，叫陆谷孙。陆先生非常热情地与我握手，我问他们的词典编写组在哪间宿舍，心想什么时候去找他，说说灶塘边脏不脏的事，但主要是编写《世界戏剧学》时有一些英语翻译上的疑难想去请教。听起来，他们的词典编写组设在校外，好像是在淮海中路，按照当时的交通条件，离复旦大学很远。

后来在图书馆又见到过几次陆先生，但都是他与几个人一起来的，我与他打了招呼，却不便当着那么多人的面说《世界戏剧学》的事，因为当时编这样的书还是犯忌的。

三

与陆谷孙先生的正式交往是在一九八四年。那时，“文革”结束已经有七八年了，一切都发生了翻天覆地的变化，我的《世界戏剧学》也早已出版，并获得了全国大奖。但当时各单位还在忙着安排老干部、老前辈，作为青年教师并没有地位。那天，院部通知我，有一位加拿大的戏剧专家要访问学院，由几位老干部接待，但翻译人员提出，有一些戏剧学的专用词汇他翻不出来，希望我能到场帮助。于是，我就与翻译人员一起，坐到了沙发背后。

加拿大的专家来了，居然是一位华人，讲一口流畅的汉语，根本用不着翻译。我发现，陪着这位加拿大专家来的，就是陆谷孙先生，但他并没有注意到沙发背后的我。

那位专家与老干部谈不起来，客气地胡扯了一会儿要起身离开，便与主人一一握手告别。最后，出于礼貌又与沙发背后的翻译人员和我来握手。我在握手时也出于礼貌，轻声介绍了自己的名字，没想到那位专家突然停住，请我再说一遍。

“你，就是那部巨著的作者？”他夸张地问。

我点了点头。

“为了找你，我跑了半个地球！”他更夸张地提高了声调。

然后他转身向陆谷孙先生介绍了我的《世界戏剧学》，句句都是我承受不住的赞美。

陆谷孙先生当时还没有读过《世界戏剧学》，却立即认出了我，握住我的手说：“哈哈，是你！”又转身对加拿大专家说，“这是我的同乡兼老友，今天你没有白来吧？”

“没有白来，没有白来！”专家一个劲地笑。

其实，这些年我早已从复旦大学一些朋友那里知道了陆谷孙先生取得的学术成果。他主编的《新英汉词典》出版后，国内外反响热烈。一九八二年八月他又与北京大学杨周翰先生一起到英国参加莎士比亚国际讨论会，他发表的演讲广受各国专家好评。各国专家惊讶，这位中国学者并没有出国留过学，为什么能讲这么漂亮、典雅的英语，而且又掌握了那么多国际间的专业资料？

当然，我也听说了，就在不久前，美国总统里根访华时到复旦大学听了他用英语讲授莎士比亚的课。这事影响很大，更何况里根是演员出身，当着他的面讲莎士比亚，十分刺激。

那位加拿大戏剧专家自我介绍时说了一个比较通用的名字，听了也没怎么上心。陆谷孙先生回去后倒是仔细读了我的《世界戏剧学》，开始与我认真交往起来。他告诉我，很快要作为富布赖特访问学者到美国研修一年，问我今后有没有兴趣也沾一下富布赖特的边。

我说现在还没有这个计划，因为我手上有三部写了多年的学术著作要结稿出版，忙不过来。

记得他逗留在美国的时间，是从一九八四年到一九八五年。这期间，我的那三部学术著作《中国戏剧史》、《艺术创造学》、《观众心理学》都一一出版了。这实在有点儿不容易，因为这些著作虽然在书名上看不出任何挑战性，但在内容上却比较彻底地改写了原来全国推行的权威教材和“部颁教材”，系统地介绍了国际人文思维，建立了自己的结构。因此，出版前几乎每一轮审稿都难以通过。

但是，这真是可爱的八十年代，在一片除弊立新的激情中，一切障碍都快速排除，这些著作不仅出版，还不断获奖。加上以前那部在灾难时期动笔的《世界戏剧学》，我被国家人事部、国家文化部联合授予“国家级突出贡献专家”称号。由于全国一共才十五名，产生了不小的社会影响。十五名中，我最年轻，但也已经三十九岁。国家原想在“中青年专家”的范围内评选，却由于十年浩劫的耽误，都超龄了。

我从北京领奖回到上海，就收到一封有趣的短信，开头只是大大地写着“名至实归”四个字，下面却用漂亮的英文字写了我所获得的称号的准确译法，说是供我在印名片时采用。

署名是“谷孙”，我这才知道，他从富布赖特回来了。

四

从美国回来的陆谷孙先生，在当时的重要性已经出乎他自己的意料。他被历史，放置到了一个重要的文化地位上。

这是因为，到了一九八五年，谁都看出来了，中国向世界开放的势头已不可逆转。因此，英语，已经从一种技术性工具上升为世代性文化。文化总要寻找代表，通观海内外，能够把英语文化和中华文化精密熔铸的当代权威是谁？

面对这个躲不开的问题，人们也许能举出几位年迈前辈的名字，但这些前辈留下的，主要是精致的小文化，而不是普及的大文化。哪像陆谷孙先生，凭着几乎无远弗届的《新英汉词典》，成了当代无数中国人走向世界的“日夜导师”。反过来说，编英汉词典的专家也不少，却又有谁像他那样，长期在名校的讲坛上娓娓品谈英美散文、莎士比亚，主持讲座而风靡全校？

因此，陆谷孙先生成了一个很难替代的文化代表。

把一个外文系教授说成是文化代表，往往是就外文而言的，但陆谷孙先生对中国文化的浸润，使他具有了“双重代表”的身份。依我的观察，他除了对中国传统的人格风范有一种整体亲近外，还受到了清中期以来江南名士笔墨和“五四”以来京沪文人随笔的不小影响。在中文上，他恰恰与那些“洋派文风”沾不上边。这一来，使他在“双重代表”的身份上，显得两相纯粹，相得益彰。

这样一位文化人，即使不是出现在一个文明古国突然开放时期，也会是杰出的，何况他恰恰碰到了这样的时期。他面临着自己的前辈和学生都不可能遇到的景象：一条条不同时代、不同空间的线索，都飘到他跟前，在他的衣扣上打了结。例如，他经常告诉我：梁实秋编的《远东汉英大辞典》由于年代久远需要修订，集团老板找到了他；甚至，有国际宗教团体与他商量，能不能用最标准的中文来重译《圣经》……其实很多事情都难以实现，但历史出现了各种可能，都在向他招手。

五

飘到眼前的，还有其他一些线索，也是来自不同时代、不同空间。

例如，海外的华裔学者很不习惯中国内地出现了水准高于他们的英语专家；国内的教学界同行很不习惯那么多荣誉集中滑向几个年纪不老的教师；其他辞书编写者不相信这部词典发行量超过千万册居然没有炒作行为；出版社和相关单位永远在苦恼该不该向辞书编写者支付相应的高额报酬……

这些问题，现在说起来轻松，其实每次出现时都让人相当郁闷。

有一次陆谷孙先生与我高兴聊天时突然想到了一件事，便放低了声调，换了不悦的语气。他说，有几个人一直在向上面写控告信，说《新英汉词典》是在“文革”中编成的，是“文革产品”。有人更是一条条地举报，例句里有一些当时的语言。因此，一九八五年出“增补本”时不得不在书前声明“更换了政治思想内容明显不妥以及语言上有缺陷的例证”。陆谷孙先生说，这些控告者，恰恰就是在“文革”灾难中向造反派掌权者控告我们“收罗大量西方语言垃圾”的人。

我一听就笑了：“对，就是这批人！我在灾难中编写的教材《世界戏剧学》，也被揭发是‘文革写作’，揭发者就是当初反对复课、反对编教材的人。但我绝对不与他们啰唆，因为他们成不了气候。”

我当时很乐观，却没想到后来他们还是成气候了，而且把我当作了一个箭靶。

当时我并没有这种预感，只把话题引向了陆谷孙先生在香港遇到的一些不愉快。好像是一家出版社邀请陆先生去的，但他们并不清楚陆先生的高度，只让他做一些翻译、编写之类的普通事务，却不让别的文化单位接近陆先生。如果被邀请一次，还要来克扣报酬。

我告诉陆先生，当时我也在香港，在一所大学做访问学者，却不知道他在受气。香港有些教授当时面对内地学者颇为趾高气扬，可惜让我瞟见了，他们的书桌上都放着陆谷孙先生编的词典。有一次一个香港教授对我们显摆着中英文混搭的奇怪语言，还装模作样地拍拍书桌上的词典，证明自己言必有据。我看不过，便轻声插了一句：“这词典是我的朋友编的，还好用吗？”

“你朋友编的？”那教授非常奇怪，但刚才那种架势显然被压下去了，讲话时再也不夹带英文字。

陆先生一听便笑了，说："感谢你问了一个好问题：还好用吗？代我向他征求意见。"这是陆先生在闲谈时惯用的"轻度反讽"。

我说："香港教授里也有明白人，例如翻译家金圣华教授就诚恳地对我说，整个香港都编不出这样一部词典。"

二十世纪八十年代的种种遭遇，反映了历史转折时期的一个重大课题。

所谓历史转折，必然带来一系列生态转折和目光转折，大家都不适应。不仅转折者不适应，而且旁观者也不适应。这中间，包含着大量啼笑皆非的事端，首先要让文化人的敏感神经来承受。文化人，也就在这种承受中完成了更深刻的自身转折。

在谈论不愉快的香港事件时，我曾向陆谷孙先生讲述了自己很滑稽的一些经历，以便让他在"同病相怜"中轻松一点儿。

例如，当时为了表彰我的所谓"重大学术成就"，上海市高教系统报请上海市人事局，为我连升两级工资，这事上海各个报社都报道了。但事实上，我的工资也就是从月薪七十八元人民币上升为八十七元人民币。不久我去香港，遇到一位与我同专业的教授，他的月薪是十五万港币。但他并没有写过书，他给研究生讲课用的教材，就是我的那几部学术著作。

在台湾就更好玩了。由于长期的政治宣传，那里在整体上看不起大陆文化。但是，在两岸尚未交流的时候，他们首先盗版的，就是我的那部《中国戏剧史》，却不注明作者的地域。后来交流了，我的《文化苦旅》、《山居笔记》在那里创造了最高发行量，甚至形成了一种公认的时尚生活方式，叫作“到绿光咖啡屋听巴赫读余秋雨”。但他们始终无法相信，我是在一九四九年之后才在大陆开始接受教育的。因此我在那里每次演讲都会挤进来几千人，他们想当面看看我的年岁，有没有“民国印痕”。

有一些更大的事情，使他们尤为讶异。例如，他们几乎不相信中国二十世纪几项最重要的考古发掘，都是在“文革”灾难中完成的，例如，兵马俑、马王堆、河姆渡、妇好墓等。在他们心目中，那十年，大陆人天天都在砸文物。

说了这种种事情，我得出了一个结论：文化在本性上是一种故意错位。与社会潮流故意错位，与政治运动故意错位，与四周气氛故意错位。古今中外真正的文化，都是如此。我们过去习惯的理论正好相反，宣扬“文化呼应时势”、“到什么山唱什么歌”，但那是“跟风文化”。

我看着陆先生说：“你和我，都不跟风，所以让大家有点儿惊奇。”

陆先生用手拍着我的肩膀说：“文化就是对社会潮流的故意错位，讲得好！我的老师徐燕谋、林同济、葛传椝都是这样的一种存在，所以非同凡响。”

我说：“他们就像兵马俑、马王堆，居然在破坏文化的大灾难中出土，出现得那么不合时宜，才让人眼睛一亮。”

后来我与他几度见面，还谈起过“对社会潮流的故意错位”。他一再说：“现在太热闹、太风光了，我不能顺着来，还是坚持对潮流的故意错位，躲在一角安心编词典。”

六

我与陆谷孙先生交往最密切的，是一九八六年。

那年，以我所在的上海戏剧学院为基地，筹办了一次非常成功的“中国首届莎士比亚戏剧节”。整个过程，都少不了陆先生这位真正的莎士比亚专家。上文已经提及，四年前他在英国伯明翰的莎士比亚国际讨论会上宣读的那篇论文《跨越时空的哈姆雷特》(*Hamlet Across Space and Time*)，已经显示中国具有举办这项活动的资格。

当时处处贫困，活动余地极小，但我们却大胆决定要在这次活动中实现三种盛大的聚集——

一、让国际间绝大多数莎士比亚专业剧团全部聚集到上海，首先要把英国皇家莎士比亚剧团请来；

二、让国内所有历尽浩劫后依然健在的老一辈莎士比亚专家，全都聚集到上海，包括被毛泽东点过名而长期入狱的《李尔王》译者孙大雨在内；

三、让国内一批优秀的地方戏曲剧种都移植莎士比亚，然后全都聚集到上海。

这几个目标，有一种“空前绝后的匪夷所思”，但居然全部做到了。

第一个目标，当然是求助了外交部门，但起关键作用的，还是陆谷孙先生。他调动了国际间的专业友人，他们比外交部门更知道专业上的高低。

第二个目标，我们咨询了曹禺先生和黄佐临先生，陆谷孙先生也通过杨周翰先生等前辈，转弯抹角地联系。多方努力，最后全都邀请到了。

只有第三个目标，与陆谷孙先生关系不大。

我印象最深的，是孙大雨先生的到来。因为是一个久困囹圄的教授，在那个年月有一种令人尊敬的高度。他的个子也确实很高，其他前辈专家在他跟前都有点儿畏怯。老诗人卞之琳够有名的了，那时也已七十六岁高龄，很想与孙大雨打个招呼，说几句话。孙大雨也看到了，却转过头去，完全不理。

我把这个情景告诉陆谷孙先生，问："孙大雨先生和卞之琳先生是不是有过什么纠葛？"

陆谷孙先生说："不太清楚，但孙大雨先生的特点是看不起大多数文人。他曾宣言，全世界英语最好的两个人，就是温斯顿·丘吉尔和孙大雨。"

陆谷孙先生说这句话的时候模仿着孙大雨的口气，因此在说温斯顿·丘吉尔的名字时也用了一种漂亮而婉转的英语读音，以便衬托孙大雨的名字出场，而出场的名字却又读得故意低沉，听起来十分有趣。我估计，陆谷孙先生未必亲自听到过孙大雨先生这么说，而是听他的某位老师模仿的，而老师模仿时也用了漂亮而婉转的声调。

杨周翰先生与陆谷孙先生关系亲切，在整个莎士比亚戏剧节期间来了上海多次。杨先生如此高龄了还穿着牛仔裤，显得轻盈潇洒。我一看就笑了，因为当时上海的报纸正连续发表评论，呼吁年轻人不要穿牛仔裤，说那是"垮掉的一代"的象征。但眼前，巍巍教授穿到这个年纪，都没有

“垮掉”。

“余先生笑什么？”杨先生问。

我不便说牛仔裤，就把话题扯开了。杨周翰先生早已读过我的《世界戏剧学》，我本想请教他，其中欧洲某些历史阶段的资料至今还没有翻成中文，不知有没有差错，但他说：“那些阶段反而不太重要，你的著作最有分量的，是对古代东方各国戏剧学的论述。”

莎士比亚戏剧节从筹备到举行的过程中，我知道了陆谷孙先生是懂得戏剧艺术的。他对焦晃、李媛媛主演的《安东尼和克里奥佩特拉》进行了发音腔调上的指导，使之更符合这台戏的国际气息，效果很好。他听到我表扬，便调皮地说，他年轻时就在复旦演过《雷雨》，也算老演员了。

但是，说是这么说，陆谷孙先生更偏重的，还是学术上的莎士比亚，文本上的莎士比亚，而不是舞台上的莎士比亚。或者说，更靠近歌德所说的适于朗诵的莎士比亚。难怪后来他还用歌德的一句话作为演讲标题：《莎评无尽》（*Shakespeare und kein Ende*，一般译作“说不尽的莎士比亚”）。

对于歌德式的莎士比亚和舞台上的莎士比亚，我在《观众心理学》一书中有过专门论述。

对我而言，两头都有兴趣，但更偏重的是舞台上的莎士比亚。这种区别可以变得很具体，例如，这次由陆谷孙先生通过英国友人辗转邀请来的英国皇家莎士比亚剧团，在演出时居然男女演员一律穿当代牛仔装。

这对陆谷孙先生来说实在有点儿不习惯，而我却激动不已。陆先生问我激动的原因，我说："只有这种游戏式的穿越，才能证明莎士比亚的当代精神。"陆先生轻轻点头，但显然还是有不少犹疑。

同样，中国各地方戏曲剧种搬演莎士比亚，往往在时代背景、历史风格、人物定位上与原剧有不少差异，这也让陆先生皱眉。但是这种差异，反而验证着莎士比亚的博大，博大到有可能超越英伦文化，超越种种时空界限，就像尼采在《悲剧的诞生》中描述过的醉意狂欢，从本质上合乎艺术的终极天性。

然而，我觉得在这个问题上陆谷孙先生与我的分歧是必须存在的。"说不尽的莎士比亚"，这才符合多元文化的本义。因此，莎士比亚在复旦大学和上海戏剧学院，本应是不同的形象。

让我高兴的是，在中国首届莎士比亚戏剧节期间，整个上海的大街小巷都激动了。例如我看见某个晚上，著名导演胡伟民先生刚刚在九江路的人民大舞台为越剧《第十二夜》谢了幕，立即要跨上自行车飞驰到黄河路的长江剧场，为话剧《安东尼和克里奥佩特拉》谢幕。这还只是在说一个导演，而当时上海每夜演出的莎士比亚，总有几十台，台台观众爆满。全国戏剧界人士，都纷纷到上海观摩。上海市民更是倾心投入，通宵排队买票。我想不起此前和此后，国内还有哪次文化活动，在实际影响力上超过这十几天在上海的文化大聚集。

我是中国首届莎士比亚戏剧节的学术委员会主席。在戏剧节期间成立的中国莎士比亚研究会，陆谷孙先生任副会长，会长是曹禺先生。

七

也在一九八六年，由于在国家文化部连续三次的全院民意测验中都名列第一，我被迫担任上海戏剧学院副院长、院长。本来我推拒再三，但上海市教育委员会的领导胡志宏先生前来劝说："经过十年动乱，各个文化教育单位都尔虞我诈，难得有一个人竟三次第一，你不为苍天为苍生。如果你同意，我申请调到你的学院，来做你的副手。"这话，实在有点儿难于抵挡。

我打电话与陆谷孙先生商量，他说他认识胡志宏先生，并不熟，但就凭那句不为苍天为苍生，就凭身为上海市教育委员会的领导却要主动调职来担任你的副手，如果真的做到了，就可以担任。

当然，还有一些别的因素，使我最终接受了任命。胡志宏先生果然来了，担任书记，但当时高校的体制是校长负责制，书记只是配合，而我们两人又亲如兄弟，毫无矛盾，工作极有效率。正是效率，使我把繁忙当作了乐趣，原来的老友已经没有时间交往。

但是，终于有一件难事，还是要麻烦陆谷孙先生。

我们学院有一位老教师，是从美国耶鲁大学戏剧系留学回来的，据说回来时与钱学森先生坐的是同一艘轮船，因此资历足够。但是，直到我担任院长，他还没有评上副教授。这好像是太怠慢他了，旁人一听都会为他叫屈。我亲自查了他的专业档案，发现他几十年来既没有上过课，也没有写过书，更没有排过戏，只留下一些凌乱的英文笔记，装订成册。

我翻了一下，那些英文笔记也只是一些片段抄录，没有任何自己的观点。麻烦的是，他几十年来不断地给中央写信，控诉自己在职称上的不公平待遇。哪位领导最大，就写给哪位。

中央领导的办公室人员一看是耶鲁的留学生，与钱学森一起回国，都当作一件大事，立即批复督办。这些批复，一看能吓人一跳，因为毛、刘、周的办公室都有，我收到的，发自邓的办公室。

我研究了整个过程，突然对我的历届前任院长产生了某种感动。不就是一个小小的“副教授”职称吗，且不说耶鲁、钱学森了，就看那么多最高领导办公室的批复，竟然都一步不让。他们对教师资质的坚守，令我佩服。这事拖了那么久，应该在我手上做一个了结。

我毕竟比历届前任院长更有“危机处理”的能力。我想，这件事情的混乱，在于一连串的外在重量，我们应该全部搁置，直取终极标尺。终极标尺很小，就是那一册作为唯一“业务成绩”的英文笔记。只要这一终极标尺打理清楚了，其他外标尺再炫目，也可以一一排除。那册英文笔记，我已经翻阅了，但我这个院长的分量还不足以对峙耶鲁的学历。因此，应该由公认的英语权威人士对这册英语笔记做一个明确鉴定。以后再有上级的批复下达，就把这个鉴定拿出来。

这位权威人士，当然就是陆谷孙先生。连美国总统访华时都乐颠颠地来听他的课，耶鲁的学历又能怎么样？

我立即给陆谷孙先生打了电话，只说请他参加一次特殊的评审，却没有说具体情况。他立刻回答：“院长有召，敢不从命？”

我随即吩咐教务长临时组建一个由陆谷孙先生挂帅的专项评审组，

再从两所不同的大学找两位懂戏剧的英语教授，一起参加。

由于多时未见，那天我见到陆谷孙先生分外亲切，他也对我的工作、身体问长问短。评审开始后，当时出现的情景今天回忆起来，还历历在目。

工作人员把那册英语笔记递给陆先生，陆先生郑重地打开。但是，看了几行，便抬头看了一眼我们学院的教务长，然后就急急地翻页。翻页不久又翻页，越翻越快，最后合拢笔记，对教务长说："英文材料不用看了，只能算作零，看中文材料吧。"他边说，边把那本英文笔记递给另外两位教授。

教务长则告诉陆先生："没有中文材料。"

"没有中文材料？就凭这本东西？"陆先生深感不解，就转过身来看我，我这才把事情的来龙去脉简单介绍了一下。

正好另外两位教授也把那册英语笔记翻完了，说："不要说观点，连完整的句子都很少"，"想找一段短文都找不出来"，"是不是精神有点儿问题？"

于是，我对陆先生说，请他们做一个明确而又简短的学术鉴定。

陆谷孙先生二话不说，就要了一张白纸写了起来。写了大半页，递给另外两位教授过目，然后，三位一起签字。

这下，我就站起身来对三位教授深深道歉。他们那么远的路赶来，只是看这么一份东西，真不应该，但他们的鉴定，实在是解决了我们学院几十年来一个不大不小的难题。

我还对教务长说，可以把这份鉴定书给那位先生过目，并告诉他签字教授的单位和身份，顺便送一本陆谷孙先生编的英汉词典给他。

果然，那人再也不向中央写控诉信了。

八

此后，我与陆谷孙先生的联系越来越少。原因是行政工作有一种很难摆脱的自身逻辑，就像已经转动起来的大水轮，上面的水流时时不断地冲灌下来，下面的轴盘和石磨一刻也不能停息。如果见了老朋友，匆匆招呼后又匆匆离开，反而会让朋友生疑，那就不如不见，等待余暇的出现。只是，余暇一直没有出现，时间一长，觉得再见面也不知从何说起了。

但是，陆谷孙先生的形象却经常出现在眼前，这有一个具体原因，那就是我还经常用他的词典。每次合拢词典时，总会想起他几次对我说的话："一个个单词，都是我一根根白发换来的，你看我，已经彻底白头，就像头上顶着一部抖落了文字的空词典。"

我经常想，此刻，他还在编。他对我说过，《新英汉词典》还是太小了，应该大大扩充，同时，还要编一部像样的汉英词典。这么热闹的大地，他仍然安静地躲在一角，坚守着"对社会潮流的故意错位"。

他的这个形象，一直提醒着我。我暗下决心，要尽快辞职，也去做一件"故意错位"的大事。

后来发生的事情，大家都知道了。我在升官、出国、经商的三大社会潮流中断然辞职，辞了二十三次才被批准。辞职后独自一人去了西北高原，开始对所有重大的文化遗址进行实地考察。我在这之后的长年处境，比陆谷孙先生编词典更冷僻、更孤寂了。

没想到，冷僻和孤寂换来了两番奇异的火烫。第一番火烫，是我在考察途中所写的书籍在海内外空前畅销；第二番火烫，是辞职和畅销所带来的名誉，引发了空前的诽谤。

一个遭受诽谤的人，想得最多的不是诽谤者，而是朋友。知道朋友一定看到了诽谤，却不便来询问，而自己也不便去解释。最好的朋友会设法来安慰，却又怕不适当的安慰伤及对方自尊，真是千难万难。

终于，我家的电话响了。陆谷孙先生在千难万难中要向我送话，但他只是平静地说："秋雨，请听我读两句唐诗，两岸猿声啼不住，轻舟已过万重山。"说完，电话就挂了。

他明白，我不愿意向他解释什么，因此免去了我的回答。

几个月后，他还来过一个电话，估计又读到了几篇诽谤文章。他重复着上一个电话："秋雨，记住，轻舟已过万重山。"这次，他连猴儿也不提了。

他没有让我在电话里回答，我就采用了另一种回答方式，那就是连续不断地发表新作品，让他觉得，我连关注诽谤的时间都没有。

其实这倒是事实，我从来不读那些诽谤文章，心情比他想象的要轻松得多。

九

终于接到了他不必再借用唐诗的一个长长的电话，那已经是一九九六年六月份了。他告诉我两件事，一是《英汉大词典》已经编出来了，他要送我一部；二是他在复旦大学主办了一个叫作“白菜与国王”的名家讲座，让我一定要去讲一次。

“白菜与国王？这个名称很有童话意味，对演讲有特殊要求吧？”我问。

他说：“这名称确实来自童话《爱丽丝漫游奇境记》，有趣而已，对演讲没有特殊要求。据说这些年我们复旦请你来演讲，好几次都被你拒绝了，他们打听到我们是老朋友，要我出面，我拍了胸脯。”

当然，我不可能拒绝他。

说起来，我与复旦大学有很深的缘分。前面说过，在灾难时期，我在复旦图书馆外文书库收集了不少《世界戏剧学》的资料，又拥有翁义钦先生这样每隔几天让我饱餐一顿的朋友。新时期开始以后，我在未担任过一天“副教授”的情况下，直接破格升任当时全国最年轻的文科正教授，这种破格升任需要有最高学术层级的强力推荐，我的推荐者，多半是复旦最著名的几个教授。后来，我又担任了复旦大学美学专业博士生论文答辩委员会主席。因此，每有复旦邀请我演讲，我总是欣然前往。

复旦学生对我更是热情，每次演讲都人山人海。有一次演讲后还是六名保安人员把我从人堆里抢救出来的，我那时已被挤倒在地下动弹不得。后来我觉得有点儿奇怪，为什么每次演讲都选在每年的九月十八日？

问了熟人才知，那一天复旦学生必定会举行纪念抗日的游行，学校怕失控，就用我的演讲来“转移情绪”。我一听就觉得不对了，我的演讲不应起这种作用，所以开始婉拒。

陆先生邀我演讲的时间是六月份，他又不可能有什么“转移”的企图，我就去了。演讲是陆谷孙先生亲自主持的，他的出场已经引来欢呼和掌声。我因为多年不来，学生当然也热情得出格。记得陆谷孙先生在做演讲总结时说的最后一句话是：“今天的火爆情景证明，确实再也不能请余先生来演讲了。”

过了两年，我又收到陆谷孙先生的电话。他说：“复旦总想与你有更多的关系，但你总是推推托托。这次，是杨福家校长亲自找到了我，他想请你吃顿饭，由我作陪，希望由校长直接聘你为兼任教授，你以后就不好再推托了。”

那顿饭就是三个人，谈得很开心。吃了一会儿，杨福家校长像是突然想起了什么，从包里拿出一份紫红丝绒面的聘书，站起来交到我眼前。我也立即站起来，搓一搓已经油腻了的手赶快接过。陆谷孙先生笑着拍了三下掌，算是完成了一个仪式。

接着又坐下吃饭，陆谷孙先生向杨校长介绍了我以前的那个说法，“文化是对社会潮流的故意错位”，杨校长听了点头，但还没有完全明白我的意思。我说，我愿意把这个问题说得更充分一点儿。文化的根本使命，是在精神领域从事一代又一代的基础建设，而不是进行辩论。当年胡适之先生把新文化运动分为谈“主义”和谈“问题”两派，他自己是“问题”派。但是，真正的文化是连“问题”也不谈的，只着力基础建设。“主义”和“问题”，在文化上都只是潮流而已，哪里比得上基础建设？

我说，陆谷孙先生编了一部又一部大词典，就是基础建设。我的学术著作、文化考察，也算是基础建设。在很多人看来，我们那么多年既没有惊世观点，又没有尖锐批判，是落伍。他们不知道，我们选择的文化，就是一支安静的笔，是一双孤独的脚，却又庞大到永远无法完成。无法完成，还不离不弃。

杨校长说，在这方面，复旦的理工科比较好，文科就比较闹。

我说，最近几年我也发现，复旦文科的一些毕业生在上海和广州的报刊上太热衷谈“问题”了，其实只是小圈子里的互相喝彩，又越谈越乖戾。应该让他们学习陆谷孙先生和章培恒先生，投入基础建设。中国当代文化，少的是基础。

陆谷孙先生在一边附和我，说：“确实，复旦浮躁了，严重浮躁了。”

那次聚餐告别时，陆先生还问候了我的妈妈，他还记得那个电话。

十

在那次三人聚餐后不久，我开始了更大规模的文化考察。那就是冒险贴地穿行几万公里，寻访人类一切重大文明的遗址。然后，我又走遍了欧洲文明的任何一个穴点和拐点。

在这个漫漫长程中，我再也没有机会到复旦大学探望陆谷孙先生。

从表面看，他埋首词典，我纵横万里，完全是两种风范。其实，我在惊悚不已的陌路，在不知停步还是前进的关口，脑子中老是会蹦出陆先生所喜欢的一些英语短句。例如count myself a king of infinite space，across space and time，等等。是啊，空间，没有边沿的空间，我为什么不能自命为空间之王，还连带着时间？自许，自认，然后横穿一切，这是他内心的声音，我正在远方步步实践。

我离开那个既装腔作势又不肯吃苦的文化圈子越来越远了，觉得神清气爽。相比之下，素来安静的陆谷孙先生似乎越来越忙了。他淡泊名利，但是，一直有那么多重大奖项、教育职务、紧要翻译追踪着他。他是一个“耳顺”了的大好人，很难拒绝，只求在热闹中保持一份人格独立的风骨。这很不容易，但他做到了。

繁忙中的时间总是过得飞快。有一年我和杨福家校长一起被澳门科技大学授予荣誉博士的称号，两人见面后一算大吃一惊，居然离那次三人聚餐已经过了整整十二年。

我向杨校长道歉，自从那天他发给我聘书之后，我仍然没有为复旦做任何事情，因为一直身在万里之外。杨校长笑着说：“这我就管不着了，早已不做复旦校长。”

我知道他到英国一所大学做了校长，顺便就问起在那里的治校方式。杨校长说：“没有专业问题，只有语言问题。我的英语，说比听容易。说，可以拣自己会的说，听就没谱了。”一提英语，立即又想起了陆谷孙先生。

杨校长说：“陆先生正赶着编写《中华汉英大词典》，又是一项重大的文化基础建设。什么时候，我们三个人再聚聚吧。”

但是，想聚就聚，是要有条件的。例如，一要年轻，二要不忙。上了年纪的忙人，很难找到这样的机会。

我与陆谷孙先生，曾经如此友好，后来那么多年，彼此老挂念着，却很少有机会见面。现在，再也没有机会了。

然而，文化不死，他一直在我的书架上。

他曾说，词典上的一个个单词，都是他用一根根白发换来的。他还说，他的满头白发，是抖落了文字的“空词典”。黑的字，白的头发，交错在一起，我眼前出现了一个黑白恍惚的面影，抽象地在书架上沉默。

这个面影，捂住了一层层漂亮的伦敦口音、上海口音、余姚口音，却不再作声。不再作声，也不再苍老，但应该还有灵魂。

在这里，不妨重读他生前写下的一段话：

> 有时感到自己肉身可以留在地面，元神可以跳到太空，悬停上方，俯视人间……

那么，在他的那些词典和书籍间，必有元神在俯视。我每次在书架前抬头，总会让目光稍稍停留，体会生命的短暂和悠长，感叹友情的坚实和凄伤，领受文化的冷寂和悲壮。

二〇一六年十二月三十日

欠君三拜

一

只在二十八年前，与你无语地点过一次头。因此，很难说认识你。

近年来，我很想来拜访一次，当面说一声“谢谢”。但又觉得这样不够，应该请你吃一顿饭，并在席间站起身来，说明请你吃饭的理由，然后向你深深作三个揖。这在古代，叫作“拜谢”。

这事需要有人联络，否则就有点儿冒昧。联络人终于找到了，那就是复旦大学出版社的董事长贺圣遂先生。他一听，很愿意充当东道主。我说，东道主只能是我，他负责拉线搭桥。

贺先生是一个令人快乐的情义中人，说起你，就两眼发光，滔滔不绝地介绍起你的成就、为人和酒量。那正好也是一个聚餐的场合，他既然说到了你的酒量，也就兴奋地举起了酒杯，才几杯就醉了。

几次邀他聚餐，原来都是为了商量在什么时间、什么地点拜谢你，但他每次都醉得那么酣畅，因此一直定不下来。

我以为，总有时间。心想不妨让他在每次醉前多介绍你几句，也好使我当面拜谢时增加一些话题。

事情就这么拖了下来。

而我，则一直没有向贺圣遂先生说明，为什么要拜谢你。

终于，到了可恨的二〇一一年六月七日，那个漆黑的凌晨。我没有来得及向你拜谢，你就离开了这个世界。

得知噩耗那天我站到窗口看着云天，然后轻轻地摇了摇头，在心里说一声："欠君三拜。"

——上面所说的这个"君"，是谁？

二

是我国当代著名文史学家章培恒教授。

熟悉我文风的读者都知道，我笔端空旷，从不腻情，但这次，是怎么了？

原因是，我欠得奇特，又失之瞬间。

由此可见，天下一切感谢，都要及时。

天下之谢，分很多等级。其中称得上"重谢"的，也分五级，逐级递升。

第一级，谢其厚赐；

第二级，谢其提携；

第三级，谢其解困；

第四级，谢其一再解难解之困；

第五级，谢其一再解难解之困而并不相识。

我对章培恒教授的感谢，属于第五级，也就是最高级。

这里有一个关键词汇——“难解之困”，必须认真做一点儿解释。

那就让我先把章培恒教授让过一边，绕一个道儿再来请出他吧。

三

饥寒交迫、路断桥塌，难不难？难。但难得明确，难得干脆，难得单纯，因此还不是最难。最难的是有人当众向你提出一系列问题，你明知答案却不能回答。因此众人对你怀疑、起哄、追逼、嘲笑、投污，你还是不能回答。

例如，在“极左”年代，一个著名的国际刑侦专家因为被怀疑是“西方特务”而被发配到一家工厂烧锅炉。锅炉房里经常出现一些小物件如手套、茶杯失窃的琐事，大家要他侦查，他都寂然沉默，全厂便传开了一种舆论：“什么专家？一个笨瓜！”直到两年后发生了一宗极为重大的国家安全案件，中央政府着急地到处寻找他，他才离开锅炉房，去了北京，并快速侦破。

后来他被问起锅炉房里寂然沉默的原因，只淡淡说了一句：“人是平等的，但专业是分等级的。真正的将军、元帅，都不擅长街市殴斗。”

又如，“文革”灾难中造反派歹徒发起过一个“考教授”的运动。医院里的医学权威都被赶进了考场，被要求回答打针、抽血、消毒等一系列只需要护士操作的技术问题。大学里的著名教授也都被集中起来，接到了“革命群众”出的一大堆所谓“文史知识”考题。很快造反派歹徒宣布，这些权威和教授“全是草包”。后来终于传出消息，那些“考卷”几乎都是空白。

这两个例子说明，一切自立的人，不必回答别人提出的一切问题。选择问题，就是选择人生。

以前我也相信过“无事不可对人言”、“群众的眼睛是雪亮的”、“真理越辩越明”、“勇于回答一切问题”、“真相终究大白于天下”之类的格言。等渐渐长大才知道，完全不是那么回事。很多问题，在设定之初就是陷阱，一旦开口回答，就会越陷越深。

我也曾设想，在当事人不便回答的时候，是否能出现另一种声音，让周围很多无知的人醒悟：沉默不仅仅是沉默，空白不仅仅是空白。但这很难，当“民间法庭”大行其道，各种“判官”大呼小叫，媒体舆论助纣为虐，如果发出另一种声音，顷刻就会被淹没掉。

因此，如果真要发出这种声音，必须有足够的勇敢、充盈的道义，又全然不计利钝。

说到这里，我们已渐渐靠近了章培恒教授。

四

问题出在我身上。那年我遇到了难解之困。

我由于受那位国际刑侦专家和那批交白卷教授的影响很深，历来不愿意回答一切等级不对或来路不明的问题。近年来，不少文化传媒为了从负面刺激读者，已经习惯于把提问的品格降到最低，并且把提问变成了逼问。后来，又把逼问变成了审判。我一如既往，连眼角也不会去扫一扫。

但是，也有让我左右为难的时候。

二〇〇三年，上海有一个人声称从我的《文化苦旅》里“咬”出不少“文史差错”，便写成一本书。这本书立即进入亚洲畅销排行榜，全国一百五十多家报刊热烈呼应，成了震动全国的重大事件。不少文化界朋友翻阅了那本书后告诉我，千万不要去看，那些“差错”，至多只是一些有待请教我的问题。既然已经哄闹起来，就无法正常回答了。

按照惯例，我当然不理。但麻烦的是，《文化苦旅》中的很多文章早已选入海峡两岸的大学、中学语文课本十余年，我怎么能让那么多教师、学生陷入困顿？而且，我这本书还有幸受到过当代诸多名家的褒奖和点评，例如饶宗颐、金克木、季羡林、柏杨、潘受、欧阳子、余光中、蒋勋、冯牧，等等，有的还写了专著出版。我如果完全不理，好像连他们这些大学者也都有了“差错”嫌疑，那我又怎么对得起他们？

因此，看来还是需要简单回答几句。但在回答之前似乎应该粗粗了解一下，这个人是谁？从何而来？从事什么职业？

据传媒介绍，他是《辞海》的编写者。但显然不是，因为我本人就是《辞海》“正版形象代表”，知道编写者名单。媒体又说，他是上海文艺出版社《咬文嚼字》编辑部的编辑。但上海文艺出版社说，他们没有这个职工。再问，终于知道是那个编辑部里一个人从外面“借”来的。

外面什么地方？谁也说不清楚。

就在这时，重庆市一位八十多岁的退休语文教师马孟钰先生写来长信，凭借细致的词语分析，断言那个人在“文革”时期的文化暴虐中一定担当过特殊角色。原上海师范学院的几个退休教师也联名来信，回顾了不寒而栗的往昔。

对这一切，我没有兴趣去查证，因此仍然无法对关心此事的社会各界做一个交代。

现在中国文化又一次面临着精神结构的大转型，而阻碍转型的一个个泥坑却都振振有词地迷惑着人们。在八十多年前的上一次大转型中，鲁迅塑造过一个知道茴香豆的“茴”字有四种写法的“咬文嚼字专家”孔乙己，却又让他断足，让他死亡，成为一种象征性的文化宣判。鲁迅、胡适、陈独秀这些新文化闯将，远比孔乙己他们更有能力“咬文嚼字”，因此宣判得特别有力。现在，面对新一次转型，还有没有这样的人？

对此，我颇感苍凉。中国当代文人，虽也缺少学问，却更缺少道义勇气。他们连最简单的真相、最浅显的常识都不敢守护。结果，攻击者、炒作者、旁观者一起，连成了一个又一个“共犯结构”。文化领域，群鸦回翔，又寒气砭骨。

突然，完全出乎意料，耳边传来了嘣然响声，似乎有人拍案而起。

五

远远看去，那个拍案而起的人，有一系列很高的专业身份。例如，全国高等院校古籍整理研究工作委员会副主任、国家教育部社会科学委员会副主任、复旦大学中国古代文学研究中心主任……他，就是章培恒教授。

我记得有一位日本汉学家曾经说过："章培恒教授是钱锺书先生之后最渊博的文史百科全书。"

——写到这里，我心中默念着"罪过、罪过"。何处闲汉在庙门外高声喧闹，本来让几个护院沙弥举着扫帚驱赶一下就可以了，怎么惊动了巍峨法座上的大菩萨？他举起的，当然不是扫帚，而是禅杖。

二〇〇三年十月十九日，章培恒教授亲自撰写文章并在《文汇报》上刊出。他显然完全不知道那个"咬嚼"的人是谁，却通过实例解析做出判断，此人对我的"咬嚼"文章，本身就包含着"骇人的错误率"，有的是连高中学生也不会犯的错误。章教授还以实例进一步推断，此人连一些最基本的文史典籍的目录都没有翻过。

因此，章培恒教授得出明确的结论：此人对我的"咬嚼"，是"无端的攻击乃至诬陷"；造成这么大的恶性事件，主要原因是"媒体的炒作"。

不管怎么说，章培恒教授帮我解决了一个难题。我作为当事人固然不能被他们缠进去，但是如果大家都不"缠"，中国文化真要被他们缠晕了。

由于都发生在二〇〇三年，我立即想到了抗 SARS 的英雄钟南山教授。他一次次勇敢地深入病区，直面病毒，最后终于带领着大家战胜了 SARS。如果他嫌弃病毒太卑微、太邪恶，不予理睬，那就不是受人尊敬的医学专家了。

遗憾的是，章培恒教授的运气远不及钟南山教授。他在《文汇报》上发表了那篇文章后，国内一百五十多家热烈传播了“咬嚼”事件的“涉案媒体”，却完全没有反应，毫无表情。

几年后，我与钟南山教授一起被一所大学授予“荣誉博士”称号，得以相聚。钟南山教授对我说，他正在筹建一门“人文医学”，希望我参与。我说：“至少在目前，中国的人文学科需要获得医学的帮助，尤其在传染病的防治上。”

六

一百五十多家“涉案媒体”的统一表情，显然使那个“咬嚼”的人快活极了，他彻底放松，便异想天开地伪造了一个事件，让章培恒教授与我对立起来。伪造什么呢？是说我写的《中国戏剧史》中有关洪昇生平的一段资料，“剽窃”了章培恒教授《洪昇年谱》中的相关内容。这一下，全国的报刊以北京的一家读者报、天津的一家文学刊物领头，又闹翻天了。

接下来的事情变得有点儿惊险。他们好像预判章培恒教授不会进来蹚浑水，便由北京的一个盗版者领头，以我“剽窃”章培恒教授为理由，在网络和媒体上发起了一个把我“驱逐出世界遗产大会”的运动。因为这个大会之所以在中国苏州召开，与我密切相关。

大会的各国组织者不知道怎么回事，只怕他们到会场外面聚众闹事，便安排我避开会议。

谁知，章培恒教授本人在最短时间内发表了一篇洋洋洒洒的长文：《余秋雨何曾剽窃我的著作》。

他以当事人身份发布最权威的结论，所谓“剽窃”云云，纯属“蓄意诬陷”。

就在这时，一位记者打电话给“咬嚼”的人，说我的原著中并无任何“剽窃”痕迹。谁知那个人回答：“我当时有点儿想当然。”他居然没有任何歉意。

稍懂法律的人一看便知，有了章教授本人的证词，再配合相应的物证，我只要到法院起诉，被告必输无疑。而且，由于诬陷的内容是“剽窃”，又牵涉到那么多媒体，牵涉到国际会议，这应该是一个不小的刑事案件。按照英国法院处理《世界新闻报》事件的标准，应该还有一批报社、出版社的社长、总编要进监狱。

反之，面对这样重大的刑事犯罪，我如果继续忍气吞声不起诉，倒会让人产生疑惑。

但是，大家都看到了，我没有起诉。

原因是，我仔细梳理了一遍事件始末，突然对那个“咬嚼”的人担忧起来。乍一看，此人太不像话，但再一想，不对。一个人，只要有一点点正常思维，绝对不会这么做。

试想，章教授刚刚还在严厉批斥他，他却要做章教授的保护人，这已经够离谱的了；何况，他自己心里知道，所谓“剽窃”，是彻底的捏造。把这种捏造发表到全国那么多报刊，他怎么会一点儿也不害怕？

世间当然也有人为了巨大的利益而不顾一切，铤而走险，但是，他抛出这么一个一戳就破的捏造，对他又有什么好处呢，哪怕一丝一毫？

说到这里，我想很多读者都已经靠近我的推断：这个人，恐怕存在精神方面的障碍。

这种障碍的一个显著特征，就是单维度的破坏性亢奋，不讲逻辑，不计后果，不问成败，不知羞愧，既不胆怯，也不后悔。三十多年前我作为受害人曾旁观过很多“造反派”暴徒的言谈举止，似乎都有一点儿这种特征。由此我早就发现，很多变态的政治事件背后，都埋伏着病理原因。

在一个聚会的场合，上海长海医院的一位医生告诉我，这个“咬嚼”的人确实患有重病。

七

文坛本是一个精神病患的多发地，中国文坛更是。

很多文人只学会了攻击别人的本事，没有任何谋生专业，在转型时期患上了“恐慌性疯癫”。

出现这些情况并不可怕，可怕的倒是媒体。大概是从二十世纪的末尾开始，我国很多文化传媒和出版社，把那些特别喜欢用文字攻击他人的精神失控者当作了宝贝。其实仔细一想，他们这样做，最对不起的，并不是被攻击者，反倒是那些精神失控者本人。怂恿这些病人在公共领域如此疯疯癫癫地犯法，很不人道。

我由于看得太多，心生悲悯，从不反驳精神失控者，就连他们出版了一大堆“找不出十句真话”（杨长勋教授评语）的诽谤书籍，我也完全不理。我很健康，不怕蒙污。如果我还手了，分量就会太重，人家毕竟是病人。

为此，我还破例接受邀请，担任了上一届世界特殊奥运会的文化总顾问。“特殊”，是指智障。为了构思那场后来震动国际的开幕式，我与很多外国专家探讨了很久。他们都惊讶我对智障者的熟悉程度，以为我亲族中有这样的人。我摇头，然后告诉他们，这些年来，托中国文化传媒和出版社之赐，我已经近距离地观摩过大量进攻型的智障人群。我必须从整体上帮助他们。

我估计，章培恒教授也看出了这一系列事件背后的“病理原因”，因此他在一篇篇文章中绝不和那个闹事的人对话，只是向着上当的民众宣布学术结论，并厉声责斥那些传媒。

但是，无论如何，让这么一位年逾古稀的大学者去面对一堆精神错乱的文句，我至今想来还十分心疼。

八

幸好，世上一切劣行都有可能引出美事。

那个人和那些报刊为了伪造，硬把我的戏剧史和章培恒先生的《洪昇年谱》扯在一起，但他们哪里知道，这里埋藏着一段珍贵的记忆。

事情还要回到二十八年前，一九八三年。那年，章先生还只有四十九岁，我三十七岁。我们两人，同时获得“全国戏剧理论著作奖”。他的获奖作品，正是《洪昇年谱》；我的获奖作品，是《世界戏剧学》（初版名为《戏剧理论史稿》）。

现在社会上评奖太多，谁也不当一回事了。但在二十八年前，情况完全不同。“文革”灾难过去不久，中国学术界人数不多，开始有机会抱着悲凉的心情从头收拾极为稀少的已有成果了。可以奖励的项目，很难寻找。

在这番艰难的寻找中，有一个禁区边缘的倔强生命，引起了人们的高度注意。

这个禁区，就是作为“文革”起点的戏剧领域。不管是《海瑞罢官》，还是“革命样板戏”，都成了生死的符咒、全民的蛊惑。

这股以戏剧为核心的极端主义浪潮，在一九五七年之后已经很有势头。在那种气氛下要遵循学术规范研究一点儿不同时代、不同地域的戏剧史论，那就需要一点儿嶙峋风骨了。

章培恒先生恰恰在一九五七年之后，头顶着与“胡风集团”有关的政治恶名，开始研究清代昆剧作家洪昇。当时，还有一些更年长的学者冒险坚持着正常的戏剧史论。因此，一九八三年的这次全国戏剧理论著作奖的评选，其意义也远远超越了戏剧，而是对一种文化气节的重点检视。

那次获奖的著作有二十部，但其中有一半作者，已不在人世。因此，授奖仪式颇为隆重，当时北京各个文化领域的重要人物几乎都来了。当那些去世者的家属上台领奖时，全场一片唏嘘。

但是，八十年代又是一个敢于面向未来的年代。代表获奖者上台发言的，是最年轻的那一个，我。

我获奖的那部著作，长达六十八万字，通论世界各国的戏剧学，是我在灾难期间偷偷开始了的一个庞大工程。

记得那次我要代表获奖者发言之前，一一征求了其他获奖者的意见，却没有找到章培恒先生。据会议工作人员说，他去看望自己在北京的学生了。等到颁奖大会开始，他才出现，但我已经不可能向他征求意见了，只是在上台发言前向他点了点头。他一笑，也向我点了点头。

那时国家很穷，主持评奖活动的杜高先生抱歉地在会上说，他几度争取，想给每个获奖者发一千元奖金，但没有争取到。好像是发了几百元吧，忘了。但是，给每个获奖者都发了一个奖座，是一件仿制的骆驼唐三彩。

我抱着奖座离开会场的时候，看见章培恒先生正在门口与他的一位学生争执。章先生硬要把这个奖座送给那个学生，不断地说着理由："我没法把它带到上海，路上非碎了不可，非碎了不可……"

学生不断地用手推拒着，连声说："这怎么可以，这怎么可以……"

章培恒先生的表情严肃而诚恳，说："你再推，现在就碎了，现在就碎了……"

我没有再看下去，抱着那个奖座回到了住处。

对于这个奖座，我在《借我一生》中曾有过一段记述——

我的第一部学术著作获得的一个奖座，是一件仿制的骆驼唐三彩。陶质，很大，属于易碎物品，不容易从北京捧回上海。更麻烦的是，这只骆驼的嘴里还翘出一条又长又薄的舌头，一碰就断。据评奖部门的工作人员说，他们拿到发奖地点时已断了一大半，因此不断去换。

既然这样，为什么不去更换一种奖品呢?

他们说，这个骆驼太具有象征意义了：在那么荒芜的沙漠中居然也能走下来。看到它就想起沙漠，那个刚刚走出的文化沙漠。

一位小姐压低声音补充道："还有一层象征，走过那么干涸的沙漠居然还骄傲地翘着舌头。但这个舌头，时时就可能断了。"正因为这种种象征，他们不换。

我抱着骆驼小心翼翼地坐飞机回到上海，舌头没断；到家，没断；放在写字台上，没断。

我松了一口气，见骆驼上有一点儿灰尘，拿着一方软布来擦，一擦，断了。

九

由于再也没有遇到章培恒先生，我就一直不知道他的那件骆驼唐三彩到底有没有被学生接受。如果由他带回上海，断了没有，碎了没有。

但是，回想我那座骆驼的舌头终于折断的那一刻，耳边确实响起了章先生几天前的声音："非碎了不可，非碎了不可……"

断了，碎了；碎了，断了——这难道就是沙漠跋涉者的宿命？

我想，二十八年前的章培恒先生和我，刚从一场昏天黑地的灾难中走出，以为在这荒原之上，断舌、碎身的逆风狂沙会渐渐小一点。怎么也没有想到，二十八年过去，风沙却越来越大。

初一看，风沙那么琐细，甚至无形。与庞然大物骆驼相比，它们是“弱势群体”，谁知它们经常呼啸成势，没有一头骆驼能够躲避它们的袭击。

骆驼有自己的远行目标，而风沙没有目标，除了肆虐还是肆虐。遗憾的是，骆驼会死，风沙却不会死。

如果顺着二十八年前那个象征性的奖座来比喻，那么，当时二十头获奖“骆驼”都已渐渐老去，逐一倒下。他们是怎么被风沙掩埋的，互相之间都不清楚。

章先生这头骆驼，听说后来一直重病缠身。他在重病之中还向我呵了两口热气。现在回想，这已经是他在沙漠残照中的艰难呼吸。

你看，连最后的艰难呼吸，也在向风沙抗争。

现在，只剩下我这头骆驼了。

再往前走一程吧，低头看一排孤独的脚印。很快连脚印也找不到了，因为这年月，风沙为王。

但是，我总是心存希望。在我眼睛看不到的地方，也许还有骆驼走过。

仰望云门

一

近年来，我经常向大陆学生介绍台湾文化。

当然，从文化人才的绝对数量来说，大陆肯定要多得多，优秀作品也会层出不穷。但是，从文化气氛、文化品行等方面来看，台湾有一个群落，明显优于大陆文化界。我一直主张，大陆在这方面不妨谦虚一点儿，比比自己到底失去了什么。

我想从舞蹈家林怀民说起。

当今国际上最敬重哪几个东方艺术家？在最前面的几个名字中，一定有林怀民。

真正的国际接受，不是一时轰动于哪个剧场，不是重金租演了哪个大厅，不是几度获得了哪些奖状，而是一种长久信任的建立，一种殷切思念的延绵。

林怀民和他的“云门舞集”，已经做到这样。云门早就成为全世界各大城市邀约最多的亚洲艺术团体，而且每场演出都让观众爱得痴迷。云门很少在宣传中为自己陶醉，但亚洲、美洲、欧洲的很多地方，却一直被它陶醉着。在它走后，还陶醉。

其实，云门如此轰动，却并不通俗。甚至可说，它很艰深。即使是国际间已经把它当作自己精神生活一部分的广大观众，也必须从启蒙开始，一种有关东方美学的启蒙。对西方人是如此，对东方人也是如此。

我觉得更深刻的是对东方人，因为有关自己的启蒙，在诸种启蒙中最为惊心动魄。

但是，林怀民并不是启蒙者。他每次都会被自己的创作所惊吓：怎么会这样！他发现当舞员们凭着天性迸发出一系列动作和节奏的时候，一切都远远超越事先设计。他自己能做的，只是划定一个等级，来开启这种创造的可能。

舞者们超尘脱俗，赤诚袒露，成了一群完全洗去了寻常“文艺腔调”的苦行僧。他们在海滩上匍匐，在礁石间打坐，在纸墨间静悟。潜修千日，弹跳一朝，一旦收身，形同草民。

只不过，这些草民，刚刚与陶渊明种了花，跟鸠摩罗什诵了经，又随王维看了山。

二

罕见的文化高度，使林怀民有了某种神圣的光彩。但是他又是那么亲切，那么平民，那么谦和。

林怀民是我的好友，已经相交二十多年。

我每次去台湾，旅馆套房的客厅总是被鲜花排得满满当当。旅馆的总经理激动地说："这是林先生亲自吩咐的。"林怀民的名字在总经理看来，如神如仙，高不可及，因此声音都有点儿颤抖。不难想象，我在旅馆里会受到何等待遇。

其实，我去台湾的行程从来不会事先告诉怀民，他不知是从什么途径打听到的，居然一次也没有缺漏。

怀民毕竟是艺术家，他想到的是仪式的延续性。我住进旅馆后的每一天，屋子里的鲜花都根据他的指示而更换，连色彩的搭配每天都有不同的具体设计。他把我的客厅，当作了他在导演的舞台。

"这几盆必须是淡色，林先生刚刚来电话了。"这是花店员工在向我解释。我立即打电话向他感谢，但他在国外。这就是艺术家，再小的细节也与距离无关。

他自家的住所，淡水河畔的八里，一个光洁如砥、没有隔墙的敞然大厅。大厅是家，家是大厅。除了满壁的书籍、窗口的佛雕，再也没有让人注意的家具。怀民一笑，说："这样方便，我不时动一动。"他所说的"动"，就是一位天才舞蹈家的自我排练。那当然是一串串足以让山河屏息的形体奇迹，怎么还容得下家具、墙壁来碍手碍脚？

离住家不远处的山坡上，又有后现代意味十足的排练场，空旷、粗粝、素朴、实用。总之，不管在哪里，都洗去了华丽繁缛，让人联想到太极之初，或劫后余生。

这便是最安静的峰巅，这便是《吕氏春秋》中的云门。

三

面对这么一座安静的艺术峰巅，几乎整个社会都仰望着、佑护着、传说着、静等着，远远超出了文化界。

在台湾，政治辩论激烈，八卦新闻也多，却不会听到有什么作家、艺术家受到了传媒的诬陷和围攻。这几乎是不可能的事，因为传媒不会这么愚蠢，去伤害全民的精神支柱。林怀民和云门，就是千家万户的“命根子”，谁都宝贝着。

林怀民在美国学舞蹈，师从葛兰姆，再往上推，就是世界现代舞之母邓肯。但是，在去美国之前，他在台湾还有一个重要学历。他的母校，培养过大量在台湾非常显赫的官员、企业家和各行各业的领袖，但在几年前一次校庆中，由全体校友和社会各界评选该校历史上的“最杰出校友”，林怀民得票第一。

这不仅仅是他的骄傲。在我看来，首先是投票者的骄傲。

在文化和艺术面前，这次，只能委屈校友中那些官员、企业家和各行各业的领袖了。其实他们一点儿也没有感到委屈，全都抽笔写下了同一个名字。对此，我感慨万千。熙熙攘攘的台北街市，吵吵闹闹的台湾电视，乍一看并没有什么文化含量，但只要林怀民和别的大艺术家一出来，大家霎时安静，让人们立即认知，文化是什么。

记得美国一位早期政治家 J. 亚当斯（John Adams，1735—1826）曾经说过：

我们这一代不得不从事军事和政治，为的是让我们儿子一代能从事科学和哲学，让我们孙子一代能从事音乐和舞蹈。

作为一个政治家的亚当斯我不太喜欢，但我喜欢他的这段话。

我想，林怀民在台湾受尊敬的程度，似乎也与这段话有关。

四

有一件事让我再一次想起了这段话。中国国民党荣誉主席连战先生首度访问大陆，会见了大陆的领导人。他夫人写了一本记录这一重大政治事件的书，由连战先生亲自写了序言。但是，他们觉得在这个序言前面还要加一个序言，居然邀请我来写。他们对我并不熟悉，只知道政治职位上面，应该是无职位的文化。结果，这本书在大陆出版时，大家怎么也想不明白这个奇怪的排位。

同样让我想起亚当斯这段话的，还有台湾的另一位文化巨匠白先勇。

白先勇是国民党名将白崇禧的爱子，但是，他对政治背景的不在意，已经到了连别人都不好意思提及。他后来也写过一本书《父亲和民国》，笔调平静而简洁，丝毫没有我们常见的那种“贵胄之气”。

二十几年前海峡两岸还处于极为严峻的对峙状态，但白先勇先生却超前来了。不是为了寻亲，不是为了纪念，也不是为了投资，而是只为文化。他的《游园惊梦》在内地排演，由俞振飞先生担任昆曲顾问，由我担任文学顾问。这一来，他就读到了我的文章。

他把我的文章，一篇篇推荐给台湾报刊。台湾报刊就把一笔笔稿酬寄给他，让他转给我。但他当时还在美国西海岸的圣塔芭芭拉教书，而那时美国到中国的汇款还相当不便。他只能一次次到邮局领款，把不整齐的款项凑成整数，然后再一次次到邮局寄给我。

我至今还保留着他寄来的一大堆信封，上面密密麻麻地写着收汇人和寄汇人的复杂地址，且以中文和英文对照。须知，这可是现代世界最优秀的华人作家的亲笔啊，居然寄得那么多，多么勤，多么密。两岸的政治对立，他自己的政治背景，全被文学穿越。

我二十多年前第一次去台湾，就是白先勇先生花费巨大努力邀请的。他看到了我写昆曲的一篇文章，那篇文章以明代观众痴迷昆曲的人数、程度和时间，来论证昆曲是全世界的一个重要戏剧范型。白先生对这篇文章极为赞赏，让我到台湾发表演讲。这也算是内地学者的“第一次”吧，一时十分轰动又十分防范，连《中国时报》要采访我都困难重重。

一天晚上，听说《中国时报》派了一名不能拒绝的重要记者来了。我一看，这名“记者”不是别人，而正是白先勇先生。那个晚上，他真像记者一样问了我很多问题，丝毫没有露出他既是文学大家又是昆曲大家的表情。第二天，报纸上刊登他采访我的身份，竟然是“特约记者”，这真让我感动莫名。

对于地位高低，他毫不在乎；对于艺术得失，他绝不让步。

对于我的辞职，他听了等于没听。但有一次他不知道从哪儿听来传言，说我有可能要“搁笔”了，便立即远道赶到上海，在我家里长时间坐着，希望不是这样。

那夜他坐在我家窗口，月亮照着他儒雅却已有点儿苍老的脸庞。我一时走神，在心中自问：眼前这个人，似乎什么也不在乎，却那么在乎文学，在乎艺术。他，难道就是那位著名将军的后代吗？

但是我又想，白崇禧将军如果九天有知，也会为他的后代高兴，因为这符合了那位美国将军亚当斯的构思。

五

从林怀民先生在旅馆里天天布置的鲜花，到白先勇先生以记者的身份对我的采访，我突然明白，文化的魅力，就在于摆脱名位，摆脱实用，摆脱功利，走向仪式。

只有仪式，才能让人拔离世俗，上升到千山肃穆、万籁俱静的高台。

有人问我："台湾文化最重要又最难以模仿的亮点是什么？"

我回答："仪式。那种溶解在生活处处的文化仪式。"

从四年前开始，台湾最著名的《远见》杂志做出一个决定，他们杂志定期评出一个"五星级市长"，作为对这个市长的奖励之一，可以安排我到那个城市做一个文化演讲。可见，他们心中的最高奖励，还是文化。

这样的事情已经实行了很多次，每当我抵达的那天，那个城市满街都挂上了我的巨幅布幔照片，在每个灯柱、电线杆上飘飘忽忽，像是我要竞选高位。我想，至少在我演讲的那一天，这座城市进入了一个文化仪式。直到我讲演完，全城的清洁工人一起动手，把我的巨幅布幔照片一一拉下、卷起，扔进垃圾堆。

扔进垃圾堆，是一个仪式的完满终结。终结，是为了开启新的仪式。

我在台湾获得过很多文学大奖，却一直没有机会参加颁奖仪式。原因是，从评奖到领奖，时间很短，我的签证手续赶不上。但终于，二〇一一年，我赶上了一次。

先有电话打来，通知我荣获“桂冠文学家”称号。光这么一个消息我并不在意，但再听下去就认真了。原来，这是台湾对全球华语文学的一种隆重选拔，因此这次的评委主任是原新加坡作家协会主席、新加坡国立大学中文系主任王润华教授。设奖至今几十年，只评出过四名“桂冠文学家”，我是第五名。前面四名中，两位我认识，那就是白先勇先生和高行健先生，其他两位已经去世。

颁奖仪式在元智大学，要我做获奖演讲。然后，离开会场，我领到一棵真正出自南美洲的桂冠树，装在一辆车上，由两名工人推着，慢慢步行到栽植处。到了栽植处，我看到一个美丽的亭子，亭子前面的园林中，确实已经种了四棵树，每棵树下有一方自然形态的花岗石，上面刻着获奖者的签名。白先勇先生的签名我熟悉，而他那棵树，则长得郁郁葱葱。我和几个朋友一起铲土、挖坑、栽树、平整。做完，再抬头看看树冠，低头看看签名石，与围观者一一握手，然后轻步离开。

我想，这几棵桂冠树一定会长得很好。白先勇先生当年给我写了那么多横穿地球的信，想把华语文学拉在一起，最后，居然是相依相傍。

六

文化是一种手手相递的炬火，未必耀眼，却温暖人心。余光中先生也是从白先生推荐的出版物上认识了我，然后就有了他在国际会议上让我永远汗颜的那些高度评价，又有了一系列亲切的交往，直到今日。

余光中先生写过名诗《乡愁》。这些年内地很多地方都会邀请他去朗诵，以证明他的“乡愁”中也包括着当地的省份和城市。那些地方知道他年事已高，又知道我与他关系好，总是以我“有可能参加”的说法来邀请他，又以他“有可能参加”的说法邀请我。几乎每次都成功，于是就出现了一场场“两余会讲”。

“会讲”到最后，总有当地记者问余光中先生，《乡愁》中是否包括此处。我就用狡黠的眼光看他，他也用同样的眼光回我。然后，他优雅地说一句：“我的故乡，不是这儿，也不是那儿，而是中华文化。”

我每次都立即带头鼓掌，因为这种说法确实很好。

他总是向我点头，对我的鼓掌表示感谢。

顺便他会指着我，加一句：“我们两个都不上网，又都姓余，是两条漏网之鱼。”

我笑着附和：“因为有《余氏家训》。先祖曰：进得网内，便无河海。”

但是，“两余会讲”也有严峻的时候。

那是在马来西亚，两家历史悠久的华文报纸严重对立、事事竞争。其中一家，早就请了我去演讲，另一家就想出对策，从台湾请来余光中先生，“以余克余”。

我们两人都不知道这个背景，从报纸上看到对方也来了，非常高兴。但听了工作人员一说，不禁倒抽冷气。因为我们俩已经分别陷于“敌报”之手，只能挑战，不能见面。

接下来的情节就有点儿艰险了。想见面，必须在午夜之后，不能让两报的任何一个“耳目”知道。后来，通过马来西亚艺术学院院长郑浩千先生，做到了。鬼鬼祟祟，轻手轻脚，见面，关门，大笑。

那次我演讲的题目是反驳“中国崩溃论”。我在台湾经济学家高希均先生启发下，已经懂一点儿经济预测，因此反驳起来已经比较“专业”。

余光中先生在“敌报”会演讲什么呢？他看起来对经济不感兴趣，似乎也不太懂。要说的，只能是文化，而且是中华文化。如果要他反驳“中华文化崩溃论”，必定言辞滔滔。

七

从林怀民，到白先勇、余光中，我领略了一种以文化为第一生命的当代君子风范。

他们不背诵古文，不披挂唐装，不抖擞长髯，不玩弄概念，不展示深奥，不扮演精英，不高谈政见，不巴结官场，更不炫耀他们非常精通的英语。只是用慈善的眼神、平稳的语调、谦恭的动作告诉你，这就是文化。

而且，他们顺便也告诉大家：什么是一种古老文化的“现代形态”和“国际接受”。

云门舞集最早提出的口号是：“以中国人作曲，中国人编舞，中国人跳给中国人看。”但后来发现不对了，事情产生了奇迹般的拓展。为什么所有国家的所有观众都神驰心往，因此年年必去？为什么那些夜晚的台上台下，完全不存在民族的界限、人种的界限、国别的界限，大家都因为没有界限而相拥而泣？

答案，不应该从已经扩大了的空间缩回去。云门打造的，是“人类美学的东方版本”。

这就是我所接触的第一流艺术家。

为什么天下除了政治家、企业家、科学家之外还要艺术家？因为他们开辟了一个无疆无界的净土，一个自由自在的天域，让大家活得大不一样。

从那片净土、那个天域向下俯视，将军的兵马、官场的升沉、财富的多寡、学科的进退，确实没有那么重要了。连故土和乡愁，都可以交还给文化，交还给艺术。

艺术是“云”，家国是“门”。谁也未曾规定，哪几朵云必须属于哪几座门。仅仅知道，只要云是精彩的，那些门也会随之上升到半空，成为万人瞩目的巨构。这些半空之门，不再是土门，不再是柴门，不再是石门，不再是铁门，不再是宫门，不再是府门，而是云门。

为此，我们应该再一次仰望云门。

星云大师

一

新春时节，获赠一箱子书，星云大师的《百年佛缘》。四函，十五册，可谓洋洋大观。同时收到慧宽法师的信函，说星云大师希望知道我读这部书的感想。

要读完这么多书，需要花一些时日。我随手拿起一函，抽出一本翻阅，发现文句清顺流畅，如恂恂口语。看前言才知，原来是星云大师在八十五岁高龄时所做的一次系统口述。我耳边，又响起了他温厚的扬州口音。

刚翻几页就停下了，因为看到了书上的一帧照片。

照片上有十几个人，最中间的是星云大师。他的左边，站着辜振甫先生，而他的右边站着的那个人，有点儿眼熟。比他们两位年轻，乐呵呵地闭着眼睛。照片下面注着的日期是一九九七年一月二十三日。

终于想起来了，那个人就是我。那一天，是辜振甫先生的八十大寿。

辜振甫先生的寿宴，全家子女到齐，济济一堂，围坐一个大圆桌。客人只有两人，那就是星云大师和我。寿宴设在佛光山台北道场，辜先生向全家介绍我们这两个客人后，郑重地说："过生日，就是纪念生命，因此每年这一天都吃素，不杀生。"

我一听，心想，真是慧言嘉行。

然后，辜先生向我们两人一一介绍在场的子女。"这个是赚钱的"，"这个是筹钱的"，"这个是数钱的"，"这个是存钱的"，"这个……"

"这个是花钱的！"这是他的女儿辜怀群自己在抢着说，全场都笑了。辜怀群我知道，是戏剧家，排戏、办剧场，当然是花钱的活儿。她随即以同行的口气对我说："余先生，我一直在找你！"

我一笑："还想花钱？"大家又乐了。

寿宴结束后，全体人员拍摄了那帧合影。辜振甫先生夫妇又邀着我，在外面的客厅里谈了一会儿话。他们很懂文学，也都读过我的书，因此一起说："每次从报纸上知道你来，又找不到你。下次再来台湾，一定要告诉我们！"

我点头，顺口对辜先生说："与您会谈的汪道涵先生，倒是我的书友。他凡是见到好书，都会多买一本，与我分享。"

辜先生说："请代我向他问好！"

我转而对他夫人说："尊祖父严复先生，是十九世纪到二十世纪最重要的启蒙思想家。真正的中国近代，由他开始。"

辜夫人笑着说："谢谢！"

看我们谈得差不多了，星云大师就走了过来。星云大师比辜先生年轻十岁，但辜先生面对他，却像面对兄长。

二

那么，我怎么会被邀参加辜先生家宴的呢？

完全是因为星云大师。

星云大师从各种新闻媒体上看到，我在台湾太忙碌了。怕我累着，他请陆铿先生转告，让我从闹市区的福华饭店搬到佛光山台北道场来住，那儿清静，可以免去很多打扰。

这对我来说，是求之不得。倒不是为了逃避忙碌，而是为了再次向他靠近。

星云大师的大名，我早就知道，但首度当面拜识，却在寿宴前的五年，一九九二年。当时他邀请我到“世界佛教徒友谊会”暨“世界佛教青年友谊会”发表演讲。演讲是由星云大师亲自主持的，他是世界佛教徒友谊会的“永久荣誉会长”。

那个演讲现场颇为壮观，世界各国的佛教徒按国别层层排开，以同样的经颂、同样的仪姿礼拜。我那天的演讲，题为《行脚深深》，讲述中国古代一个个佛教旅行家的事迹。讲稿的摘要，后来收入台湾尔雅出版社的《余秋雨台湾演讲》中。

那次演讲的地方，在高雄佛光山总部，因此我是从台北松山机场飞过去的。陪我去的，便是陆铿先生。陆铿先生比星云大师还年长八岁，早已是古稀老人，但在接获星云大师指令后，居然变成了一个小伙子，一路上对我这个晚辈殷勤照拂，甚至一次次试图来搀扶我，帮我提包。当时我就想，在通向佛光山的路上，好像大家都没有了年龄。

那天到了高雄佛光山总部，星云大师一见我便说，昨天有一位年轻的比丘尼拿着我的书找到他，建议邀请我到山上来讲课。大师当时哈哈一笑，说："你想到的，我早就想到。余先生明天就上山。"

为了证明这件巧事，星云大师随即吩咐身边两位年轻僧人把那位比丘尼找来。很快找来了，几个僧人不分尊幼地就在庙檐下谈起了我的散文，包括大师本人。

我至今还记得，星云大师对我散文的评语是"回肠荡气"。

这情景让我吃惊了。我写的并不是宗教书籍，在这里居然可以谈得那么热烈。可以想象，他们对于世间新出的哲学著作、社会学著作、经济学著作，也会这样。这就是佛光山吗？精神体量之大，远远超出了我的预计。

星云大师领着我，走进一间山景满窗的敞亮办公室，向我介绍慈惠法师和其他法师。慈惠法师微笑着看了我一会儿，说："我觉得《山居笔记》比《文化苦旅》更好。从这本书可以推测，你的写作目标不只是散文，更是整体文化研究。但是，散文让你的研究有声有色。"

我又吃惊了，说："没想到在佛光山遇到了文化知音。"

星云大师知道我担任过上海戏剧学院院长，话题就从文学转到了戏剧。他说："我老和尚很少看戏，前不久在美国西来寺，花了很长时间看完了一部大陆的电视剧，非常精彩。因此我想托你办一件事。"

我说："什么事？尽管吩咐。"

他说："我们刚刚建立了一个佛光电视台，想播出那部电视剧，但几条联系渠道都不通畅。你能不能直接找到那个女主角？我们与她商量一下。"

我问："是哪位女主角？"

他说："女主角叫马兰。"

"这好像不太难找。"我边说边笑。

星云大师看我笑得奇怪，便用眼神问我怎么回事。

我说："马兰就是我的妻子。"

这下轮到他笑了。

那天，我与星云大师畅谈了整整一下午。他那时身体还很健硕，引着我走遍了佛光山的各个重要所在，还参观了他小而整洁的卧室，以及卧室外他每天运动的一个小球场。走走坐坐，坐坐走走，一路都在谈话。他在茫茫尘世间的经历，他在台湾和世界各地所做的事情，他在五大洲兴建一个个佛教道场的努力，都娓娓道来，声声入耳。

我侧身注视着他袈裟飘飘的高大身影，心想，这实在是一种人间奇迹：气吞山河却依然天真，成功连连却与世无争，立足经典又非常现代，面对仇怨只播撒爱心。

因为按照常例，大成功总是离不开权谋，老法师总是免不了孤寂。星云大师和佛光山，完全打破了这种常例。因为不合常例，也就构成了奇迹。

我在五年以后住进佛光山台北道场，就是想进一步深入这种奇迹，进行文化思考。

三

在辜振甫先生寿宴前后，我在台北道场住了十天，每天都有幸与星云大师交谈很长时间。

这十天中，我思考的问题很大，主要有这样三个——

第一，当代社会，信息密集、科学发达、沟通便捷、流转迅速，与各大宗教的形成期和发展期已经有了极大差别。那么，还有可能让大批年轻人接受神圣的感召，进入一种脱离家庭生活的宗教团体之中吗？

第二，进入宗教团体的僧侣队伍，在今天还有可能以自己由衷的快乐、纯净、高尚，带动周边广大的信众吗？有可能为今天纷乱无比的社会，增加健康的精神力量吗？

第三，这种在宗教旗帜下的健康精神力量，有可能给世界各地的大中华文化圈带来友爱，减除彼此间长久的隔阂吗？

这几个问题，是当代人文科学中的宏观难题。星云大师都以自己的实践，做了精彩的回答。

而且，这种回答具有极大的历史开创性。因为千百年来的佛教大师，没有一个遇到过那么强大的现代冲撞，也没有一个组建过像佛光山那样的盛大欢乐。

我把自己观察和思考的结果，先后发表在很多文章里。

在我的《中国文脉》一书中，有专文研究佛教的盛衰历史，其中有一段结论性的阐述——

> 我重新对佛教的前途产生喜悦的憧憬，是在台湾。星云大师所开创的佛光山几十年来致力于让佛教走向现实人间、走向世界各地的宏大事业，成果卓著，已经拥有数百万固定的信众。我曾多次在那里居住，看到大批具有现代国际教育背景的年轻僧侣，笑容澄澈无染，每天忙着利益众生、开导人心的大事小事，总是非常振奋。
>
> 我想，佛教的历史重要性已被两千年时间充分证明，而它的现实重要性则要被当今的实践来证明。现在好了，这种证明竟然已经展现得那么辉煌。

我的这一论述，曾被权威佛教学刊和其他学术刊物转载。

早在一九九七年那十天间，我就把这种感受告诉了星云大师。他谦虚地说："过奖，过奖！"

当我说到以佛教精神减除大中华文化圈长久隔阂的时候，他给我谈到了一九八九年收留许家屯的事。他讲述了事情的全部经过，又谈了自己超越政治对立的包容情怀。但是，这一件事，已经阻断他再度返回大陆的行程好几年。

从台北返回上海的飞机上，我一直想着如何由自己出面来疏通一下。星云大师在那个事件中本来也是想起疏通作用的，却被误解了。我既然听了他的叙述，也就承担了责任。但是，我自从辞职后就彻底割断了与权力结构的关系，不再与官员接触，因此找不到疏通渠道。我在飞机上想来想去，突然想到了一个人，觉得看到了一线光亮。

似有神助，我下飞机后刚进关，在机场过道的转弯处，恰恰见到了这个人，那就是我的忘年书友汪道涵先生。他像是在等一位接他的人，独自站在一个角落。由于做过上海市市长，很多人都认识，他便把脸转向过道外面，背对人群。我上前招呼，他转身一见我，高兴极了。

我立即告诉他，辜振甫先生向他问好。然后，我顿了顿，说想约他长谈一次，内容非常重要，有关星云大师。

"星云大师？"他略一迟疑，便扳着指头算日子，约我再过一个星期，到康平路一六五号找他。

到了那天，我把星云大师讲的话，几乎一句不漏地告诉了汪先生。汪先生非常耐心地听完，又反复追问了几个细节，然后用手轻拍着椅子的扶把，想了好一会儿。

最后他对我说，由于事情复杂而又重大，我必须把刚才讲的内容写成一个完整的书面材料，交给他，由他负责递送。

书面材料我很快写好，送去了。过了几天，他又告诉我："材料已经转送，想必事态会缓和下来。但不要急，此事牵涉比较复杂，需要时间。"

四

在这之后，我离开了上海，贴地历险四万公里，遍访了埃及文明、巴比伦文明、克里特文明、雅典文明、希伯来文明、阿拉伯文明、波斯文明、印度文明的遗迹。在这过程中，更是虔诚地巡拜了佛教文化的圣迹。从尼泊尔释迦牟尼的出生地，一直到他山洞苦修、菩提悟道、初转法轮等遗址，全部一一到达，并长久流连，细细询问，详尽记述。从四万公里返回后，我又应邀到世界各地演讲考察成果。

那些年，我也曾遇到过比汪道涵先生更大的高官。一见面，他们总是谈我的书，而我则与他们谈星云大师的事。我说，哪片土地如果连星云大师也容不下了，那不是他的损失。

直到二〇〇二年春天，凤凰卫视告诉我，星云大师可以回大陆了，而且领衔到陕西法门寺恭迎佛指舍利到台湾。他会在三月三十一日护送舍利回来，凤凰卫视希望我到西安机场迎接，到时接受采访。

我历来不会在公共场合接受媒体采访，但这次由于星云大师，立即动身。

那天在西安机场，采访我的不仅仅是凤凰卫视，还有别的很多电视台。那些电视台一见到我，便一下子奔涌过来，全都把话筒塞在我嘴边。我觉得这是一个难得的好机会，就比较完整地讲述了佛教精神对于当代世界的意义，与中国历史的关系。很多电视台都播出了我的这段讲话，这也就让佛教话语罕见地在大陆传媒上成了主流话语。

后来，法门寺重建立碑，邀我书写碑文，我就把那天在西安机场讲话的内容概括进去了。大家可以从《法门寺碑》中看到：

佛指在此，指点苍茫。遥想当初，隐然潜藏，中土雄魂，如蒙寒霜。渺渺千年，再见天光，苍生惊悦，世运已畅。觉者顿悟，兴衰巨掌……

后来，我把自己书写的《法门寺碑》拓片，连同我为普陀山书写的《心经》碑刻拓片，一起送给了星云大师。

回想那天在西安机场见到星云大师时，他显得相当疲惫。连续三十七天大规模的迎送活动，每个环节都离不开他，他太劳累了。毕竟，他已经七十五岁高龄。

五

在这之后，我见到星云大师的机会还是很多。尽管，我仍然是一个严格拒绝传媒、拒绝集会、拒绝热闹的人。

去台湾时，曾一再地与星云大师同台进行对话，同桌围炉过年。更多的是在大陆，只要是他的行迹，我常常会“不期而遇”。这中间，似乎有某种神秘的天意。当然也有事先安排的，例如，我陪他去普陀山。

记得那天的普陀山，凡是他要走过的地方，都铺上了红地毯。两边全是僧人执礼恭迎，黄红两色连成长廊，蜿蜒盘旋。我是普陀山的“荣誉岛民”，便以主人的身份扶着他，在长廊间缓步行进。

他与普陀山当时的总方丈戒忍法师见面时，方丈说：“大师，我在这儿帮您看山。”

星云大师回答道：“其实佛光山也算是普陀山的一脉。”

第二天一早，我又陪着他，到普陀山一个安静的高处，为太虚法师的遗迹奠基、栽树。他在那里，即兴发表了一个充满文学性的演讲。

他平日的演讲，绝大多数是面对千万信众开示。但这天就不一样了，他在与太虚法师进行了一场私密的“隔代相晤”。一个在全世界弘扬了“人间佛教”的实践者，突然来到了“人间佛教”先驱者留下的精舍，有很多心里话需要倾诉。这种倾诉，情真意切，细语绵绵，当然具有文学性，全被我“偷听”到了。

我与他最近一次见面，是偶遇，在山西大同。大同华严寺请大师开光，而我，正巧也与妻子一起在大同考察北魏文化的遗迹。于是，我们又有了愉快的夜谈。

据我长期研究，公元五世纪，北魏孝文帝拓跋宏以北方少数民族领袖的彪悍雄姿问鼎中原，既虚心学习汉文化，又大力接迎佛教文化。在接迎佛教文化的过程中，又顺理成章地引入了犍陀罗文化，以及犍陀罗身后的印度文化、希腊文化、波斯文化、巴比伦文化。于是，以佛教文化和汉文化为中心，当时整个世界的优秀文化全都浩浩荡荡地集中了，互融了。由此产生的成果，就是伟大的唐代。

因此，我应邀为大同云冈石窟书写了一方碑文，文曰：“中国由此迈向大唐。”人们看完了那些雄伟石雕，就能看到这方碑刻。

大同的云冈石窟和古城墙都修复得很好，受到海内外专家的高度评价。星云大师那天在大同讲经，就有当地的佛教信众递字条上去，热情称赞对修复工程做出重大贡献的耿彦波市长是“活菩萨”。星云大师当天晚上就以佛教的立场，对耿市长深表感谢。

在大同圣洁的夜空下，与星云大师轻声交谈着千余年来的辉煌和岑寂，文明和信仰，实在是一种醇厚的精神体验。

癸巳年春日

（星云大师收到本文后，在第一时间就请助手朗读了一遍，他听得非常仔细。不久，我家的电话铃声响了。我拿起听筒，里边传来熟悉的声音：“我是星云。”他高度评价了这篇文章，说是“小篇幅，大作品”。我说：“愧不敢当。”）

“石一歌”事件

一

二十世纪末，最后那个冬天。我考察人类古文明四万公里，已由中东抵达南亚、中亚之间。处处枪口，步步恐怖，生命悬于一线。

那天晚上，在巴基斯坦、阿富汗边境，身边一个伙伴接到长途电话，然后轻声告诉我，国内有一个也姓余的北大学生，这两天发表文章，指控我在“文革”时期参加过一个黑帮组织，叫石什么。

“石什么？”我追问。

“没听清，电话断了，”伙伴看我一眼，说，“胡诌吧，那个时候，怎么会有黑帮组织，何况是您……”

还没说完，几个持枪的男人走近了我们。那是这里的黑帮组织。

二

终于活着回来了。

各国的邀请函件多如雪片，要我在世纪之交去演讲亲眼所见的世界，尤其是恐怖主义日渐猖獗的情况。

但在国内，多数报纸都在炒作那个北大学生的指控。我也弄清楚了，他是说我在“文革”中参加过一个叫“石一歌”的写作组，没说是黑帮组织，却加了一顶顶令人惊悚的大帽子。

“石一歌？”

这我知道，那是周恩来总理的事儿。

一九七一年十月十日下午，他到上海启动文化重建，布置各大学的中文系复课，先以鲁迅作品为教材。由于那年正好是鲁迅诞辰九十周年、逝世三十五周年，他又要求上海的各个高等院校带头写鲁迅传记、研究鲁迅。于是，上海先后成立了两个组，一是设在复旦大学的《鲁迅传》编写小组，二是设在作家协会的鲁迅研究小组，都从各个高校抽人参加。我参加过前一个小组，半途离开。“石一歌”，是后一个小组的名字。

我不清楚的是，这后一个小组究竟是什么时候成立的，有哪些人参加，写过哪一些研究鲁迅的文章。

我更不清楚的是，“石一歌”怎么突然变成了一个恶名，而且堆到了我头上，引起那么多报刊的声讨？

估计有人指挥，又契合了世纪之交的文化颠覆狂潮。

按照常理，我应该把事情讲清楚。但是，遇到了三大困难——

一、狂潮既起，自己必然百口莫辩，只能借助法律，但这实在太耗时间了。我考察人类各大文明得出的结论，尤其是对世界性恐怖主义的提醒，必须快速到各国发表，决不能因为个人的名誉而妨碍大事。

二、狂潮既起，真正"石一歌"小组的成员哪里还敢站出来说明？他们大多是年迈的退休教授，已经没有体力与那些人辩论。我如果要想撇清自己，免不了要调查和公布那个小组成员的名单，这又会伤着那些老人。

三、要把这件事情讲清楚，最后只能揭开真相：那两个小组都是根据周恩来总理的指示成立的。但这样一来，就会从政治上对那个北大学生带来某种终身性的伤害。其实周恩来启动文化重建的时候，他还是牙牙学语的孩童，现在只是受人唆使罢了。这一想，又心疼了。

于是，我放弃自辩，打点行李，应邀到各国家和地区讲述《各大文明的当代困境》。但是，不管是在日本、马来西亚，还是在美国、法国，前来听讲的华文读者都会问我"石一歌"的事情。

"石一歌？"……

"石一歌？"……

原来，围绕着这古怪的三个字，国内媒体如《南方周末》、《文学报》等已经闹得风声鹤唳。各国读者都以为我是逃出去的，两位住在南非的读者还一次次转弯抹角带来好意："到我们这儿来吧，离他们远，很安静……"

冒领其名几万里，我自己也越来越好奇，很想知道这三个字背后的内容。但是，那么多文章虽然口气狞厉，却没有一篇告诉我这三个字做过什么。

时间一长，我只是渐渐知道，发起这一事件的，姓孙，一个被我否决了职称申请的上海文人；闹得最大的，姓古，一个曾经竭力歌颂我而被我拒绝了的湖北文人；后期加入的，姓沙，一个被我救过命，却又在关键时刻发表极左言论被我宣布绝交的上海文人。其他人，再多，也只是起哄而已。

他们这三个老男人，再加上那个学生，怎么闹出了这么大的局面？当然是因为传媒。

三

好奇心是压抑不住的。

虽然我不清楚“石一歌”小组的全部成员，却也知道几个。我很想找到其中一二个聊聊天，请他们告诉我，这个鲁迅研究小组成立后究竟写过什么文章。

可惜，“石一歌”小组集中发表文章的时候，我都隐藏在浙江山区，没有读到过。记得有一次下山觅食，在小镇的一个阅报栏里看到一篇署有这个名字的文章，但看了两行发现是当时的流行套话，没再看下去。因此现在很想略做了解，也好为那些担惊受怕的退休教授说几句话。

那次我从台湾回上海，便打电话给一位肯定参加过这个组的退休教授。教授不在家，是他太太接的电话。

我问：那个小组到底是什么时候成立的？当时有哪些成员？

没想到，教授太太在电话里用哀求的声音对我说："那么多报刊，批判成这样，已经说不清。我家老头很脆弱，又有严重高血压，余先生，只能让您受委屈了。"

我听了心里一哆嗦，连忙安慰几句，就挂了电话，并为这个电话深感后悔。这对老年夫妻，可能又要紧张好几天了。

这条路断了，只能另找新路。

但是，寻"石"之路，并不好找。

要不，从进攻者的方向试试？

终于，想出了一个好主意。

我在报刊上发表了一个"悬赏"，堂而皇之地宣布：那几个进攻者只要出示证据，证明我曾经用"石一歌"的署名写过一篇、一段、一节、一行、一句他们指控的那种文章，我立即支付自己的全年薪金，并把那个证据在全国媒体上公开发表。同时，我还公布了处理这一"悬赏"的律师姓名。

这个"悬赏"的好处，一是不伤害"石一歌"，二是不伤害进攻者。为了做到这两点，我真是花了不少心思。

《南方周末》没有回应我的"悬赏"，却于二〇〇四年发表了一张据说是我与"石一歌"成员在一起的照片，照片上除了我还有两个人，其中一个就是那个姓孙的发动者。照片一发，《南方周末》就把"石一歌"的话题绕开，转而声言，这个姓孙的人"清查"过我的"文革问题"。于是，又根据他提供的"材料"进行"调查"，整整用了好几个版面，洋洋洒洒地发表。虽然也没有“调查”出我有什么问题，但是，读者总是粗心的，只是强烈地留下了我既被“清查”又被“调查”的负面影响，随着该报一百多万份的发行量，覆盖海内外。

按照中国的惯例，“喉舌”撑出了如此架势，那就是“定案”，而且是“铁案”。

但是，在英国《世界新闻报》出事之后，我觉得有必要向《南方周末》的社长请教一些具体问题。

这些问题，当初我曾反复询问过该报的编辑记者，他们只是简单应付几句，不再理会。据我所知，也有不少读者去质问过，其中包括一些法律界人士，该报也都不予回答。但是，今天我还是要劝你，尊敬的社长，再忙，也要听一听我下面提出的这些有趣问题。

四

第一个问题：贵报反复肯定那个孙某人的“清查”，那么请问，是谁指派他的？指派者属于什么机构？为什么指派他？他当时是什么职业？有工作单位吗？

第二个问题：如果真的进行过什么“清查”，这个人怎么会把“材料”放在自己家里？他是档案馆馆长吗？是人事局局长吗？如果是档案馆馆长或人事局局长，就能截留和私藏这些档案材料吗？

第三个问题：他如果藏有我的“材料”，当然也一定藏有别人的“材料”，那么，“别人”的范围有多大？他家里的“档案室”有多大？

第四个问题：这些“材料”放在他家里，按照他所说的时间，应该有二十七年了。这么长的时间，是谁管理的？是他一人，还是他家里人也参加了管理？有保险箱吗？几个保险箱？钥匙由谁保管？

第五个问题：我在二十世纪八十年代担任高校领导很多年，级别是正厅级，当时上级机关考察和审查官员的主要标准，恰恰是“文革表现”，而且严之又严。他既然藏有“清查”的“材料”，为什么当时不向我的上级机关移送？是什么理由使他甘冒“包庇”、“窝藏”之罪？

第六个问题：他提供的“材料”，是原件，不是抄件？如果是原件，有哪个单位的印章吗？

第七个问题：如果是抄件，是笔抄，还是用了复写纸？有抄写者的名字吗？

第八个问题：这些“材料”现在在哪里？如果已经转到了贵报编辑部，能让我带着我的律师，以及上海档案馆、上海人事局的工作人员，一起来看一眼吗？

第九个问题：如果这些“材料”继续藏在他家里，贵报能否派人领路，让我报请警官们搜检一下？

……

先问九个吧，实在不好意思再问下去了。

我不知道社长是不是明白：这里出现的，从一开始就不是什么“历史问题”，而极有可能是刑事案件。因为伪造文书、伪造档案，在任何国家都是重大的刑事犯罪。

说“伪造文书”、“伪造档案”，好像很难听，但是社长，你能帮我想出别的可能来吗？我愿意一听。

当然也可能是“盗窃档案”，但概率不大。因为要盗窃，必定有被盗的机关。那是什么机关？被盗后有没有发现？有没有追缉？我曾经询问过上海的档案机关和公安机关，他们粗粗一想，似乎没有发现类似的案底。

那么，更大的可能是伪造了。但仔细一想，伪造要比盗窃麻烦多了，为什么要费那么大的工夫去做？是一次性伪造，还是伪造了多次？贵报的人员有没有参与？贵报以那么大的篇幅发表这些伪造，成了这一伪造事件的主角，应该担负什么责任？

我这样问，有点儿不礼貌，但细看贵报，除了以“爆料”的方式宣扬那次奇怪的“清查”外，还“采访”了很多“证人”来“证明”我的“历史”。但是这么多“证人”，为什么没有一个是我熟悉的？熟悉我的人，为什么一个也没有采访？这种事，总不能全赖到那个姓孙的人身上吧？

据一些熟悉那段历史的朋友分析，第一次伪造，应该发生在十一届三中全会否定“文革”之后，他们匆忙销毁了大量的材料，只能用伪造来填补；第二次伪造，应该发生在我出任上海市教授评审组组长一再否决了他们的职称申请之后；第三次伪造，应该发生在不少文人和媒体突然都要通过颠覆名人来进行自我表演的时候。贵报参与的，是哪一次？

除了这件事，贵报十几年来还向我发起过好几拨规模不小的诽谤，我都未回一语。今天还想请社长顺便查一查，在这些占据贵报巨大版面的诽谤文章中，有哪几句话是真实的？如果查出来了，哪怕一句两句，都请告诉我。

五

在“石一歌”事件上，比《南方周末》表现得更麻辣的，是香港的《苹果日报》。

香港《苹果日报》二〇〇九年五月十五日A19版发表文章说：“余秋雨在‘文革’时期，曾经参加‘四人帮’所组织的写作组，是‘石一歌’写作组成员，曾经发表过多篇重大批判文章，以笔杆子整人、杀人。”

这几句密集而可笑的谎言，已经撞击到四个严重的法律问题，且按下不表。先说香港《苹果日报》为什么会突然对我失去理智，又给我戴上了“石一歌”的破帽？细看文章，原来，他们针对的是我在汶川“5·12”地震后发表的一段话。我这段话的原文如下——

有些发达国家，较早建立了人道主义的心理秩序，这是值得我们学习的，但在大爱和至善的集体爆发力上，却未必比得上中国人。我到过世界上好几个自然灾害发生地，有对比。这次汶川大地震中全民救灾的事实证明，中华民族是人类极少数最优秀的族群之一。

“5·12”地震后，正好有两位美国朋友访问我。他们问：“中国的‘5·12’，是否像美国的‘9·11’，灾难让全国人民更团结了？”

我回答说：“不。‘9·11’有敌人，有仇恨，所以你们发动了两场战争。‘5·12’没有敌人，没有仇恨，中国人只靠爱，解决一切。”

开始我不明白，为什么这段话会引起香港和内地那么多中国文人的排斥。很快找到了一条界线：我愿意在中国寻爱，他们坚持在中国寻恨。

与此同时，我在救灾现场看到有些遇难学生的家长要求惩处倒塌校舍的责任者。我对这些家长非常同情，却又知道这种惩处在全世界地震史上还没有先例，难度极大，何况当时堰塞湖的危机正压在头顶，便与各国心理医生一起，劝说遇难学生家长平复心情，先回帐篷休息。这么一件任何善良人都会做的事情，竟然也被《苹果日报》和其他政客批判为“妨碍请愿”。

对此，我不能不对某些香港文人说几句话。你们既没有到过地震现场，也没有到过“文革”现场，却成天与一些内地来的骗子一起端着咖啡杯指手画脚，把灾难中的高尚和耻辱完全颠倒了。连你们，也鹦哥学舌地说什么“石一歌”！

六

写到这里，我想读者也在笑了。

一个不知所云的署名，被一个不知所云的人戴到了我的头上，就怎么也甩不掉了。连悬赏也没有用，连地震也震不掉！这，实在太古怪了。

有人说，为别人扣帽子，是中国文人的本职工作。现在手多帽少，怎么可能摘掉？

但是，毕竟留下了一点儿遗憾：戴了那么久，还不知道“石一歌”究竟写过什么样的文章。

终于，一个阳光明媚的日子来到了。

二〇一〇年仲夏的一天，我在河南省郑州市的一个车站书店，随手翻看一本山西出版的杂志《名作欣赏》（总第318期）。开始并不怎么在意，突然眼睛一亮。

一个署名“祝勇”的人，在气愤地批判“石一歌”几十年前的一次“捏造”。

“捏造”什么呢？原来，一篇署名“石一歌”的文章说，鲁迅在住处之外有一间秘密读书室，在那里阅读过马克思主义著作。

这个人断言，“石一歌”就是我，因此进行这番“捏造”的人也是我。

不仅如此，这个人还指控我的亡友陈逸飞也参与了“捏造”，因为据说陈逸飞画过一幅鲁迅读书室的画。那画，我倒是至今没有见到过。

任何人被诬陷为“捏造”，都不会高兴，但我却大喜过望。

十几年的企盼，就想知道“石一歌”写过什么。此刻，我终于看到了这个小组最让人气愤的文章，而且是气愤到几十年后还不能解恨的文章，是什么样的了。

我立即买下来这本杂志，如获至宝。

被批判为“捏造”的文章，可能出现在一本叫《鲁迅的故事》的儿童读物里。在我印象中，那是当时复旦大学中文系按照周恩来的指示复课后，由“工农兵学员”在老师指导下写的粗浅作文，我当然不可能去读。

但是，如果有哪篇文章真的写了鲁迅在住处之外有一间读书室，他在里面读过马克思主义的著作，那可不是“捏造”。

因为，那是鲁迅的弟弟周建人公开发表过多次的，学员们只是照抄罢了。

周建人会不会“捏造”？好像不会。因为鲁迅虽然与大弟弟周作人关系不好，却与小弟弟周建人关系极好，晚年在上海有频繁的日常交往。周建人又是老实人，不会乱说。何况，周建人在“文革”期间担任着浙江省省长、全国人大常委会副委员长，学员们更是没有理由不相信。

其实，那间读书室我还去参观过，很舒服，也不难找。鲁迅时代的中国知识分子，读马克思主义著作很普遍，鲁迅也读了不少。他连那位担任过中共中央主要负责人又处于通缉之中的瞿秋白都敢接到家里来，还怕读那些著作吗？

原来，这就是“石一歌”的问题！

七

我悬了十几年的心放了下来，觉得可以公布“石一歌”小组的真实名单了。但我还对那个电话里教授太太的声音保持着很深的记忆，因此决定再缓一缓。

现在只能暂掩姓名，先粗粗地提几句：

一九七二年根据周恩来指示在复旦大学中文系成立的《鲁迅传》编写小组，组长是华东师范大学教师，副组长是复旦大学教师，组内有复旦大学六人，上海社会科学院一人，上海艺术研究所一人，华师大附中一人，上海戏剧学院一人即我，半途离开。由于人员太散，该组又有一个“核心组”，由正、副组长和复旦大学一人，上海艺术研究所一人组成。

后来根据周恩来指示在上海市巨鹿路作家协会成立的“石一歌”鲁迅研究小组，成立的时间我到今天还没有打听清楚，组长仍然是华东师范大学教师，不知道有没有副组长，组内有华东师范大学二人，复旦大学三人，上海社会科学院二人，华师大附中一人。由于都是出于周恩来的同一个指示，这个小组与前一个小组虽然人员不同，却还有一定的承续关系，听说还整理过前一个小组留下的鲁迅传记。在这个小组正式成立之前，复旦大学中文系的部分学员也用过这个署名。

这些事，已经过去整整四十年了。

对于今天像“祝勇”这样的批判者，我无话可说，只有一个劝告：今后无论如何也不要随意伤害已经去世，因此不能自辩的大艺术家，如陈逸飞。中国，大艺术家实在太少。

八

好了，既然有了结果，我也不想写下去了。

最后，我不能不说一句：对“石一歌”事件，我要真诚地表示感谢。这三个字，给我带来了好运。我这么说，不带任何讽刺。

第一，这三个字，给了我真正的轻松。

本来，我这个人，是很难摆脱各种会议、应酬而轻松的，但是这个可爱的谣言救了我。当今官场当然知道这是谣言，却又会百般敬畏造谣者，怕他们在传媒上再次闹事而妨害社会稳定。这一来，官场就尽量躲着我，更不会对我有一丁点儿的保护。结果，我辞职二十多年，从未见过所在城市的每一任首长，哪怕是在集体场合。其实，这对我是天大的好事，使我不必艰苦推拒，就可以从各种头衔、职务中脱身而出，拥有了几乎全部自由时间。这么多年来我种种文化业绩的取得，都与此有关。貌似弃我，实为惠我。国内噪声紧随，我就到国外讲述中华文化。正好，国际间并不在乎国内的什么头衔。总之，我摸“石”过河，步步敞亮。

第二，这三个字，让我清晰地认知了环境。

当代中国文化界的诸多人士，对于一项发生在身边又延续多年的重大诬陷，完全能够识破却不愿识破。可能是世道不靖，他们也胆小了吧，同行的灾难就成了他们安全的印证，被逐的孤鹜就成了他们窗下的落霞。于是，我彻底放弃了对文化舆论的任何企盼，因全方位被逐而独立。独立的生态，独立的思维，独立的话语，由至小而至大，因孤寂而宏观。到头来，反而要感激被逐，享受被逐。像一块遗弃之石，唱出了一首自己的歌。这，难道正是这三个字的本意吗？

第三，这三个字，使我愈加强健。

开始是因为厌烦这类诽谤，奉行“不看报纸不上网，不碰官职不开会，不用手机不打听”的“六不主义”。没想到这么一来，我的生态变得分外纯粹。脱离了当代敏感渠道，我立即与自然生态相亲，与古代巨人相融。后来也从朋友那里听说，曾经出现过一拨拨卷向我的浪潮，但由于我当时完全不知，居然纤毫无损。结果大家都看到了，我一直身心健康，快乐轻松，气定神闲。这也就在无意中提供了一个社会示范：真正的强健不是呼集众人，追随众人，而是逆反众人，然后影响众人。“大勇似怯”，“大慈无朋”。

由于以上三个原因，我认真考虑了很久，终于决定，把“石一歌”这个署名正式接收下来。

然后，用谐音开一间古典小茶馆叫“拾遗阁”，再用谐音开一间现代咖啡馆叫“诗亦歌”。或者，干脆都叫“石一歌”，爽利响亮。

不管小茶馆还是咖啡馆，进门的墙上，都一定会张贴出各种报刊十几年来的诽谤文章，证明我为什么可以拥有这个名号。

如果那一批在这个名号后面躲了很多年的退休老教授来了，我会免费招待；如果他们要我把这个名号归还给他们，我就让他们去找《南方周末》、《苹果日报》。但他们已经年迈，要去广州和香港都会很累，因此又会劝他们，不必多此一举了。

我会端上热茶和咖啡，拍拍他们的肩，劝他们平静，喝下这四十年无以言表的滋味。

我也老了，居然还有闲心写几句。我想，多数上了年纪的人都会像那些退休老教授，听到各种鼓噪绝不作声。因此，可怜的是历史，常常把鼓噪写成了课本。

二〇一一年十月十五日

祭 笔

作品集二十余卷，在除夕的爆竹声中终于编成了，我轻轻放下手上的笔。

放下又捡起，再端详一番：笔。

人的一生会触碰到很多物件，多得数也数不清。对我来说，最重要的物件，一定是笔。

我至今还没有用电脑，一切文字都用笔写出，被出版界誉为稀世无多的“纯手工写作”。会不会改变？不会。虽然我并不保守，但一个人的生命有限，总需要守住几份忠贞，其中一份，就是对笔。

也许很多人会笑我落伍，但只要读了我下面的片段记忆，一定就会理解了。

一

我人生的第一支笔，是一支竹竿小毛笔。妈妈在代村民写信，我用这支小毛笔在边上模仿，那时我才三岁。第二年就被两个新来的小学老师硬生生地从我家桌子底下拖去上学了，妈妈给我换了一支好一点儿的毛笔。我一上课就沾得满脸是墨，惹得每个老师一下课就把我抱到小河边洗，洗完，再奔跑着把我抱回座位。

七岁时，妈妈给了我一支比毛笔还长的蘸水笔，外加一瓶蓝墨水，要我从此代她为村民写信、记账。把笔头伸到墨水瓶里蘸一次，能写七个字。笔头在纸上的划动，吸引着乡亲们的一双双眼睛。乡亲们几乎不看我，只看笔。

这也就是说，妈妈在我很小的时候就已经有意无意地告诉我，这笔，对乡亲们有一种责任。

九岁小学毕业到上海读中学，爸爸狠狠心为我买了一支“关勒铭”牌的钢笔，但很快就丢了，爸爸很生气。后来知道我得了上海市作文比赛第一名和数学竞赛大奖，爸爸气消了，但再也不给我买好钢笔。我后来用的，一直是别人不可能拿走的那种廉价钢笔。我也乐意，因为轻，而好钢笔总是比较重。

二

我第一次大规模地用笔，是从十九岁到二十一岁，替爸爸写“交代”。那是因为爆发了一场奇怪的政治运动，爸爸被“革命群众”揭发有政治问题和历史问题，立即“打倒”，停发工资，而我们家有八口人要吃饭。爸爸希望用一篇篇文字叙述来向“革命群众”说明事实真相，因此一边擦眼泪一边写，很快眼睛坏了，就由他口述，由我代笔。一开始他还没有被关押，天天晚上在家里他说我写。后来被“革命群众”上纲上线为“反对伟大领袖”，不能回家了。他告诉当权者说自己已经不能写字，必须由我代笔。因此，还能几天放回一次，但不能在家里过夜。

我一共为爸爸写了六十多万字的“交代”。我开始时曾劝爸爸，没有必要写，但后来写着写着，知道了从祖父和外公开始的很多真实往事，觉得很有历史价值和文学价值，便写了下去。而且，又主动追问了爸爸很多细节，再从祖母、妈妈那里核实。这一切，就是我后来写作《借我一生》的起点。这书，断断续续写了四十多年。

当时为爸爸写“交代”，用的是圆珠笔。一根塑料直杆，每支三角钱，我写完了很多支。用这种圆珠笔，要比钢笔使力，笔杆又太细，写着很不舒服。但爸爸要求，在写的材料下面必须垫一张蓝紫色的“复写纸”，使材料交上去之外还留个底，因此只能用这种圆珠笔。写一阵，手指发僵，而中指挨着食指的第一节还有深深的笔杆印。再写下去，整个手掌都会抽搐，因为实在写得太急、太多了。

三

正在这时，上面下令，全国城里的学生必须断学废学，上山下乡，不准回城。上海学生，有不少更是被惩罚性地发配到了遥远的边疆。出发前，所有的家长和学生都必须去看一台彻底否定教育的话剧。我看过这台话剧后去农场时，把所有的笔都丢进了垃圾桶，包括为爸爸写“交代”的圆珠笔。当时，爸爸的“罪行”加重，不能离开关押室了，我也就无法再为他代笔。

为什么要把笔丢进垃圾桶？首先是一种抗议性决裂。助纣为虐的“革命样板戏”和那台彻底否定教育的话剧使我对戏剧产生了一种专业性耻辱。其次，是因为发现没有机会写字了。到农场后给谁写信？爸爸那里不准通信，如果给妈妈写信，她又能用什么样的话语回信？而且，我打听到，我们劳动的地方根本没有邮局，寄信要在休息的日子步行很远的路才能找到一个小镇，但实际上并没有休息的日子。出于这两个原因，理所当然，折笔、弃笔、毁笔、葬笔。

实际情况比预料的更糟。我们在农场自搭茅草屋，四根竹子撑一块木板当床，睡着睡着就陷到泥淖里去了。用笔的地方完全没有，用笔的时间也完全没有。永远是天不亮下田，天全黑才回，累得想不起字，想不起笔，想不起自己是一个能写字的人。

四

一九七一年的一个政治事件使周恩来总理突然成了中国的第二号人物，他着手领导复课，试图局部地纠正已经延续了五年的荒凉。这就使我们有机会回上海参与一点儿教材编写。我被分配到一个“各校联合教材编写组”，这又拿起了笔。记得那笔是从静安寺百乐商场买的，一元钱的吸墨水钢笔。当时的钢笔也已经有了几个“国内名牌”，像“英雄”、“金星”什么的，那就要二三元钱一支了，我买不起。

编教材，我分到的事情很少，几天就写完了。但是，既然已经能够编教材，我就开始另一个勇敢的行动，那就是利用图书馆的一个熟人，偷偷摸进了当时还视为禁地的外文书库，开始了《世界戏剧学》的写作。我的笔，大量抄写外文原文，再借着各种词典一段段翻译。同时还要通览大量背景材料，最后汇集起全世界十三个国家的全部戏剧学理论。这件事，在工作量上非常大，因为这些内容直到四十几年后的今天还没有被完整翻译过来。我当时居然凭一人之力，在密闭的空间，以笔为杖，步步潜行。更不容易的是，当时在外面，一窗之隔，只要说一句我笔下所写的话，就会有牢狱之灾。

为此，我不能不对那支一元钱的钢笔表示敬意，对自己的青年时代表示敬意。

五

由于我在那个特殊历史时期的表现，风雨过去之后全院三次民意测验均名列第一，被破格提升为院长。

危难中的形象往往会传播得很广，当时我的社会声望已远远超出学院，被选为整个上海市的中文专业教授评审组组长，兼艺术专业教授评审组组长。每次评审，我们对前些年那批投机取巧、丧失天良的文人都断然予以否定。于是，我又拿起了那支笔，一次次重重地写下了否定结论，又浓浓地签上自己的名。那支笔在当时，几乎成了法官敲下的那个锤子，响亮、果敢、权威、无可争议。

这就是二十世纪八十年代，我那时说得上仕途畅达，官运亨通。

已经是全国最年轻的高校校长，却还常有北京和上海的高官竭力要把我拉进更高的权力圈子，这在当时很容易。于是，有了一次次长谈，一次次规劝。这些高官，后来都成了非常显赫的领导人。但是，我太明白我的笔的秉性。它虽然也有能力写出种种“批示”，但它显然并不愿意。

于是，我在上上下下的万分惊愕中辞职了。辞了二十三次，才被勉强批准。然后，穿上一件灰色的薄棉袄，去了甘肃高原，开始踏访公元七世纪的唐朝。

当年寻找古迹，需要长时间步行，而那些路并不好走。在去阳关的半道上，我几度蹲下身去察看坟丘密布的古战场，把我插在裤袋口上的旧钢笔弄丢了。那支旧钢笔不值什么钱，但正是它，我在辞职前反复搓弄，它总是顽强地告诉我，只愿意把我的名字签在文章上，而不是文件上。

既然它对我有点儿重要，我还在沙原上找了一会儿。但那地方太开阔、太芜杂了，当然找不到。转念一想也释然了：这支笔是陪了我很久的老朋友，从现在起，就代表我陪陪一千多年前的远戍将士和边塞诗人吧。

我考察的习惯，不在现场抄录什么，只在当天晚上回到旅舍后才关起门来专心写作。记得在兰州我曾长时间住在一个极简陋的小招待所里，简陋到上厕所要走很远的路。当地一位年长的文人范克峻先生读过我的不少学术著作，又看到我行李简薄，便送来了一支圆珠笔和两沓稿纸。这种圆珠笔的笔杆较粗，比我为爸爸写“交代”的那一种更好用。只不过那稿纸太薄，一写就穿，落笔要小心翼翼。

我把白天的感觉写成一篇篇散文，寄给在《收获》杂志做编辑的老同学李小林。邮局找不到，就塞到路边一个灰绿色的老邮筒里。这时才觉得范克峻先生给我送薄稿纸算是送对了。稿纸薄，几篇文章叠在一起也能塞得进那邮筒。

写了就及时寄走，是怕在路上丢失。有的地方连路边邮筒也找不到，那就只能将写好的文章随身带了。随身带，又要求稿纸越薄越好。由此我养成了习惯，只用薄稿纸。即使后来可以用较好的稿纸了，也选择薄稿纸。这一来，那种容易划破薄稿纸的圆珠笔，就需要更换了。

当然，写起来最舒服的还是吸墨水的钢笔。但这对我这个不断赶路的旅行者来说，就很不方便，因为必须带墨水瓶。墨水瓶都是玻璃做的，夹在行李里既容易洒，又容易碎。

据说过去安徒生旅行时是把墨水瓶拴根绳子挂在脖子上的，那就不会洒，也不会碎了。但我不会模仿他，因为那样不仅难看，而且有显摆自己“很有墨水”的嫌疑。安徒生旅行时还肩扛一大圈粗麻绳，那是准备在旅馆万一失火时可以滑窗而逃。可见，他走得比我还麻烦，但我走得比他远得多，时间也长得多。

后来我还是学了安徒生的一半，随身带墨水瓶，但不挂在脖子上。选那种玻璃特别厚的瓶子，瓶口拧紧处再垫一个橡胶圈。但这样还是不保险，因为几经颠簸后，瓶盖易裂。所以再加一个笨办法，在瓶盖外再包一层塑料纸，用细麻绳绕三圈扎紧。行李本来就很少，把墨水瓶安顿在衣服中间。

我从甘肃路边邮筒寄出的一沓沓薄稿纸，如果有可能发表，似乎应该起个总题目。因此，在寄出第三沓时，我在信封背后加了一句："就叫《文化苦旅》吧。"

后来，路还在一直走，风餐露宿，满身烟尘，却永远带着那支钢笔，那瓶墨水。我想应该对笔表示一点儿什么了，因此为接下来的文集起名时加了一个"笔"字，叫《山居笔记》。

六

笔之大难，莫过于在北非、中东、南亚、中亚的极端恐怖地区了。

我写了那么多中华文明遗迹，为了对比，必须去寻找同样古老或更古老的其他文明。但那路，实在太险峻、太艰难、太无序、太混乱了。我必须贴地而行，不能坐飞机，因此要经过无数关口。查啊查，等啊等，翻啊翻，问啊问。他们在问我，我却永远问不清，前面可以在哪里用餐，今晚可以在哪里栖宿。

由于危机天天不断，生命朝不保夕，因此完全不能靠事后记忆了，必须当天写下日记。但写日记的地方在哪里？在废弃的战壕边，在吉普的车轮上，在岗亭的棚架下。这一来，笔又成了问题。显然不能带墨水瓶，如果带了，那些人很可能会让我当场喝两口看看是不是危险物品。圆珠笔他们也查得仔细，又拧又拆，要判断那是不是特制的微型手枪。

好在，这时世界上已流行一种透明塑料杆的轻型墨水笔，一支可以写好几天，不必吸墨水。沿途见不到超市、文具店，因此我不管入住什么样的小旅馆，只要见到客房里有这种笔，立即收下，以防哪一天写日记时突然接不上。

在行经伊拉克以及伊朗、巴基斯坦、阿富汗、尼泊尔那漫长的边界地区时，一路上黑影憧憧、堡垒隐隐、妖光熠熠、枪口森森，我把已写好的日记手稿包在一个塑料洗衣袋里紧抱在胸前，手上又捏着一支水笔。我想，即使人被俘虏了，行李被抢走了，我的纸笔还在，还能写作。当然更大的可能是不让写，那我也要尽最大努力，为自己保留一丝最后的机会，为笔保留一丝最后的机会。

这种紧抱稿子紧捏笔的情景，我一直保持到从尼泊尔入境西藏的樟木口岸。

那支水笔，连同我在历险行程中一直藏在行李箱中一支较好的钢笔，很快被一个慈善机构高价拍卖，所得款项全部捐献，以补充北京市残障儿童的乳品供应。

后来我在进一步研究中国文明与世界现代先进文明的差距时，又考察了欧洲九十六座城市。虽然也非常辛苦，但那种悬生命于一线的危险没有了，而且一路上也比较容易得到顺手的笔。

当我考察完世界那么多地方之后，从联合国开始，很多国际机构和著名大学纷纷邀请我做主题演讲。所谓主题，大多是“全球背景下的中国文明”、“一个中国学者眼中的当代世界文化”、“五万公里五千年”、“全球面临的新危机”等等。华盛顿国会图书馆、联合国世界文明大会、哈佛大学、耶鲁大学、哥伦比亚大学、纽约大学都去了。我想，既然沿途用了那么多笔，现在正该用一支更好的笔把考察成果系统地写出来了。

但是，万万没有想到，遭遇了意想不到的情况。

七

妻子马兰，那么优秀的表演艺术家，不知什么原因被“冷冻”而失去了工作；而我，则又不知什么原因成了文化诽谤的第一焦点，“文革派”、“自由派”和一些媒体亲密合作，联手造谣，我即便无声无息，也永远浊浪滚滚。我们夫妻两人，又不愿向权力求助，因此注定无处可去。

照理应该移民，但我们没有条件，只能逃到当时还算边缘的一个城市，躲了很多年。国内无人理会，国际间却一直在热心地寻找我们，邀请演讲和演出。这使我产生了一个矛盾：要不要继续系统地来阐释中国文化？

还是以前遇到过的老问题：是折笔、弃笔、毁笔、葬笔，还是再度拾笔、执笔、振笔、纵笔？

相比之下，要剥夺我妻子的演出权利是容易的，因为她已经离开了地区依赖性很强的创作群体；但是，要剥夺我的笔却不很容易，因为这只是个人的深夜坚守，除非我自己觉得没有意思了。

到底自己觉得有没有意思呢？妻子一次次无言地看着我，我玩弄着笔杆一次次摇头。还去阐释中国文化？请看报刊上永远在喷泻的千百篇诽谤我的文章，用的全是中国汉字、中国语法、中国恶气、中国心计。而且，所有的诽谤只要稍作调查就能立即识破，但整整二十年，没有任何一个文化机构和文化团体，做过一丝一毫的调查，发过一丝一毫的异议。这些报刊、机构和团体，都不是民间的。

民间，也好不到哪里去。我妻子的观众，我自己的读者，在数量上都曾经长期领先全国，在热度上更是无以复加；但一夜之间，听说被官员冷冻了，被媒体围殴了，大家也就立即转变立场，全都乐滋滋地期待着新的拳脚。

难道，毁损文化，是社会的本性？由此想起，历来很多杰出的文化人半途失踪，正是受不了这种整体气氛。显然，这次轮到我了。我思虑再三，决定咬咬牙，反着来，不失踪。

一切文化孽力都会以文化的方式断灭文化。简单说来，也就是“以笔夺笔”。因此，我应该担负一点儿守护文化的责任，不让他们把笔夺去。

因此，我又郑重地执笔了。

在诽谤声依然如狂风暴雨的一个个夜晚，在远离无数“文化盛典”的僻静小屋，由失业很久的妻子陪伴着，我一笔笔地写出了一批书籍。它们是：《中国文脉》、《君子之道》、《修行三阶》、《极品美学》、《北大授课》、《境外演讲》、《台湾论学》、《借我一生》、《雨夜短文》、《门孔》、《冰河》、《空岛》……此外，我还精选了老子、庄子、屈原、司马迁、陶渊明、韩愈、柳宗元、苏轼、欧阳修等人的代表作，全都用当代散文做了翻译，并对最艰深的佛教经典作了阐释。以前的那些“文化大散文”文集如《文化苦旅》、《千年一叹》、《行者无疆》和多部艰深的学术著作如《世界戏剧学》、《中国戏剧史》、《艺术创造学》、《观众心理学》等等，也都认真地整理了出来。

有两位海外的华文学者说：“仅从数量上说，余秋雨先生的著作也超过了很多研究所、研究院的总和。这种高产高质，令人惊讶。”

我回答说："我从事的，全是文化的基础建设。基础建设一开工，总是规模不小。而且，那些成天指手画脚的文痞，很难对基础建设下手。"

至此，我不敢说对得起中国文化，却敢说我对得起自己的笔了。当然，笔也对得起我。

我还可以像老朋友一样对笔开一句玩笑：你耗尽了我的一生，我却没有浪费你太多的墨水。

不仅没有浪费太多的墨水，也没有浪费什么社会资源。这几十卷书，每一卷都没有申请过一元钱的资助。据说现在国家有钱，这样的资助名目非常之多，诸如研究基金、创作补助、项目经费、学术津贴、考察专款、资料费用……每项都数字惊人。我始终没有沾染分毫，只靠一支笔。

有了笔，一切都够了。

八

在行将结束此文的时候，突然冒出来一个回忆，觉得有意思再说几句。

记得那一次考察欧洲，坐船过英吉利海峡，正遇风急浪高，全船乘客颠得东倒西歪、左仰右合。只有我，生来就不晕船，居然还在船舱的一个咖啡厅里写作。有两位英国老太太也不晕船，发现我与她们同道，高兴地扶着栏杆走到了我身后。我与她们打过招呼之后继续埋头书写，随即传来这两位老太太的惊叹声："看！多么漂亮的中国字！那么大的风浪他还握得住笔！”

这两位老太太完全不懂中文，因此她们说漂亮不漂亮，只是在指一种陌生的文字记号的整齐排列，不足为凭。但是，我却非常喜欢她们的惊叹。不错，漂亮的中国字，那么大的风浪还在写。这两句话，不正是有一点儿象征意义吗？

我是一个握笔之人，握在风浪中，竟然还能写那么多，写得那么整齐。

写的目的，不完全是为了读者。写到后来，很大一部分是为了那风浪，为了那条船，为了那支笔。甚至，为了那些愿意赞赏汉字外形美的外国老太太，或者老大爷。

其实，更主要是为了自己。看看过了那么多年，这个七岁就为乡亲们代写书信的小男孩，还能为乡亲们代写点儿什么；这个二十岁左右就为父亲代写“交代”的青年人，还能为中国文化向国际社会“交代”点儿什么。

于是，谨此祭笔。

且拜且祭，且忆且思，且喜且泣。

癸巳除夕至甲午春节

侍母日记

2012年11月18日

马兰来电急告，我妈妈的病情突然危重，已经失去意识，但暂无生命危险。马兰遇到急事，总是会用一种平静的口气，但今天却无法平静了，要我尽快从北京回到上海。

已经失去意识？这对我来说，简直是晴天霹雳。

北京我刚到两天，是来讲课的，半年前就安排好了的课程。

我急忙给讲课单位去电话。对方说："啊呀不好，听课的都是忙人，已经从各单位请假，集中在一起了。这门课，实在很难调。"

我一再道歉，说："最后陪侍妈妈，也是我的一门大课。这门课，一辈子只上一次，没法调。"

我又加了一句："欠你们的情，我以后一定加倍补上。"

2012年11月19日

在上海长征医院的病房里，我看到了妈妈。

她闭着眼，没有表情。

我俯下头去，轻轻呼喊，还告诉她，我是谁。

几十年来，只要听到我的声音，她都快速反应，而且非常高兴。只要听到我的声音，她可以在酣梦深处猛然醒来，她可以在喧闹街市突然回头。但今天，她没有反应。在我记忆中，这还是第一次。

马兰凑在她耳边说："妈，阿雨来了。妈，是阿雨呀……"

还是没有反应。

按照我们都看熟了的文艺作品，妈妈虽然没有反应，却有可能在眼角沁出一痕泪水。

但是，妈妈没有。

马兰直起身来对我说："如果眼角有泪，证明妈妈还很清醒，但这种清醒就是痛苦。"

我说："对。子女不应该对老人做最后的情感索取。"

在生命幽微的时刻，老人已经进入一种烟水迷蒙的"渐隐"状态。如果再让他们怆然睁眼，重新感受生离死别，实在有点儿过分。

幸好，我妈妈的"渐隐"过程没有被阻断，满脸安详，眼角干爽。

2012年11月20日

我几经询问，终于打听到了妈妈毕生的最后话语。

前天进医院后，保姆小许问她，想吃什么。妈妈嘴角一笑，说：“虾。”

其实不是她现在想吃，而是顺口念叨了一种晚年最喜爱的食物。

她说的虾，是小虾，清水煮的，不腥不腻，口味很鲜。记得小时候在农村，生活贫困，妈妈到河边淘米时，会顺手在长满青苔的埠头石上摸下一把小螺，我们乡下叫“丝螺”，算是荤菜了。偶尔，也会用淘箩捞到几只小虾，那就是当天盛事，会在饭桌上让来让去。

妈妈晚年，常用筷子拨着餐桌上那一碟子清水小虾，回想起家乡小河边的蕰藻蝌蚪、芦苇蜻蜓。专家证明，人们在食物上的毕生爱好，大多与早年有关。

小虾对于妈妈的早年，只是稀罕，却不常见。比较常见的美食是一种小点心，叫“橘红糕”。其实是一些软软的米粉粒，制作时加了一点儿橘子皮和糖。我家有一个远房亲戚是一家南货店里的制作工匠，因此吃到的机会比较多。

这种小点心，居然留在了妈妈的记忆深处。

医生来查病房时，想与妈妈说几句话，便弯下腰去问：“奶奶，您最想吃什么？”

妈妈看着陌生的医生，随口说：“橘红糕。”

她似乎立即觉得不太对，怎么把几十年没吃过的东西说出来了，便害羞地笑出声来。

妈妈笑得很敞亮、很天真。

后来的事实证明，这是她留给这个世界的最后语言，最后笑声。

你看她，先说清水虾，晚年最爱；再说橘红糕，早年最爱。妈妈用两种最小的食品，“起点性的食品”和“终点性的食品”，概括了自己的一生。

在这两种食品之间，无限的风雨，无尽的血泪，都删去了。她把人生压到了最低最简，让她自己都觉得不好意思，因此就用笑声自嘲。

自嘲之后，她不再有片言只语。

2012年11月21日

妈妈已经好些天不能进食，用“鼻饲”的方式维持生命。我妻子定时用棉签蘸一些蒸馏水，湿润她的嘴唇。

妈妈的嘴，一直很好看，到了九十高龄还是不瘪不垂，保持着优美的形态。

舅舅多次说，我妈妈年轻时是个大美女，没嫁到乡下去时，走在上海的马路上，多少人都在看她，走过去了还不断回头。

舅舅是从上海路人的眼光来判断美丽的，在这一点上，我比舅舅厉害。我小时候在那个贫瘠的小山村中，并没有路人的眼光帮助我，只凭着一个孩子的自然天性，就知道妈妈很美。

美具有一种“跨界传染性”。我从妈妈的美，扩展到对自然美的认知，最后，抵达艺术美和文学美。

此刻马兰用棉签在一点点儿湿润妈妈的嘴，曾经面对过一大堆小嘴。那些小嘴要吞食，要咀嚼，要饮啜，要滋润。这个包围圈，一直延续了很多年。这就使妈妈的嘴有了另一番生命力度和美学力度。

在我的记忆中，妈妈和祖母一样，喜欢在我们吃东西的时候看我们的嘴。有时，是她们喂我们，勺子送到我们嘴边，她们的嘴先张开了，直到我们把食物咽下。转眼，下一勺又来了，她们的嘴又再度张开。这就是我对她们的嘴的最鲜明记忆，却怎么也记不起来她们自己吃东西的样子。

那么多年天天坐在一起吃饭，竟然记不起来她们吃东西的样子，可见我们的注意力全都集中在眼前的饭菜了。真是不懂事的后辈，现在想来，还是万分羞愧。

直到今天，随着马兰手上的棉签，我才细看妈妈的嘴。它的张合，开启了我们的童年；它的紧闭，咬过了饥饿和灾难；它的微笑，支撑了我们的家园。此刻，它终于干涸了，干涸在不懂事的后辈前面。

2012年11月22日

昨天晚上妈妈呼吸急促，今天早上又回到了常态。

我们家兄弟众多，一批又一批来轮流守候。各家的“另一半”也都不断地来，再加上舅舅、舅妈、其他亲戚、朋友，这个病房肯定是整个医院最拥挤的。好在，所有来的人都轻手轻脚，细声交谈，没有出现一丝嘈杂。

开始，医生和护士们见到这么多人有点儿皱眉。但不久，他们感动了。一位医学博士对我说：“现在很少再有这样的家庭了，全体出动，又那么有序。而且，像您和马兰老师这样的大名人，也都天天陪着……”

这么多人来来去去，需要有一个总指挥。这个人既要与医生密切联系，商讨各种医疗方案，又要安排轮流值班，还要接待老老少少的探望者，更要让所有的人都由衷地服从，发现任何特殊情况都要立即调整。这个总指挥，就是我的妻子马兰。

整整二十几年，马兰一直是余家上下最有威信的“大嫂”。各种事情，只要产生了纠缠或麻烦，大家都会等待她来处理。而她一处理，总是干脆利落，各方心服。

妈妈最早是从电视上认识马兰的。待到我们成家后，妈妈看到我原来乱麻般的生活状态突然变得井井有条、轻松愉快，她实在吃惊不小。马兰有语言才能，很快学会了妈妈那种半是慈溪话、半是上海话的奇怪语言，两人就变得非常亲热了，一见面便搂在一起。

妈妈始终认为，我作为她的大儿子，毕生的最大成绩并不是写了那么多书，也不是拥有那么多读者和学生，而是找到了一个好妻子。

直到一个月前，我们全家一起吃饭，妈妈当时还没有生重病，拍了一下坐在身边的我，附耳说了一句：“看来看去，马兰是真正的漂亮，你长得一般。”

说完她笑了一下，轻轻地摇头，为她把我生得“一般”而抱歉。

2012 年 11 月 23 日

医生说，妈妈发生了脑萎缩，有一段时间了。

已经有一段时间了？我们都在回想。

不错，最大的标志，是迷路。

前年，妈妈就有过一次让全家紧张的长时间迷路。她历来喜欢独自走路，而且对认路颇有自信。但那一次，她怎么也找不到回家的路了。

她边走边看路牌，相信前面一条路应该认识。但是，到了前面一看，还是不认识。她不认为这是迷路，因此绝不问人。

我儿时在乡下跟着她走远路，在田埂间也迷过路，她同样不问人。那时是因为害羞，一切漂亮的女孩都会有这种障碍。后来年纪大了，但羞于问路的习惯却留了下来。

这次迷路，非常严重。她这么大的年纪，竟然在上海的街市间步行了整整十一个小时！我们全家上下十几个人一起出动，分头寻找，还报了警。直到几近绝望之时，终于接到了警方的电话："发现了一个头面干净又大汗淋漓的老太太。"

见到她时，她已经喝了警察提供的热豆浆，还吃了一个汉堡包，体力又恢复了。她完全不承认，自己在外面走了那么久。

"最多两三条街，不到一个小时。"她说。

那时她已经八十八岁，我们不能不赞叹她惊人的生命力。但也曾掠过一丝担忧：她其实一直在近处绕圈子，脑子是否出了一点毛病？

尽管她嘴上很硬，但在行动上，从此再也不敢一人走长路了。我们也吩咐保姆小许一直跟着，不要离开太久。

我相信，她在找路的十一个小时中间，已经深深受到惊吓。不知道自己今天怎么了，不知道街道今天怎么了，不知道上海今天怎么了，不知道世界今天怎么了。

这种生命体验十分恐怖。眼见的一切都是陌生，连任何细节也找不到一点儿亲切。她要摆脱这种恐怖，因此走、走、走，不敢有一步停息。

与她有关的一大堆生命都在寻找她，但不知是谁的安排，有那么长时间，她“不被找到”。而且，是没有理由地“不被找到”。

这是一次放逐，又是一个预兆。

为了感谢那几位警察，我送去几本自己写的书。警察一看，笑着说：“原来是您的母亲，连迷路都让人震惊。”

2012年12月24日

妈妈今天有点儿发烧，医生在吊针里加了药，过几小时就退了。

蔡医生把马兰拉过一边，问，如果妈妈出现了结束生命的信号，要不要采取那些特殊抢救方式？

马兰问：“什么样的特殊抢救方式？”

医生说：“譬如电击，切开器官，等等。”

马兰问：“这样的抢救能让意识恢复吗？”

医生说：“那是不可能了，只是延续生命。”

马兰问：“能延续多久？”

医生说：“最多一两个星期吧。”

马兰说：“这事要问秋雨，但我已有结论：让妈妈走得体面和尊严。”

我和弟弟们听说后，一致同意马兰的结论。

很多家庭在这种情况下，一定会做出相反的选择。为了短暂的延续，不惜做出“残忍抢救”。他们认为，不这样做就没有孝心，会被别人指责。

其实，让老人保持最后的体面和尊严，是子女的最大责任。我相信，我们的结论也就是妈妈自己的结论。

在这一点上，我们遗传了她，有把握代她发言。

妈妈一生，太要求体面了。即使在最艰难的日子，服装永远干净，表情永远典雅，语言永远平和。到晚年，她走出来还是个“漂亮老太”。为了体面，她宁肯少活多少年，哪里在乎一两个星期？

2012 年 11 月 25 日

妈妈今天的脸色，似乎退去了一层灰色。

马兰轻声在我耳边说：“妈妈会创造生命的奇迹吗？”

我说：“但愿，却不会。”

妈妈，您真要走了吗？我童年的很多故事，只有您我两人记得。即使忘了，一提起还会想起。您不在了，童年也就破碎了。

我的一笔一画，都是您亲手所教，您不在了，我的文字也就断源了。

我每次做出重大选择，总会估量会不会对您带来伤害。您不在了，我可以不做这种估量了，但是，那些行动也就失去了世代，失去了血脉，失去了力量。

妈妈，您知道吗，您虽然已经不会言语，却打开了我们心底的千言万语……

（注：日记太长了，先选八天吧。）

为妈妈致悼词

感谢诸位，来与我们一起，送别亲爱的妈妈。

我妈妈于一九二二年一月六日出生，于二〇一二年十二月九日凌晨去世，在这个世界上生活了整整九十年，也算高龄了。妈妈在最后的日子里没有任何痛苦，只因老年性的心血管系统疾病失去了意识。我们这些晚辈一天天都轮流陪在她身边，她走得很安详。

因此，我要求几位弟弟，在今天的追悼会上不要过于悲伤，更不要失声痛哭。

悲伤和痛哭，容易进入一种共同模式，这是妈妈不喜欢的。记得十年前我们也在这里追悼爸爸，从头到尾，妈妈一直都没有哭，大家以为她过度悲痛而失神了。但是，回到家里，在爸爸那个小小的写字台前，她突然号啕大哭，哭得像一个小女孩一样。马兰抱住她，抚摸着她的背，她哭了很久很久。从此，整整十年，直到她自己去世，她不再哭过一声，不再流一滴眼泪。她此生的哭声和眼泪，全都终止于爸爸。

妈妈拒绝一切群体化的悲伤，避过一切模式化的情感。我们今天，也要顺着她。那就让我们在心底，为这独一无二的生命，唱一首独一无二的送别之歌。

妈妈的独一无二，可以从一件小事说起。几天前，我们守在妈妈床边，为她服务了十年之久的保姆小许动情地说，整整十年，没有听到过她的一句责备、一句重话。

我说："你只有十年，我是她的大儿子，多少年了，从小到大，也没有听到过。"

其实，今天到场的舅舅、舅妈和所有年长的亲友都可以证明，在你们漫长的人生记忆里，有没有留下一丝一毫有关我妈妈稍稍发火的记忆？

我看到你们全在摇头，对，肯定没有。我一生见到的妈妈，永远只是微笑，只是倾听，只是腼腆，最多，只是沉默。直到半年前一起吃饭，我说她毛笔字写得比我好，她还腼腆得满脸通红。

但是，我要告诉今天在场的年轻人，不要小看了微笑和腼腆。你们眼前的这位老人，还留下了一系列艰深的难题。

对于这些难题，我曾多次当面问过妈妈，她只是三言两语匆匆带过。每次，我总以为还有机会细问。也许在一个没有旁人的安静下午，让她一点点儿地回答我。但是，这个机会再也没有了，她把一切答案都带走了。

于是，我心中的难题，也就成了永远的难题，无人可解。

第一个难题。她这么一个大城市的富家之女，为了在战争年月支撑一个小家庭，居然同意离别在上海工作的丈夫，到最贫困的乡村度过自己美丽的青春，一切生活细节都回到她完全不熟悉的原始起点。对她来说，就像一下子跌进了石器时代。这，怎么可能？

第二个难题。回去的乡村，方圆多少里只有她一个人识字，她却独自挑起了文明启蒙的全部重担。开办识字班，为每家每户写信，读信，记柴账、谷账……她每天忙得不可开交，却没有任何人要她这么做，也没有得到过任何报酬。这，又怎么可能？

第三个难题。她和爸爸，这对年轻夫妇，当初是怎么冒险决定的，让他们刚刚出生的大儿子，我，在如此荒昧的农村进入至关重要的早期教育？在那所极其简陋的小学开办之前，是由妈妈独自承担吗？在我七岁的时候，妈妈又果断地决定，我每天晚上不再做功课、写作业，而是替代她，来为所有的乡亲写信、记账。她做出这个决定，显然是为了培养我的人生责任感，但她难道完全不考虑我的学业了吗？

第四个难题。有些亲友曾经认为，妈妈是在瞎碰瞎撞中很偶然地完成了对我的早期教育。这确实很有可能。但是，我到上海读中学后，很快获得了全市作文比赛第一名和数学竞赛大奖，原因是我为乡亲写过几百封信，又记了那么多账。妈妈知道我获奖的消息后，居然一点儿也不感到惊讶。难道，她不是瞎碰瞎撞，而是早有预计？

第五个难题。到上海后，遇到了饥荒和“文革”。全家遭受的最大困顿就是吃饭，这事全由妈妈一人张罗。“文革”中，一切被“打倒”人员的全部生活费，是每月每家二十六元人民币，而当时我家，是整整八口人，其中包括一名因失去父母而被收养的孩子。家里早就没有任何余钱，所有稍稍值钱的东西也都已经卖完。那么，二十六元，八口人，这道完全无解的算术题，妈妈到底是怎么一天天算下来的？我们看到的只是一个结果，那就是全家都没有饿死。这究竟是如何做到的？

与前面几个难题不同的是，这个难题出现时我已经长大，留下了一些片段记忆。

例如，“文革”高潮中的一天，妈妈步行到我所在的学院，找到了已经很久没有吃过一顿饱饭的我。在一片吵闹的高音喇叭声中，她伸出温热的手掌紧紧贴在我的手掌上。我感觉到，中间夹了一张纸币。她说，还要立即赶到关押爸爸的地方去。我一看手掌，那是一张两元钱的纸币。这钱是从哪里来的？我百思不得其解。

但是，过几天我就侦查到了。原来妈妈与几个阿姨一起，在一家小工厂洗铁皮。那么冷的天还赤着脚，浑身都被水浇湿了。几元钱，就是这么挣来的。

前几天，妈妈已经失去知觉，我坐在病床边长时间地握着她的手掌。突然如迅雷闪电，记起了那年她贴着两元钱纸币握住我手掌时的温热。还是这个手掌，现在握在我手上。然后，我又急急地去抚摸她的脚，四十多年前的冷水铁皮，让我今天还打了个寒战。

妈妈的手，妈妈的脚，我们永远的生命支架。难道，这些天要渐渐地冷却了吗？

我一动妈妈的手脚，她肩头的被子就有点儿滑落，马兰赶忙去整理。肩头，妈妈的肩头，更是我家的风雨山脊。

有关妈妈肩头的记忆，那就更多了。例如，我曾写过，“文革”中有一次我从农场回家，吃惊地看到一张祭祖的桌子居然在自动移位。细看之下才发现妈妈一个人钻在桌子底下，用肩在驮桌子。家里的人，有的被关押了，有的被逼死了，有的被流放了，没有一双手来帮她一把，她只能这样。

“文革”结束后，公道回归，被害的家人均获平反，我也被选拔为全国最年轻的高校校长。但是，不管声名如何显赫，我的衣食负担还是落在妈妈肩上。直到今天，集体宿舍的老邻居们还都记得，我妈妈每隔几天就肩背一个灰色的食物袋来为我做饭，后面还跟着爸爸。

现在，很多当年的同事仍在美言我在那个年代的工作效能，不少出版社也在抢着出版我那时写的学术著作。但是只有我知道，这一切的一半分量，都由一副苍老的肩膀扛着，直到马兰的出现。

说到这里，我想大家都已明白，妈妈一生的微笑和腼腆，绝不是害怕、躲避、无能、平庸。恰恰相反，她完成了一种特殊的强大。

妈妈让我懂得，天地间有另一种语言。记得当年爸爸单位的“革命群众”每隔几天就会来威胁妈妈，说爸爸如果再不交代“反党罪行”就会“死无葬身之地”。妈妈每次都低头听着，从不反驳一句，心里只想着下一顿饭能找一些什么来给孩子们吃。后来叔叔在安徽被逼死，妈妈陪着祖母去料理后事，当地的“革命群众”又在一旁厉声训斥，妈妈只是捧着骨灰盒低头沉默，随便他们说什么。

几十年过去，现在我们都知道了，妈妈的沉默是对的。那些“革命群众”不值得辩论。一辩论就进入他们的逻辑系统，必定上当。妈妈固守的，是另一套做人的基本道理，也就是天道天理。只有沉默，才能为天道天理让出空间。

妈妈心中的天道天理，比我们常说的大是大非还要高。妈妈并不否认大是大非，例如，在“文革”灾难中，她和我都知道，只要我去与造反派疏通一下，表示服从，爸爸的处境也许会有所改变，但我坚决不去疏通，她也赞成我这么做。

爸爸是典型的儒家，相信“修身、齐家、治国、平天下”那一套，成天要为正义挺身而出，为此受尽折磨。直到十年前，还被广州、上海、天津的三份诬陷我的报刊活活气死。其实爸爸和妈妈同龄，妈妈能够多活十年，原因之一，是她压根儿不听那些恶言。因此，这些恶言只能折腾爸爸，却无伤妈妈。

针对这个对比，我曾经说过，我是中国人，当然忘不了杀父之仇；但我又是妈妈的儿子，懂得绝不能让自己受恶言操控。我想，朋友们都会认同，我受妈妈的影响更深一些。

最后，我想用一件远年往事，作为这个悼词的归结。

在我六岁那年，一个夏天的傍晚，妈妈翻过两座山，吴石岭和大庙岭，到上林湖的表外公家去了，当夜必定回来。我为了让妈妈惊喜，就独自翻山去接妈妈。那时山上还有很多野兽，我却一点儿也不害怕。后来在第二座山的山顶遇到栖宿在破凉亭里的一个乞丐家庭，他们还劝我不要再往前走，但我还是没听他们的。终于，我在翻完第二座山的时候见到了妈妈。现在想来，妈妈也是够大胆的，那么年轻，那么美貌，独自一人，走在黑夜山路上。然而，更有趣的是，妈妈在山路上见到我，竟然不吃惊，不责怪，不盘问，只是高兴地说一句“秋雨来了”，便一把拉住我的手，亲亲热热往回走。这情景，正合得上布莱希特的一个剧名：《大胆妈妈和她的孩子们》。

是的，我毕生的大胆，从根子上说，都来自妈妈。十几年前我因贴地冒险数万公里考察了密布着恐怖主义危险的人类古文明遗迹，被国际媒体誉为“当今世界最勇敢的人文教授”。其实那每一步，还是由妈妈当年温热的手牵着。

妈妈，您知道，我为您选定的归息之地，就在那条山路边上。爸爸已经在那里安息，山路的另一侧，则安息着祖父、祖母、叔叔，以及您的父亲——我们的外公。因此，您不会寂寞。

您先在上海度过这个寒冷的冬天，明年春天，我会领着弟弟们，把您送到那里。

妈妈，这是我们的山路，我们的山谷。现在，野兽已经找不到了，山顶上的凉亭早就塌了，乞丐的家也不见了。剩下的，还是那样的山风，那样的月亮，那样的花树。

妈妈，我真舍不得把您送走。但是，更舍不得继续把您留在世间。这世间，对您实在有点儿说不过去。整整九十年，越想越叫人心疼。那就到那里去休息吧，妈妈。

谢谢大家，陪我和妈妈说了这么多话。

（二〇一二年十二月十三日下午四时三十分，在妈妈的追悼会上）

我和妻子

一

我和妻子约定，人即使真有下辈子，我们也不想再来这个世界一次了。

我们两人，都没有悲观、排他、拒外、厌世的基因。对于这个世界，也曾欣喜过，投入过，着迷过，但结论却是清楚的：不应再来。

既然已经彻悟，那就应该在有生之年认真清理一番，把干净的心智留给生命的黄昏。

而且，这是一个没有明天的黄昏。

没有明天的黄昏，有一种海枯石烂般的洪荒诗意，就像那年在万里夕阳下流浪在埃及西奈沙漠的焦枯山峦间。

二

冷冽的彻悟，来自亲身经历。

经历够长，还是从头选一些片段吧。有些片段以前也曾在《借我一生》等著作中有所涉及，却只是匆匆淡墨，未及感悟成一个逻辑长流，因此不妨再度品味。

早期的片段中，怎么也删不掉的，有两位青年男子的身影。他们，都非常英俊。一位姓马，我未来的岳父，当时安徽西部一个县城里唯一的大学生；一位姓余，我的叔叔，自愿报名到安徽东部一家工厂来支援建设的上海工程师。他们同龄，并不认识，却在三十岁那年做了一件同样的事。

那年安徽严重灾荒，饿死了很多人，但省里的官员向北京隐瞒了灾情，还弄虚作假，伪造丰收景象，后果触目惊心。他们两位看不下去，便大胆地揭露真相。马先生一次次在会议上大声疾呼，余先生则一次次向北京写信投诉。

北京终于听到了疾呼，也收到了信，调查灾情后处理了此事，还宣布不准报复揭露真相的人。但是，报复还是如期而至。马先生奇怪地成了“后补右派”，余先生则在“文革”一开始就被官方抛给造反派“彻底打倒”，理由居然是“宣扬封建小说《红楼梦》”。

他们两人，都只想为受苦的百姓说几句话，但转眼间，那些百姓却拿着棍棒围住了他们。

这在现代，称之为“群众运动”。

因为是“群众”，当然没有思考者；因为是“运动”，当然没有休止点。于是，它总是“波澜壮阔”，“势不可当”。

群众中的很多人，正是马先生和余先生救活的。因为马先生的发言和余先生的投书，使灾情得以控制。但他们不管，把救命恩人逼向死角。

——被救命的人，却成了夺命的人。这是我的人生第一课。

三

马先生每天戴着屈辱的标志在县城的大街上被监督劳动，这天又被大声吆喝：两天后要接受一次最严厉的批斗。“最严厉”，就是要“五花大绑”，而且“不阻止革命群众的义愤行动”。这种“义愤行动”是什么，谁都知道。

马先生这次担忧了，不是担忧自己，而是担忧年幼的子女看到父亲被捆绑在大街的高台上受尽污辱，母亲也被“陪斗”，会不会对人世种下太多的仇恨？

他与妻子商量很久，决定把孩子赶紧送到一个陌生的农村去，他们认识一个上街来的农民。

孩子中最小的一个才五岁，她就是我未来的妻子。

人世如此狰狞，他却要自己的孩子不要仇恨人世。

那天的牛车、泥埂、野花、小女孩，颠颠簸簸地直通一个心灵的圣洁所在。小女孩此刻还不知道发生了什么事，却被父母推上了一条心中无恨的道路。

那天马先生被捆绑在大街的高台上，不断被拳打脚踢，满场都是“不杀不足以平民愤”的呼喊。他闭着眼，想着坐在牛车上远去的孩子。他希望牛车快一点儿，离眼下的群众聚集远一点儿。

但是，这次离开了，下次呢？

下次，他完全不敢预想。

他默默祈祷，天下不要再有这样的群众聚集。即使不是批斗自己，也不要；即使反过来批斗今天动手的暴徒，也不要。

群众聚集，群众聚集……

万一要有，也应该是以前有过的庙会和灯会吧？

他怎么也无法想象，多年后，从这个省份到全国各地，再到遥远的海外，将会出现另一种群众聚集：万民蜂拥观赏最美的演唱。其间的主角不是别人，就是今天被牛车驮走的小女儿。

四

马先生被五花大绑的时候，余先生也被捆绑着。

五花大绑，是人类被同类折磨的最丑陋形象。这种形象总是与“示众”连在一起，因此千万条视线也变成了捆绑的绳索。对很多体面人来说，这比死亡更为痛苦。

马先生被捆绑在大街高台上，余先生则被捆绑在一辆垃圾车上。垃圾车配着高音喇叭在城市的街道间慢慢行驶，高音喇叭里数落着余先生的罪状，恰恰避开了他被打倒的唯一原因：向北京写信报告饥荒实情。

街道两边是兴奋不已的群众。只要看到有人被捆绑游街，他们都像过节一般。史载，欧洲中世纪宗教裁判所在烧死异教徒前的游街示众，民众也是这样快乐。今天捆绑在垃圾车上的余先生，这位上海来的年轻工程师，即使被糟蹋成这样了，他出众的身材和脸庞的轮廓，还能让满街的男女都屏息凝视。屏息片刻之后，叫骂声更响了，也喊起了“不杀不足以平民愤”的口号。此时的“民愤”，已经与身材和脸庞有关。

叔叔有一种骄傲的脆弱，很多面对失败的理想主义者都是这样。他向北京报告饥荒实情时，为了逃过省里的通信监控，要我在上海重抄、转寄，却又关照我，千万不能告诉爸爸、妈妈。他不愿让当初劝阻他去安徽的亲友们笑话他。此刻他在垃圾车上再度打量这些街道和民众，很奇怪暴徒们怎么会给自己安上了“宣扬《红楼梦》”的罪名。这很好笑，却也不错，真是一个梦。

他是用刀片割脉自尽的。第一、第二次都被监管人员发现了，他又实施了第三次。三次割脉，这种狠心，惊天撼地。那三度无法想象的疼痛，正是浓缩了当时天地良知的疼痛。那鲜血，干了一次又一次，凝了一次又一次。第一次，暴徒们认为他只是以激烈方式表示抗议，救活了还展开批斗。其实他已不想抗议，只想离开，而且是彻底离开。

他还是单身，由于平常有太多的追求者，他因选择的苦恼而搁置了选择。我妈妈接到噩耗后陪着祖母前去处理后事，翻遍了他宿舍里的抽屉，却找不到片言只语。

五

那个被捆绑着的爸爸安排逃离的小女孩渐渐长大，十二岁考上了省艺术学校，但县城的官员不批准，因为是“右派分子的女儿”。

妈妈是一名主角演员，那天在一个地方演出，正化妆，听到了女儿不被批准上学的消息，便立即罢演。她知道这样做，很可能被戴上“对抗政府”的帽子被打倒，但她宁肯这样。丈夫已经被众人踩到了脚下，现在又断了女儿的路，她要用灭绝的方式一吐愤怒。反正都是死路，也要留下一点儿声音。

似乎是上天的安排，那夜演出的消息风传十里，无数山民打着松枝火把来看戏，在绵延的山林间拉出了好几条长长的火龙。这景象，既壮观又神秘，好像是巫神要做出某种裁断。条条火龙的终点是戏台，但女主角已经罢演，这局面极有可能闹出群体抗议事件。正好有一名上级干部在那里视察，问清情由后亲自找女主角商谈。女主角步步紧逼直到那干部当场明确点头让女儿上学，锣鼓才重新响起。

几天后，小女孩拖着一个木箱子爬上了通省城的长途汽车。

我后来常说：马兰投身艺术，松炬十里，苍山舞龙，实在气势非凡。

六

那时的我，正陷于绝境。

一个刚刚二十出头的年轻人，如果条条生路全都崩塌了，会怎么样？

这种情景，很少有人体会过。

我曾经读过不少叙述自家在那些年受苦的回忆录，读着读着总是会哑然失笑，因为一看便知，他们的路并没有彻底崩塌。

例如那些干部子弟，虽然父亲已经倒台，但门路还是很多，他们在军队中总有不少的关系网络，而当时的军队，权势盖天。又如上海有不少资本家的后代，虽然账户被“冻结”，但隐隐约约的各种输送管道使他们的日子仍然过得不错。即使是平民家庭，只要亲戚中有一个参加了“工人造反队”或“工宣队”，便无人敢欺。

——这些旁门左道，我家一条都没有。

自从爸爸被关押，叔叔被逼死之后，全家那么多人已经失去衣食来源。我被发配到农场劳动，妈妈在严冬赤着脚为一家工厂洗铁皮赚几个钱，弟弟那么小就跟着人到海里捕鱼，祖母如此高龄也只得独自回到破残的故乡老屋等死……

天天都是难言的惨痛，因此很快就失去了对惨痛的敏感，只是确认了一个事实：生命就是大苦大难，世界就是大苦大难。

说起来，我爸爸和叔叔都不是那场运动的对象，因为他们压根儿不是政治人物。他们都是因同事们的“揭发”而被打倒的。打倒之后，只要有另外一二位同事以“革命群众”的身份为他们说句话，情况就会大为改观。而且，这对说话的人毫无风险。但是，时间一天天过去，这样的同事始终没有出现。很多同事曾经是他们的朋友，却都眼睁睁地看着我们全家饥寒交迫，不说一句话。他们也都知道叔叔仅仅为了一本《红楼梦》而一次次割脉，仍然不说一句话。面对这种现象，我从期待、焦急到愤怒，最后终于明白：这不是世态炎凉，而是世间本质。

乍一看是运动之恶，其实是普世之恶。运动只是行恶的机会，即便没有运动，大家也能找到行恶的缝隙。带头行恶者，可能是几个暴徒，接下来行恶的便是众人了，用沉默，用窃笑，用漠然。私下，也会递上几句表示同情的轻语，却不会把这些轻语从耳边移到公共场合。

我在二十出头时形成的这一系列强烈感受，在以后的人生历练中有所改变，发觉部分民众在面对一些简单的困苦，例如自然灾害和残疾贫苦，也有可能发掘心底的良知予以救助。但是，如果事情与更大的背景有关，情况又会是一片冰冷。而我特别关注的，恰恰是这种冰冷。因此，不管我的笔端给人们带来了多少光亮，心底贮藏的却总是无限苍凉。

结果大家都看到了，我即使蒙受再大的伤害，也从来不会辩驳自清，不会寻求帮助，不会期待舆论。

正因为年纪轻轻就已经看穿，我便大步走向佛教。佛教并没有让我恢复凡心，却让我无惧凡间。

七

在《借我一生》和《修行三阶》中，曾提及我在那个年代所做的几件事。从当时到现在，总有不少朋友问我，为什么能够如此勇敢。我总是笑而不答，因为答案很难被他们理解。

一个完全无路可走的人，一定会踩出一条小路；一个已经不计自我的人，一定会不计任何恐惧。

其实，这些后来被视为“立场正确”的行为，当时并无这种考量，因为我无法对历史趋向做出预测。例如，我虽然与王洪文的徒众们对峙了，却根本不知道王洪文会倒台；我虽然与“革命样板戏”对峙了，却根本不知道极左派的文化专制会延续多久；我虽然违抗禁令主持了上海唯一的周恩来总理追悼会，却根本不知道政治局势会翻转；尤其是，我躲在外文书库独自编著《世界戏剧学》，根本无法想象这部书能够出版……

后来局势翻转后，我一直受到多方表扬，盛赞我在“路线斗争”中“心明眼亮”，但事实正好相反。我当时只感到伸手不见五指，哪里分得清什么路线？

我当时脑子中一直在盘算的，是全家这几天的饭食，爸爸下一次的批斗。所有的盘算都毫无用处，因此我一点儿也看不上自己存在的价值。我发现自己在社会潮流中总是格格不入，十分无能，连火烧眉毛的家里事都束手无策，那就只能勉强做一点儿潮流之外的边缘之事。这也就是说，我当时的种种“对峙”行为，并非强硬抗争，只是一种不想追随潮流的边缘劳作。而且，只是一个小人物的孤独劳作。

我一直孤独，却感觉不到孤独，因为孤独是我的正常生态。

很多人认为，孤独必然闭目塞听，孤陋寡闻。其实凭我的经验，正好相反。

请想象一下海边的一个景象。一群人在帐篷里热闹联欢，一个人在礁岩上独自远望。乍一看，帐篷里的人们看了很多脸面，听了很多消息，换了很多话题，而礁岩上的那个人则什么也没有。但是，正是这个处于边缘状态的孤独者，听到了海天之间的千古低语，发现了鸥鸟桅樯的奇怪缘分，捕捉了风暴将临的依稀可能。

八

谁料，阴差阳错之间，孤独也有可能转变为热闹。

这种悖论，大多出现在历史急剧转折时期，正恰被我遇到了。

二十世纪七十年代末至八十年代，中国经历了一场实质性的社会大变革。我此前在孤独中进行的一系列边缘化对峙，一下子获得了正面肯定，几乎成了“文化先行者”而广受赞誉。这一来，不仅不再边缘，不再孤独，而且已经众目睽睽。按照世间惯例，我会这样生活下去，而且越来越显赫。

幸好，我一直保持着边缘的目光，孤独的心境。冷眼看去，发现酿灾之根并未消除。因此我要在热闹中独自逃回冷清而狭小的书房，把文化建设的基础书籍一部部写完。

写了一整套学术书籍，做了好些年学院院长，我做出了进一步的边缘思考：中国文化的秘密，除了记录在文字之中，更是潜藏在山河之间；而且这些潜藏秘密的山河，又主要是在边缘地带。

因此，我在上上下下的目瞪口呆中辞去了正要快速上升的职务，单身一人来到了甘肃高原，开始了文化苦旅。终于，我又回到了边缘，回到了孤独。

对于做官和出名，我没有丝毫荣誉感；对于边缘和孤独，我没有丝毫不适应。这是因为，前者只是偶然所遇，后者则是本性所归。

九

当时我的私人生活，也处于孤独状态。

这事说起来还与祖母有关。祖母抱回自己最小儿子的骨灰盒后，独自回到故乡老屋等死。然而到灾难结束后，她还活着，最后心愿是想看到大孙子成家。但是，作为大孙子的我已经把孤独奉为人生哲学，对此并无准备，面对这位长辈又不能不应命，而且看她的身体状态，时间不容拖延。当时的中国社会中，可供最后一代大学生成家选择的结构已经崩解，两位老同学介绍了一名他们也不熟悉的女工。草草登记后，对方并不理解我在商业大潮中坚守贫困、日夜写书的生态，便自行去广东经商，五年多时间既无地址又无通信，后来带来一个养女后又离开了。我因顾虑长辈的心理承受能力没有道破这桩婚事的虚空状态，最后在胡志宏书记的一再催促下才找到了对方，办了结束手续。结束时，听说对方已是拥有多处物业的投资者，而我还是一个月薪不到百元的穷老师。

不管怎么说，当时的我，虽然学术地位和社会地位都已经很高，但在私生活上仍然极端清寒又极端孤独。

对于这样的私事，我只能隐忍。后来还是受到佛教僧侣生态的启示，才把心情安置。

因此当时去得最多的地方，是住处附近的龙华寺，听经诵，看袈裟。

我已不想成家，只想做一个不穿袈裟的僧人独自老去，却不料，遇到了她。

十

她，松炬十里，苍山舞龙送出来的她，十二岁拖着一个木箱子独自去省城的她，已经誉满天下。

十八岁名震香港，二十岁被选为全国人大代表，如此年轻已经成为一个著名大剧种无可争议的首席。新闻媒体几度在全国各省问卷调查最喜爱的演员，她每次都名列第一。

我当时也已经被盛名所累，正在竭力摆脱，因此她的赫赫大名对我并没有什么吸引力。她首先把我镇住的，是表演品级。

那次，她到上海演出莎士比亚的一出喜剧。当时正在举行规模宏大的中国首届莎士比亚戏剧节，国内外各个剧团已经轮演了二十几天，连英国皇家莎士比亚剧团也来了，说实话，我已经看疲了。但是，她的演出才看了五分钟，我就坐直了身子，精神陡起。

在她身上，莎士比亚不见了，黄梅戏也不见了，只有一个美好的生命在向世界倾诉愉悦，倾诉得既酣畅又典雅。这个美好的生命既不完全是剧中的角色，又不完全是她，而是包括所有观众在内的一种诗化的生存形态。因此，剧场里所有的观众都全神贯注，出现了一种近乎凝冻的气氛，直到演出结束。

看过无数演出的戏剧家曹禺走上台去，握住她的手说：“你在台上真是亮极了！”

那时，我已经出版了广为人知的《世界戏剧学》、《观众心理学》、《中国戏剧史》、《艺术创造学》等一系列学术著作，对表演艺术进行过系统的专业论述，却没想到这一夜，发现了真正的极致状态。

见到台下的她，是很久之后的事情。因为中间有一段不短的时间，我在国外讲学。

台下的她，又出乎我的意料。

所有的名声、成就、地位、赞誉，好像与她一点儿也没有关系。文艺界很多成功者也会有一些谦虚的说辞，她连这样的说辞都没有，因为压根儿没有想过自己的成功。她当时已经是囊括全国所有舞台剧和电视剧最高表演艺术奖的唯一人，但她对于得奖几乎没有记忆，只把奖牌、奖状、奖座全部交给剧院的办公室，没有一件留在自己身边。她也完全不知道文艺界的升迁排位、潮起潮落。谁说起这一切，在她听来好像是宋朝发生的事，满脸陌生。

她深深沉浸在远方的艺术之中，恰恰对自己所在的剧种很不在意。她所沉浸的远方的艺术，居然是米开朗琪罗、罗丹、凡·高、邓肯、迈克尔·杰克逊。

这样一个审美格局，容易会有一点儿“恃才傲物”的气息。但她不，一点儿也不向同事显摆，只在内心默默享用。她平日见到不喜欢的艺术作品当然很多，却不皱眉，只是转过脸去观看路边的花草。

她也有不能宽容的对象，那就是伤人者、阿谀者和逞权者。只要闻到气息，就不会有第二次见面。万一见了，也像不认识。

真正让我觉得相见恨晚的，是她由衷的无私。

我与她长谈几次后发觉，她的思路再广泛、再灵动，也不会有一丝一缕拐到自己的名利。而且看得出来，这不是故意掩饰，而是出乎天然。

这总算让我找到了知音。我早就从根子上看穿个人名利的虚妄不实，心底里也没有自私的贮存。这很难让一般人相信，他们觉得你出了那么大的名，得了那么多的稿酬，怎么可能没有名利思想?

幸好，她以自己证实了我。

我微笑着在心里问:“原来她也是这样?”

她也微笑着在心里问:“原来他也是这样?”

人们都断定，自私是人的本性，因此都不相信世间存在着本性上的不自私。别人不相信不要紧，自己相信就够了。此刻，可以在“自己”前面加“我们”两字了。

后来有人按常规询问:“你们当初是谁追求谁?”

我们齐声回答道:“那是用不着的。”

十一

从父辈巨大的危难中走出，突然获得了巨大的声誉。接下来的路该怎么走? 结论是一致的:名声不能再加了，日子已经够过了，有生之年只做一件事，那就是弘扬大善大美。

说好了，她应该不断演出，创造当代中国最美的艺术形象；我应该不断写作，寻得中国文化最高的普世魅力。

我们举起双手，拍击了对方的手掌。

我们首度合作，是创作了轰动国内外的黄梅戏《红楼梦》。

起因，是我讲起我们家与安徽的伤心因缘：叔叔在十年浩劫中以“宣扬反动小说《红楼梦》”的罪名被迫害致死。

我说，叔叔受迫害的具体原因，是他为安徽这片土地说了话，《红楼梦》只是借口。

妻子觉得，必须为这位寂寞去世的男子做点儿事。我说，我参与。

这需要抄录我在《借我一生》中写的一段话了——

> 就在叔叔去世二十五周年的祭日里，黄梅戏《红楼梦》在安徽隆重首演，产生了爆炸般的轰动效应。这出戏获得了全国所有的戏剧最高奖项，在海内外任何一座城市演出时都卷起了旋风。
>
> 全剧最后一场，马兰跪在台上演唱我写的那一长段唱词时，膝盖磨破，手指拍得节节红肿，每场演出都是这样。
>
> 所有的观众都在流泪、鼓掌，但只有我听得懂她的潜台词：刚烈的长辈，您听到了吗？这儿在演《红楼梦》！

十二

直到今天，海内外很多戏剧家和戏迷仍然认为，黄梅戏《红楼梦》是他们一生看过最好的舞台剧。

著名电影导演谢晋说：“这出戏，是中国第一部真正成功的音乐剧。”

这出戏当时受欢迎的盛况，现在说起来简直难以置信。马兰应邀在一些城市演出，已经累得只能白天在医院吊水，晚上再登台了，天天如此，致使国家文化部还为此下发一个红头文件要求剧院关注她的健康。

连萧伯纳的嫡传弟子黄佐临先生也在病床上给我写信，直言黄梅戏《红楼梦》为中国戏剧的世纪转型，创造了范例。

但是，中国历史上经常发生的现象重现了：再优秀、再高尚、再宏大的好事，只要从一个黑暗的角落投出一块小污泥，一切全然散架。

黄梅戏《红楼梦》在海内外的赫赫声誉中进入上海，立即遇到了“小污泥逆袭”。

十三

事情太卑琐，我历来不愿提起。

我在策划黄梅戏《红楼梦》时，先让人找了一个不认识，也不知名的年老编剧写了个脚本，一看不行，就决定由我和导演马科先生一起边排演边成稿。一切都在现场完成，效果很好。等戏出来，总要署个名，我想了想，就把定稿本送给那个曾经试写过一稿的年老编剧，请他单独署名，并把稿酬全部给他。很快得奖，再把奖状和奖金也全部给他，那个人感动得不知道说什么好。

我不署名，不拿稿酬，一是因为我全无名利观念，二是因为我是上海戏剧学院院长，这个职位在当时的戏剧界，云水缥缈，至高无上。

不管怎么说，这总算是一段默默施惠于人的佳话吧。但是，谁能想到，上海居然有人挑唆那个年老编剧突然翻脸，在媒体上诬陷我和导演修改他的剧本是“企图署名”。挑唆者诱惑他说，只要让人相信堂堂上海戏剧学院院长也企图把名字署在他的名字后面，那么，他就会大大爆红。

这件事如此荒唐，但因为攻击的目标是我，立即在海内外卷起风潮。香港的评论家罗孚先生也在《明报》上说到此事，后来上海有一个朋友告诉他，我根本就没有署名，也没有“企图署名”的丝毫证据，罗孚先生就在《明报》连续三天向我公开道歉。但是，闹事的上海文化界却没有人向我道歉，大家都在为一场莫名其妙的投污成功而兴高采烈。

就在那些天，年迈的越剧表演艺术家袁雪芬女士亲自来到了我的办公室。她盛赞黄梅戏《红楼梦》的成就，希望我能具体帮助越剧的改革。顺便，她别有深意地讲起了自己早年在上海的一个惨痛经历。她说，当年越剧在上海爆红后，遇到的最大灾难，是有人向台上的主角演员投掷最肮脏的污秽之物，闹得全场奇臭无比，观众纷纷掩鼻而逃，整个演出也就砸了。她说：“一开始我们也以为是地痞胡闹，后来发现投掷者很懂戏，总能准确地抓住剧情的高潮点，也知道满台最重要的主角是谁。后来也抓住过一个投掷者，不是地痞而是文痞，与市井小报有关。”

“市井小报？”我问。

她说："对。他们是为了炒新闻。投掷事件后，各个小报就不断诱导人们，女主角是否有家乡仇人？是否卷入了婚恋纠纷？没完没了。好好一个剧团，也就陷落在小市民的叽叽喳喳中了。这就是上海，地痞、文痞分不清。"

我知道，她这是在直接喻指我们目前正在遇到的事件，提醒我们上海文化有一种奇怪的"毁优机制"。临走，她还低声给我讲了一个挑唆者的名字，居然是我的学生。

几天后，我又遇到了忘年之交唐振常先生，研究上海史的大专家。他并没有看过黄梅戏《红楼梦》，却已从报纸上看到了"企图署名"的闹剧。一见面他就拍着我的肩哈哈大笑，说："报应啊！你写的《上海人》是传世之作，但显然掩饰了上海人的老毛病，这下给你补课了。"

我希望他多说几句。

他说："上海开埠以来，既自由又混乱，但最混乱的是文化，因为财富有坐标，文化没有坐标。一大群品格低下的媒体文痞，年年月月就靠折腾文化名人来谋生。很多文化名人开始都曾喜欢上海的自由，但都住不长，就是厌烦这帮人。其实'四人帮'里的张春桥、姚文元就是这样的上海媒体文痞，见到谁好就糟蹋谁。这风气到今天还在，因此我对上海文化的前途并不看好，你迟早也该离开。"

十四

我为上海文化做了那么多事，平日听到的全是夸张的颂扬，没想到海派小市民在文痞的操弄下一夜之间就变了脸。我一再想起唐振常先生劝我的话，“迟早也该离开”。

当时我正忙于辞职。辞职与这个事件倒是没有关系，是我早就安排的一个人生计划，那就是通过遗迹考察，让中华文化穿越百年苦难，去寻找千年辉煌。

辞职后，我就到西北高原进行文化遗迹探访，却把每次远行的出发地，移到了合肥。我的移居，也包含着自己在《红楼梦》事件中对妻子的歉意。我所住的上海竟然如此对不起她，那么，我就要换一个城市来住，真正住到她身边。

在合肥几年，我充分领略了当时全国最受欢迎的剧种和演员，承受着何等的繁忙和荣耀。

我一次次暗想，自己当时在上海提出辞职时，上至国家文化部，下至单位清洁工，都无法想象一所不以我为院长的上海戏剧学院。但是，即使伤筋动骨，我还是离开了。官位毕竟只是官位，艺术就不一样了，在安徽，看着妻子，我才体会了一种真正的“不能离开”。当时如果到大街上问任何一个行人，这个地方如果让马兰离开会怎么样，几乎每个人都会觉得不可思议。

然而，我终于目睹了最不可思议的事情：一个当地主管文化的官员决定，冷冻马兰。

这个匪夷所思的决定之所以能够成立，是因为当时安徽的“官本位”全国第一。

什么是“官本位”？那就是只要官员做出了决定，大家不问情由立即服从。即使这个决定颠覆了最重要的文化坐标，四周仍然鸦雀无声。

突然之间，马兰的一切社会职位和艺术职位都被撤除，逼她全面让位。直到今天，从马兰到她的每一个同事、每一个观众，都不明白这个官员做出这个决定的理由，大家只能胡乱猜测。也许是马兰几度婉拒参加欢迎北京官员的联欢会？也许因为她宣布不再参加任何评奖会影响官员的政绩？也许是她从来不向省里的官员“汇报思想”？也许是更高的官员塞进了替代的名单？……都有可能。

我经过多年观察和推理，认为嫌疑最大的，可能是最后一种可能。

如果真是这样，那么，我多年来受官方媒体围攻的原因也找到了，那就是堵塞我为妻子呼吁的声音。

但是，围攻我是小事，剥夺一代艺术家的创造权利，却是真正的大事。

按照马兰的性格，既然不让演，就离开。但是，外省并没有这个剧种。

马兰悲愤地想，可以彻底改行，从头做其他工作，但是安徽又不允许她把户口和档案关系迁出。这也就是说，她被关入了“不让演、不让走”的囚笼，官方也不必承担把她放走的责任，让她自己一年年在合肥干熬。她完全失业了，那年她才三十八岁。

她失业后，那个曾经是“全国民选第一”的大剧种出现了什么情景，大家都看到了。

正如上海驱逐了我，安徽居然也驱逐了她。而且，她所承受的，是不让离开的驱逐。

对于这种驱逐，她的无数观众，我的无数读者，都没有任何不同意见。

每场演出结束时如醉如狂的欢呼，每次新书发布时拥挤不堪的景象，难道都是假的？

我们不能不承认，有一点儿真。但这真并不可靠，就像经不起任何风吹雨打的泡沫和烟尘。

很多同行心中暗想的是，驱逐了我们，才能为他们让出宽敞的地盘。

因此，很多人更愿意仰视的，并不是她那一台台精彩的演出，而是一个个官员的脸色；很多人更愿意阅读的，并不是我那一本本厚重的著作，而是一个个荒诞的谣言。

这是历史上所有孤寂的文化创造者都感受过的，若有相反的企盼，只是自我安慰。

我们两个，心如止水，默默地走在合肥或上海的街道上。只因为，那两个城市中，还有我们受尽人世苦难的年迈父母。

父母的经历和我们的经历，终于焊接在一起了。

可以把一切都放弃了，但我还有一件更加边缘、更加孤独的大事，藏在心底还没有放下。

我在前边已经提到过，自己在最封闭的岁月潜入外文书库钻研了人类最重要的文化史，由此产生悬念，要更完整地寻找中华文化遗迹。这事已经由“文化苦旅”做成，接下来，悬念的下半段，我就必须到世界各大古文明的遗址进行对比考察了。但是，目前那些地方大多已是恐怖主义战场，我走得通吗？

幸好香港凤凰卫视接受了这个计划并聘我当嘉宾主持，我决定，投入这场生死冒险。而且说好了，其他辅助人员可以分段配合，由我一人走完全程。

这是天下任何妻子都很难同意的，但她同意了。只提出一个条件，希望在最困难的路段由她陪着我。

十五

在千万里的艰难颠簸中，数不尽的废墟和壕沟改写了她心中的文明史。面对最凄凉、最激动的景象，她总会把我的手握得更紧一点儿。

她一路陪着我，终于到了不能再陪下去的地方，那就是要进入伊拉克了。

那时的伊拉克，处于第一次海湾战争和第二次海湾战争的中间，处境非常险恶，羁、掳、刑、杀，随时发生。例如，按照当时伊拉克的法规，去过以色列再到伊拉克的人有“通敌之罪”。我们虽然从箱包物品中销毁了去过以色列的种种印痕，但肯定还可以找到蛛丝马迹。一旦生疑，必陷囹圄，而当时伊拉克囹圄中的惨状即便只是听听也毛骨悚然。由于时间等不及，我们只能买通约旦一个旅游公司的老掮客，非法进入，那当然就更加危险。

但是，我能不进去吗？不能。因为，今天的危险也正是我的研究题目：古代的大文明怎么会变成现代的火药桶？这是文明遭遇了厄运，还是文明自身的必然？

经过反复商议，终于决定，这次进入，只能是最少几个人，帮着我这个全程主角工作。而马兰，却无论如何不能进去了。

我和妻子在约旦佩特拉山口告别的情景，以及此后发生的一系列贴近"生死离别"的危机，我在《千年一叹》、《借我一生》等书中已有叙述，这儿就不重复了。

十六

在这个生死长途中，我的思考成果确实不小。

那天在东南亚一个纷乱的城市，突然传来消息，日本著名的国际新闻主笔加藤千洋先生赶过来了，要对我进行"半途拦截采访"。他说："二十世纪就要在我们眼前结束，您已经用脚踩踏了无数个世纪，因此最有资格向世界谈谈世纪大课题。"

我一听就来了精神，便随口说了起来。

我说了一个小时，加藤千洋先生举起手指说："已经足够了。光是刚刚说的这些观点，就足以震动国际学术界。"

他希望我在这次考察结束后能够开始另一次长途旅行，那就是到世界各地做巡回演讲。他说，至少已经出现了三个重大讲题：《重识中华文明》、《警惕恐怖主义》、《质疑文明冲突》。这些讲题既非常及时，又非常迫切，而且必须由万里历险者来讲，由中国学者来讲。

他还告诉我，由于我这次历险考察引起了国际间的密切关注，因此，日本《朝日新闻》在世界各国选了十个人来讲述世纪跨越，中国就选了我。我问其他九个人是谁，他报了名单，都是各国政要和顶级富豪。他说："只有你一人属于文化，而且以数万公里来归纳世纪文化，分量最重。"

对此我深表感谢，却已经忘了，国内文化界正在毫无理由地驱逐我和妻子。

不管怎么说，我穿过森森枪口、隐隐地堡、憧憧黑影，活着回来了。

十七

一回国，围住我的记者不少。我以为，他们总会询问我数万公里的冒死经历吧？总会询问我世纪之交的文明思考吧？总会询问我回来之后的演讲计划吧？

这样的问题，居然一个也没有。

第一个问题是："上海一个姓朱的文人，刚刚发表文章，说从一个妓女的手提包里发现了一本《文化苦旅》，连妓女也在读你的书，你该怎么回答？"

第二个问题是："上海还有两个文人发表文章，说你在'文革'中也写过什么，你该怎么回答？"

我对这种问题、这种气氛，已经非常陌生。顷刻之间，远方的恐怖退去了，人类的文明退去了，世纪的难题退去了，我一下子又跌落在国内传媒文化的滚滚浊流之中。

那天，妻子挽着我的手走在上海的街道上，像是拣回了没有摔破的家传旧瓷器，小心翼翼地捧持着。今天她一直走在路的外侧，让我走里侧。但奇怪的是，每当走过书报摊时，她总是拽着我往前走，一连几次都是这样。我终于在一个书报摊前停住了，扫一眼，就立即知道了妻子拽我走的原因，那里有很多我的名字、我的照片。

最醒目的是报刊的标题，都很刺激：

《余秋雨是文化杀手》；

《剥余秋雨的皮》；

《我要嚼余秋雨的骨髓》；

……

妻子慌张地看着我，用故作轻松的语气说："说你是杀手，是因为你把他们淹没了。"她又补充了一句，"中国文人对血腥的幻想，举世无双。"

说着，还是把我拽走了。

历来总认为"文人"和"暴徒"是两种人，十年浩劫的事实证明，他们之中的一部分，极有可能是同一种人。现在，街边书报摊上那些标题，又做了同样的证明。

我始终不把这帮人看成是"愤青一族"、"激进分子"，而是明确称之为"暴徒"，或曰"文化黑恶势力"。这不是我的强加，而是出于他们的自我表述。落草就落草了，嗜血就嗜血了，何必还披一件文人衫袄？我帮他们脱了。

当类似的血腥言辞用高音喇叭和嘶哑嗓门灌注到我爸爸、叔叔、岳父的耳际，当叔叔在这种声音中愤然自戕的时候，这种言辞就已经等同于皮鞭、钢刀。现在，这种言辞又紧贴着我的名字发行到全国各地，其暴虐的幅度又超过了以往。

有两位朋友为了宽慰我，说起了笑话。他们说："这些文章写得那么血腥，只有一种可能，那就是出自那些嫖客的手笔。嫖客在妓女的手提包里发现了一本好书，一下子显得自己反而没有文化了，才会恼羞成怒。"

"不！"我知道这是说笑，却还是断然阻止。嫖客玩酷，却不残酷；嫖客惹腥，却不血腥。这些文章不会出自风月之手，只能出自疯狂之手。

有一位海外的华文作家急急找到我，说："对一个重要的文化创造者进行大规模的恐吓和侮辱，在世界任何国家都是严重犯罪。事情都发生在官方报刊上，相关官员为什么对此毫无态度？"

我听了苦笑一下，没有回答，但心里却有答案：我，已经不在权力结构之内，不是官员职责要维护的范围。即便有些喜爱读书的官员想维护，也缺少操作规范，弄不好还会招惹是非。因此，他们集体地选择装聋作哑。

"对于你的遭遇，为什么那些意见领袖、公共知识分子都不讲几句公道话？"那位海外作家又问。

我不知道他指的意见领袖、公共知识分子是哪些人，就请他报出了一些名字。一听，我再度苦笑。

我说：他们多数也参与了攻击。对他们来说，攻击我，既有"挑战权威"的假象，却又非常安全，这正是当代中国某些"公共知识分子"的生存之道。我曾这样概括他们：因攻击而表演正义，因虚假而表演激烈，因安全而表演勇敢。归根到底，都在表演。我和妻子都是戏剧中人，对于生活中的表演，一眼就能识破。

十八

从趋势看，那些文化黑恶势力看到种种诽谤都没有把我们这对夫妻完全扑灭，就渐渐集中到最后一个嫉妒点，那就是我们的婚姻生活。他们至少每半年散布一次我们“离婚”的谣言，还伪造了一个所谓“前妻”，来进行电信讹诈，我只得报警。

上海警方经过仔细侦查断定，历来媒体上有关我的种种诽谤，九成的目的都是诈取“止谤费”。那些传媒人员，极有可能是共犯。警方希望我到法院起诉，但我因为嫌脏，放过了所有这些罪犯。

我和妻子原想稍稍保留一点儿对媒体的信任，但是，大量媒体实在太擅长欺侮好人了，我们夫妻俩几乎被它们接连不断地伤害了大半辈子。别的媒体见了，也都装作没有看见。结果，我们只要一想到媒体，就会感到彻骨寒冷。

例子太多，随举其一。

我说过，二〇〇八年四川汶川大地震后，我第一时间赶到灾区参加救援，看到废墟间留有遇难学生的课本，课本上有我的文章，便立即决定以我们夫妻之力捐建三个学生图书馆。书，要由我自己来挑选。

当时很多媒体有捐助报道，我都没有透露，只在埋头选书。这事被一个记者看出一点儿动向，就猜测我有可能会捐出二十万元办希望小学。其实是猜错了，这点儿钱又怎么建得起三个图书馆？对此我也未加纠正。

没想到，北京一个盗版者在媒体上说，他去查了中国红十字会的捐助账号，没看到记者所说的款项，因此是“诈捐”。于是立即变成全国媒体的爆炸新闻，整整闹了两个月。连灾区的教学部门一再证明我捐建图书馆的事实，也平息不了。我所挑选的书籍早就在那里堆积如山，但是没有一家媒体去看过一眼。

那天，我在外面与一个朋友一起吃晚饭，妻子着急地打来电话，说我家的房门已被大量媒体记者堵住，不断敲门要采访“诈捐”事件。妻子的电话是打给那位与我一起吃饭的朋友的，因为我没有手机。妻子在电话里说，她从门孔里看出去，很多摄像机正支在门口，只要一开门就会蜂拥而入，因此，她要我现在千万不要回家。

乍一听，来了那么多媒体就可以把事情讲清楚了，但再一想，不对。如果媒体早就想把事情弄清楚，为什么在全国闹腾两个月期间，都从来没有来采访我们当事人一分一秒？如果今天真的来进行一次迟到的采访，也该事先联系一下呀，为什么要以迅雷不及掩耳的方式堵住了房门？因此，今天晚上，他们要的是“突击丑态”。

房门仍然被不断敲响。

妻子在门内说：“我们从来不接受采访，我丈夫也不在。”

门外问：“你丈夫什么时候回来？”

妻子说：“不知道。”

门外问：“你不能用电话催一催？”

妻子说："我丈夫没有手机。"

门外说："那我们一直在这儿等。"

妻子说："那你们就等下去吧。"

随即，妻子打电话恳求那个与我一起吃饭的朋友，多花一点儿时间陪着我。她会通过门孔观察，决定要不要今夜为我在外面订旅馆。

但是，刚这么说，她又担忧了，这些媒体手眼通天，我一旦入住哪个旅馆，他们会不会立即就获得信息，到那里把我逮住？

——就这样，妻子一直守着门孔，我一直躲在外面。饭店关门了，朋友走了，我就坐在路边的凳子上，坐在被树荫挡住路灯的黑影下，为了不被人家发现。

为什么会落到这个境地？只因为我们做了一点儿捐献。而且是默不告人的捐献，捐献出了我们夫妻两人三年薪金的总和。

我突然觉得，由捐献开始的媒体讨伐、房门围堵、夫妻分隔、门孔窥视、路边躲避……是一幅浓缩了的人生图像。

偌大一个城市，偌大一个社会，那么多窗户，那么多人影，只有她在保护我，但保护得非常无奈，只是不断关照我，不要回家，不要回家；我惦念的，也只是她，但惦念得非常笨拙，只能在黑暗中嘀咕，不能回家，不能回家。

我们什么也没有了，只有这么一个家。但是连家也不能回了，有那么多人阻挡着，阻挡住了我们唯一的避世小门。

这，难道不是一种象征吗？

在这种巨大的象征中，我们夫妻不能不联想起从父辈到我们自己的全部经历。

如果要概括一下，那就是：父辈因揭示灾荒真相而横遭迫害，借口之一是宣扬《红楼梦》；妻子为了悼念而演出了这部戏，却因巨大成功而被嫉恨，失业于三十几岁；为了防止我为妻子申诉，几十年来诽谤锁门，取得再大成就也黑浪滔滔。这整个过程，全国都看得一清二楚，但是，从来没有一家媒体提过半句疑问，没有一个官员给过一丝安慰。这，就是一个严密的逻辑长链。

十九

看穿，有一种奇特的力量。

那就是：不声述任何真相了，不在乎他人印象了，不期待社会舆论了，不企盼历史公正了。结果，正是这些“不”，带来了生命的独立、创造的纯粹、心态的洁净。

本来，我们逃奔到了“边缘”城市深圳，两人都没有户口，没有单位，没有工作，因此是一种“孤独”存在。但是，文化暴徒很快跟来了，而且他们都在深圳找到了“助理”，于是深圳也不“边缘”了。

我们想了想，更明白“边缘”不在地理上，而在心理上。于是，又回到了我并不喜爱的上海。

正好这时，那个用“不让演、不让走”的囚笼困住我妻子整整十几年的地方官员，终于退休了，妻子就被批准以“夫妻团聚”的理由调入上海。

我们想起，这座城市虽然玷污了黄梅戏《红楼梦》，但是两位真正的上海艺术家黄佐临和谢晋，曾经高度评价了这出戏。为了感谢他们的在天之灵，我们自己筹资，创作了中国音乐剧《长河》。

这个戏的演出效果令人震撼，一位美国的戏剧博士认为有资格进入世界名剧之列，有些著名的青年艺术家在看完戏后长时间坐在座位上哭泣，不愿起身。虽然场场爆满，一票难求，但我们还是迫于资金限制，没有再演下去，反正已经告慰了黄佐临、谢晋的在天之灵，这就够了。

妻子一登台，立即让人想起她确实是美国林肯艺术中心、纽约市文化局联合颁授的“亚洲最佳艺术家终身成就奖”获得者。她身上，积贮着让东方艺术灿烂爆发的巨大创造力。尽管那些具有权势背景的黑影剥夺了她美好的岁月，但她的那种天赋似乎与年龄无关。

与她相比，我的事情简单得多，因为写作不需要团队。我依傍着她，写一本本书。我的生活，由三点组成：稿纸、长途、她。

正如本书《自序》中所说，在文化情怀上，我也有不少远远近近的朋友。偶得一见，也能倾心畅怀；但在实际生态上，却极少交往，只把珍罕的记忆在心底蕴藏。因此全部日常生活，只与她互相依傍，几十年都是如此。

这种生态的一个重要标志，就是我从来没有用过手机，所有的对外联络都由她完成。其实，对外联络也很少。对我来说，没有她，就没有外界。这事让很多人无法理解，但我的理由非常充分。我们自选了一座僻静的小岛，偶尔有一条小船送点儿东西就可以了。一条已经足够，不要第二条。

我在小岛上已经把写书当作了一个完整的生命工程，邪不可侵，正不可侵，万般皆不可侵。既不听夜鸮啼叫，也不听燕雀欢鸣。

我的这一生命工程，其实也就是文化工程。我终于以一人之力完成了四大专题：空间意义上的中国文化，时间意义上的中国文化，人格意义上的中国文化，审美意义上的中国文化。为此，我写了几十部专著。例如，以“苦旅”来提领空间意义，以“文脉”来提领时间意义，以“君子”来提领人格意义，以“极品”来提领审美意义。提领之外，便是大量辅论。

我在离群索居状态下写的那么多书，竟然全都受到极大欢迎。每一本书的销售量和再版数，均可证明。在境外受到的欢迎更是出乎意料，正是这些书，使我成了被邀到纽约联合国总部、华盛顿国会图书馆和美国各个名校演讲最多的中国学者。这情景又让我想到了海边的比喻，我离开一个个热闹的帐篷独自来到礁石上，反而有千万浪涛与我呼应。

我的世界虽然大到无限，但是，外面的无限都不能吸引我。

别人的家，是向世界出发的码头，而我正相反，家是整个世界的终点。

我们夫妻，对“家”做了一个诚实的阐释。家，就是两个人的孤独。

这种孤独，是享受了如雷掌声之后的最高享受。

这种孤独，既对于空间，又对于时间。正像我们不对门外抱有幻想，我们也不对未来抱有幻想。

未来是密密层层的未知，盘根错节的未知，瞬息万变的未知。对未来的种种幻想，或许充满好意，我们也就轻轻一笑，把门关上了，关上那扇通往未来的门。

那就可以回到本文的开头了。

不管如何万水千山、万紫千红、万卷千帙，我们这趟世间行旅颇为简单——

只有此生，只有单程，只有孤舟，只有两人。

二十

如此归结，并不凄凉。

记得有人曾询问我，此生是否幸福。

我毫不犹豫地给了肯定的回答。而且特别说明，我的幸福很具体，至少有以下四个方面——

第一，拥有一位心心相印的妻子；

第二，拥有一副纵横万里的体魄；

第三，拥有一种感应大美的本能；

第四，拥有一份远离尘嚣的心境。

这四个方面，都非常确定，因而此生的幸福，也非常确定。

但是，这种确定要有前提，那就是必须找到小岛，必须找到孤舟，必须找到她。如果没有找到，那么前面的叙述已经证明，必然遭受灭顶之灾。

既然如此，那就不必再有来生。稀世的幸福不应重复享受，一次就够。

余秋雨主要著作选目

《文化苦旅》

《千年一叹》

《行者无疆》

《中国文脉》

《君子之道》

《修行三阶》

《极品美学》

《老子通释》

《周易简释》

《佛典简释》

《文典译写》

《山川翰墨》

《借我一生》

《门孔》

《雨夜短文》

《冰河》（小说及剧本）

《空岛·信客》（小说）

《世界戏剧学》

《中国戏剧史》
《观众心理学》
《艺术创造学》

《北大授课》
《境外演讲》
《台湾论学》

注：由以上简目所编“余秋雨定稿合集”，将由磨铁图书陆续推出。

此外，还出版过大量书籍，均在海内外获得畅销。例如：《山居笔记》、《文明的碎片》、《霜冷长河》、《何谓文化》、《寻觅中华》、《摩挲大地》、《晨雨初听》、《笛声何处》、《掩卷沉思》、《欧洲之旅》、《亚非之旅》、《心中之旅》、《人生风景》、《倾听秋雨》、《中华文化·从北大到台大》、《古圣》、《大唐》、《诗人》、《郁闷》、《秋雨翰墨》、《新文化苦旅》、《中华文化四十八堂课》、《南冥秋水》、《千年文化》、《回望两河》、《舞台哲理》、《游走废墟》等。

“余秋雨翰墨展”中个人著作的集中展览

余秋雨文化大事记

· 1946年8月23日出生于浙江省余姚县桥头镇（今属慈溪），在家乡读完小学。

· 1957年至1963年，先后就读于上海新会中学、晋元中学、培进中学至高中毕业。其间，曾获上海市作文比赛首奖、上海市数学竞赛大奖。

· 1963年考入上海戏剧学院戏剧文学系，但入学后以下乡参加农业劳动为主。

· 1966年夏天遇到了一场极端主义的政治运动，家破人亡。父亲余学文先生因被检举有“错误言论”而被关押十年，全家八口人经济来源断绝；唯一能接济的叔叔余志士先生又被造反派迫害致死。1968年被发配到军垦农场服劳役，每天从天不亮劳动到天全黑，极端艰苦。

· 1971年“九一三事件”后，周恩来总理为抢救教育而布置复课、编教材。从农场回上海后被分配到“各校联合教材编写组”，但自己择定的主要任务是冒险潜入外文书库独自编写《世界戏剧学》，对抗当时以“八个革命样板戏”为代表的文化极端主义。

· 1976年1月，编写教材被批判为“右倾翻案”，又因违反禁令主持周恩来的追悼会而被查缉，便逃到浙江省奉化县大桥镇半山一座封闭的老藏书楼研读中国古代文献，直至此年10月那场政治运动结束，下山返回上海。

· 1977 年至 1985 年，投入重建当代文化的学术大潮，陆续出版了《世界戏剧学》、《中国戏剧史》、《观众心理学》、《艺术创造学》、*Some Observations on the Aesthetics of Primitive Chinese Theatre* 等一系列学术著作，先后获全国优秀教材一等奖、上海哲学社会科学著作奖、全国戏剧理论著作奖。

· 1985 年 2 月，由上海各大学的学术前辈联名推荐，在没有担任过副教授的情况下直接晋升为正教授。

· 1986 年 3 月，因国家文化部在上海戏剧学院举行的三次民意测验中均名列第一，被任命为上海戏剧学院副院长、院长。主持工作一年后，即被文化部教育司表彰为“全国最有现代管理能力的院长”之一。与此同时，又出任上海市咨询策划顾问、上海市写作学会会长、上海市中文专业教授评审组组长兼艺术专业教授评审组组长。被授予“国家级突出贡献专家”、“上海十大高教精英”等荣誉称号。

· 1989 年至 1991 年，几度婉拒了升任更高职位的征询，并开始向国家文化部递交辞去院长职务的报告。辞职报告先后共递交了 23 次，终于在 1991 年 7 月获准辞去一切行政职务，包括多种荣誉职务和挂名职务。辞职后，孤身一人从西北高原开始，系统考察中国文化的重要遗址。当时确定的考察主题是“穿越百年血泪，寻找千年辉煌”。在考察沿途所写的“文化大散文”《文化苦旅》、《山居笔记》等，快速风靡全球华文读书界，由此成为最具影响力的华文作家之一。

· 1991 年 5 月，发表《风雨天一阁》，在全国开启对历代图书收藏壮举的广泛关注。

· 1992 年 2 月开始，先后被多所著名大学聘为荣誉教授或兼职教授，例如复旦大学、上海交通大学、同济大学、上海大学、中国科技大学、西安交通大学等。

· 1993 年 1 月，发表《一个王朝的背影》，充分肯定少数民族王朝入主中原的特殊生命力，重新评价康熙皇帝，开启此后多年“清宫戏”的拍摄热潮。

· 1993年3月，发表《流放者的土地》，系统揭示清朝统治集团迫害和流放知识分子的凶残面目，并展现筚路蓝缕的“流放文化”。

· 1993年7月，发表《苏东坡突围》，刻画了中国文化史上最有吸引力的人格典范，借以表现优秀知识分子所必然面临的一层层来自朝廷和同行的酷烈包围圈，以及“突围”的艰难。此文被海峡两岸暨香港、澳门的报刊广为转载。

· 1993年9月，发表《千年庭院》，颂扬了中国古代最优秀的教学方式——书院文化，发表后在全国教育界产生不小影响。

· 1993年11月，发表《抱愧山西》，系统描述并论证了中国古代最成功的商业奇迹——晋商文化，为当时正在崛起的经济热潮寻得了一个古代范本。此文发表后读者无数，传播广远。

· 1994年3月，发表《天涯故事》，梳理了沉埋已久的海南岛文化简史，并把海南岛文化归纳为“生态文明”和“家园文明”，主张以吸引旅游为其发展前景。

· 1994年5月至7月，发表长篇作品《十万进士》(上、下)，完整地清理了千年科举制度对中国文化的正面意义和负面意义。

· 1994年9月，发表《遥远的绝响》，描述魏晋名士对中国文化的震撼性记忆。由于文章格调高尚凄美，一时轰动文坛。

· 1994年11月，发表《历史的暗角》，系统列述了“小人”在中国文化中的隐形破坏作用，以及古今君子对这个庞大群体的无奈。发表后在海峡两岸暨香港、澳门引起巨大反响，被公认为“研究中国负面人格的开山之作”。

· 1995年4月，应邀为四川都江堰题写自拟的对联“拜水都江堰，问道青城山”，镌刻于该地两处。

· 1996年7月，多家媒体经调查共同确认余秋雨为“全国被盗版最严重的写作人”，由此被邀请成为“北京反盗版联盟”的唯一个人会员，并被聘为“全国扫黄打非督导员（督察证为 B027 号）”。

· 1998 年 6 月，新加坡召集规模盛大的“跨世纪文化对话”而震动全球华文世界。对话主角是四个华人学者，除首席余秋雨教授外，还有哈佛大学的杜维明教授、威斯康星大学的高希均教授和新加坡艺术家陈瑞献先生。余秋雨的演讲题目是《第四座桥》。

· 1999 年 2 月，为妻子马兰创作的剧本《秋千架》隆重上演，极为轰动，打破了北京长安大戏院的票房纪录。在台湾地区演出更是风靡一时，场场爆满。

· 1999 年开始，引领和主持香港凤凰卫视对人类各大文明遗址的历史性考察，成为目前世界上唯一贴地穿越数万公里危险地区的人文教授，也是“9·11”事件之前最早向文明世界报告恐怖主义控制地区实际状况的学者。由此被日本《朝日新闻》选为“跨世纪十大国际人物”。

· 2002 年 4 月，应邀为李白逝世地撰写《采石矶碑》（含书法），镌刻于安徽马鞍山三台阁。

· 从 2000 年开始，由于环球考察在海内外所造成的巨大影响，国内一些媒体为了追求“逆反刺激”的市场效应而发起诽谤。先由北京大学一个学生误信了一个上海极左派文人的传言进行颠倒批判，即把当年冒险潜入外文书库独自编写《世界戏剧学》的勇敢行动诬陷为“文革写作”，并误植了笔名“石一歌”。由此，形成十余年的诽谤大潮，并随之出现了一批“啃余族”。余秋雨先生对所有的诽谤没有做任何反驳和回击，他说：“当行千里，不洗尘沙。”

· 2003 年 7 月，由于多年来在中央电视台的文化栏目中主持“综合文史素质测试”而成为全国观众的关注热点，上海一个当年的造反派代表人物就趁势做逆反文章，声称《文化苦旅》中有很多“文史差错”，全国上百家报刊转载。10 月 19 日，我国当代著名文史权威章培恒教授发文指出，经他审读，那个人的文章完全是“攻击”和“诬陷”，而那个人自己的“文史知识”连一个高中生也不如。

· 2004年2月，由于有关“石一歌”的诽谤浪潮已经延续四年仍未有消停迹象，余秋雨就采取了“悬赏”的办法。宣布“只要证明本人曾用这个笔名写过一篇、一段、一节、一行、一句这种文章，立即支付自己的全年薪金”，还公布了执行律师的姓名。十二年后，余秋雨宣布悬赏期结束，以一篇《“石一歌”事件》做出总结。

· 2004年3月，参加联合国开发计划署《人类发展报告》的设计、研讨和审核。

· 2004年年底，被联合国教科文组织、北京大学、《中华英才》杂志社等单位选为“中国十大文化精英”、“中国文化传播坐标人物”。

· 2005年4月，应邀赴美国巡回演讲：

1）4月9日讲《中国文化的困境和出路》（在纽约市立大学亨特学院）；

2）4月10日讲《中国知识分子的问题所在》（在北美华文作家协会）；

3）4月12日上午讲《空间意义上的中华文化》（在马里兰大学）；

4）4月12日下午讲《君子的脚步》（在华盛顿国会图书馆）；

5）4月13日讲《时间意义上的中华文化》（在耶鲁大学）；

6）4月15日讲《中国文化所追求的集体人格》（在哈佛大学）；

7）4月17日讲《中华文化的三大优势和四大泥潭》（在休斯敦美南华文写作协会）。

· 2005年7月20日，在联合国“世界文化大会”上发表主旨演讲《利玛窦的结论》，论述中国文明自古以来的非侵略本性，引起极大轰动。演说的论据，后来一再被各国政界、学界引用。收入书籍时，标题改为《中华文化的非侵略本性》。

· 2005年11月，应邀撰写《法门寺碑》(含书法)，镌刻于陕西法门寺大雄宝殿前的影壁。

· 2006年4月，应邀撰写《炎帝之碑》(含书法)，镌刻于湖南株洲炎帝陵纪念塔。

· 2005年至2008年，被香港浸会大学聘请为“健全人格教育奠基教授”，每年在香港工作时间不少于半年。

· 2006年，在香港凤凰卫视开办日播栏目《秋雨时分》，以一整年时间畅谈中华文化的优势和弱势，播出后在海内外产生广泛影响。

· 2007年1月，发表《问卜中华》，详尽叙述了甲骨文的出土在中国文明濒临湮灭的二十世纪初年所带来的神奇力量，同时论述了商代的历史面貌。

· 2007年3月，发表《古道西风》，系统叙述了中华文化的两大始祖老子和孔子的精神风采。

· 2007年5月，发表《稷下学宫》，对比古希腊的雅典学院，将两千年前东西方两大学术中心进行平行比照。

· 2007年7月，发表《黑色的光亮》，以充满感情的笔触表现了平民思想家墨子的人格光辉。

· 2007年8月，应邀为七十年前解救大批犹太难民的中国外交官何凤山博士撰写碑文(含书法)，镌刻于湖南益阳何凤山纪念墓地。

· 2007年9月，发表《诗人是什么》，论述“中国第一诗人”屈原为华夏文明注入的诗化魂魄，分析了他获得全民每年纪念的原因，并解释了一些历史误会。

· 2007年11月，发表《历史的母本》，以最高坐标评价了司马迁为整个中华民族带来的历史理性和历史品格。

· 2008年5月12日，中国发生“汶川大地震”，第一时间赶到灾区参加救援。见到遇难学生留在废墟间的破残课本，决定以夫妻两人三年薪水的总和默默捐建三个学生图书馆，却被人在网络上炒作成“诈捐”，在全国范围喧闹了两个月之久。后由灾区教育局一再说明捐建实情，又由王蒙、冯骥才、张贤亮、贾平凹、刘诗昆、白先勇、余光中等名家纷纷为三个学生图书馆题词，风波才得以平息。

· 2008年9月，上海市教育委员会颁授成立“余秋雨大师工作室”。上海市静安区政府决定为“余秋雨大师工作室”赠建办公小楼。

· 2008年12月，为妻子马兰创作的中国音乐剧《长河》在上海大剧院隆重上演，受到海内外艺术精英的极高评价。

· 2009年5月，应邀为山西大同云冈石窟题词“中国由此迈向大唐”，镌刻于石窟西端。

· 2010年1月，《扬子晚报》在全国青少年读者中做问卷调查“你最喜爱的中国当代作家”，余秋雨名列第一。“冠军奖座”是钱为教授雕塑的余秋雨铜像。

· 2010年3月27日，获澳门科技大学所颁“荣誉文学博士”称号。同时获颁荣誉博士称号的有袁隆平、钟南山、欧阳自远、孙家栋等著名专家。

· 2010年4月30日，接受澳门科技大学任命，出任该校人文艺术学院院长。宣布在任期间每年年薪五十万港元全数捐献，作为设计专业和传播专业研究生的奖学金。

· 2010年5月21日，联合国发布自成立以来第一份以文化为主题的“世界报告”，发布仪式的主要环节，是联合国教科文组织总干事博科娃女士与余秋雨先生进行一场对话。余秋雨发言的标题为《驳“文明冲突论”》。

· 2012年1月至9月，最终完成以莱辛式的“极品解析”方法来论述中国美学的著作《极品美学》。

· 2012年10月12日，中国艺术研究院成立“秋雨书院”。北京众多著名学者、企业家出席成立大会，并热情致辞。该书院是一个培养博士生的高层教学机构，现培养两个专业的博士研究生：一、中国文化史专业；二、中国艺术史专业。

· 2013年10月18日下午，再度应邀赴美国纽约联合国总部大厦演讲《中华文化为何长寿》。当天联合国网站将此演讲列为国际第一要闻。

· 2013年10月20日，在纽约大学演讲《中国文脉简述》。

· 2013年12月，完成庄子《逍遥游》的巨幅行草书写，并将《逍遥游》译成可诵可吟的现代散文。

· 2014年1月，完成屈原《离骚》的巨幅行书书写，并将《离骚》译成可诵可吟的现代散文。

· 2014年1月31日，完成《祭笔》。此文概括了作者自己握笔写作的艰辛历程。

· 2014年3月，发表以现代思维解析《般若波罗蜜多心经》的文章《解经修行》，并由此开始写作《修行三阶》、《〈金刚经〉简释》、《〈坛经〉简释》。

· 2014年4月，《余秋雨学术六卷》出版发行。

· 2014年5月，古典象征主义小说《冰河》（含剧本）出版发行。

· 2014年8月，系统论述中华文化人格范型的《君子之道》出版发行，立即受到海峡两岸读书界的热烈欢迎。

· 2014年10月，《秋雨合集》二十二卷出版发行。

· 2014年10月28日，出任上海图书馆理事长。

· 2015年3月，再度应邀在海峡对岸各大城市进行“环岛巡回演讲”，自台北市、新北市、台中市到高雄市。双目失明的星云大师闻讯后从澳大利亚赶回，亲率僧侣团队到高雄车站长时间等待和迎接。这是余秋雨自 1991 年后第四次大规模的环岛演讲。本次演讲的主题是“中华文化和君子之道”。

· 2015 年 4 月，悬疑推理小说《空岛》和人生哲理小说《信客》出版。

· 2015 年 9 月，应邀为佛教胜地普陀山书写《心经》，镌刻于该岛回澜亭。

· 2016 年 3 月，应邀为佛教胜地宝华山书写《心经》，镌刻于该山平台。

· 2016 年 7 月，中华书局出版《中华文化读本》七卷，均选自余秋雨著作。

· 2016 年 11 月，被选为世界余氏宗亲会名誉会长。

· 2017 年 5 月 25 日至 6 月 5 日，中国美术馆举办“余秋雨翰墨展”（中国艺术研究院主办），参观者人山人海，成为中国美术馆建馆半个多世纪以来最为轰动的展出之一。中国文联主席兼中国作协主席铁凝说：“这个展览气势恢宏，彰显了秋雨先生令人慨叹的文化成就，使我对先生的为人和为文有了新的感受。”中国书法家协会原主席张海说：“即使秋雨先生没有写过那么多著作，光看书法，也是真正专业的大书法家。”国务院参事室主任王仲伟说：“余先生的书法作品，应该纳入国家收藏。”据统计，世界各地通过网络共享这次翰墨展的华侨人数，超过千万。

· 2017 年 9 月，记忆文学集《门孔》出版发行。此书被评为《中国文脉》的当代续篇，其中有的文章已成为近年来网上最轰动的篇目。作者以自己的亲身交往描写了巴金、黄佐临、谢晋、章培恒、陆谷孙、星云大师、饶宗颐、金庸、林怀民、白先勇、余光中等一代文化巨匠，同时也写了自己与妻子马兰的情感历程。作者对《门孔》这一书名的阐释是：“守护门庭，窥探神圣。”

· 2017年12月，《境外演讲》出版发行。此书收集了作者在联合国的三次演讲，又汇集了在美国各地和我国港澳地区巡回演讲和电视讲座的部分记录，被专家学者评为“打开中华文化之门的钥匙”。

· 2018年全年，应喜马拉雅网上授课平台之邀，把中国艺术研究院“秋雨书院”的博士课程向全社会开放，播出《中国文化必修课》。截至2019年10月，收听人次已经超过六千万。

（周行、刘超英整理，经余秋雨大师工作室校核）

图书在版编目（CIP）数据

门孔 / 余秋雨著 . —北京：北京联合出版公司，2020.6

ISBN 978-7-5596-4109-0

Ⅰ . ①门… Ⅱ . ①余… Ⅲ . ①散文集 – 中国 – 当代 Ⅳ . ① I267

中国版本图书馆 CIP 数据核字（2020）第 055523 号

门孔

作　　者：余秋雨

出 品 人：赵红仕

责任编辑：龚　将　夏应鹏

北京联合出版公司出版

（北京市西城区德外大街 83 号楼 9 层　100088）

河北鹏润印刷有限公司印刷　新华书店经销

字数 199 千字　　600 毫米 ×960 毫米　1/16　18.25 印张

2020 年 6 月第 1 版　2020 年 6 月第 1 次印刷

ISBN 978-7-5596-4109-0

定价：52.00 元
